16	3	2	13
5	10	11	8
9	6	7	12
4	15	14	1

FURIO LONZA

CROSSROADS

editora■34

EDITORA 34

Editora 34 Ltda.
Rua Hungria, 592 Jardim Europa CEP 01455-000
São Paulo - SP Brasil Tel/Fax (11) 3816-6777 www.editora34.com.br

Copyright © Editora 34 Ltda., 2011
Crossroads © Furio Lonza, 2011

A FOTOCÓPIA DE QUALQUER FOLHA DESTE LIVRO É ILEGAL E CONFIGURA UMA
APROPRIAÇÃO INDEVIDA DOS DIREITOS INTELECTUAIS E PATRIMONIAIS DO AUTOR.

Imagem da capa:
*Detalhe do teclado da máquina de escrever Olivetti,
em fotografia de Pedro Franciosi, 2011*

Capa, projeto gráfico e editoração eletrônica:
Bracher & Malta Produção Gráfica

Revisão:
Alberto Martins
Isabel Junqueira
Sérgio Molina

1ª Edição - 2011

CIP - Brasil. Catalogação-na-Fonte
(Sindicato Nacional dos Editores de Livros, RJ, Brasil)

Lonza, Furio, 1953
L847c   Crossroads / Furio Lonza — São Paulo:
Ed. 34, 2011.
288 p.

ISBN 978-85-7326-478-4

1. Ficção brasileira. I. Título.

CDD - 869.93

CROSSROADS

I	9
II	17
III	27
IV	51
V	67
VI	81
VII	95
VIII	109
IX	123
X	149
XI	175
XII	201
XIII	219
XIV	241
XV	251
XVI	271
Epílogo	283
Sobre o autor	287

*There must be some way out of here,
said the Joker to the thief.*

Bob Dylan

I

A década de 70 começou com quatro funerais e um casamento. Jimi Hendrix, Janis Joplin & Jim Morrison foram tocar em locais ignorados e não sabidos e os Beatles colocaram um ponto final na banda. O casamento foi do meu amigo Beto. Contrariando todas as expectativas, a cerimônia foi realizada na igreja, para contentar os parentes da noiva. (*Quem sabe agora ela toma jeito.*) Para criar suspense, nossa turma ainda deu um tempo lá fora e só entrou na hora das alianças. Foi uma espécie de cena bizarra em câmera lenta: trajando jeans sujos e em farrapos, um bando de desclassificados barbudos & cabeludos (alguns estavam drogados) se arrastou molemente por entre os bancos da igreja e ficou a uma distância prudente do altar. Todos ostentavam um riso irônico e meio nervoso nos lábios. Ato contínuo, Beto lascou um beijo de língua na doce esposinha, provocando um frisson prolongado na galera. Ao final da cerimônia, teve um lance curioso e enigmático: Raul, um amigo comum dos tempos de adolescência, sabe-se lá por que motivos ou convicções, puxou sozinho a "Marselhesa". O coro, esquisito pela própria natureza, começou tímido, mas acabou contagiando toda a igreja em questão de segundos, num desfecho apoteótico. Depois, teve festa, teve churrasco, teve um show de rock e muita gente vomitou. Só para não subverter o espírito da época, a bebida era de péssima qualidade.

Três anos depois, Beto poderia ser visto dirigindo um fusqueta aos prantos: levava sua doce esposinha para trepar com seu amante numas quebradas imundas do subúrbio. Resistiu no início, esperneou, lágrimas copiosas escorreram pelas faces endurecidas pela mágoa, mas o acordo tácito de um casamento aberto tinha que ser respeitado. Uma barra. O local era inóspito. Perigoso. Ermo. Eu vou sozinha, que merda!, disse a doce esposinha. Eu levo, ele disse. Beto deixou os filhos pequenos em casa com uma amiga e pegou um xale para cobrir os ombros dela.

Estava frio. O relógio batia nas onze da noite. Chovia. Estradas enlameadas e escorregadias. Uma bruma alaranjada cobria os edifícios e os confins do horizonte. O carro estacionou na frente de uma casa de dois andares. Ela saiu, batendo a porta. Uma luz se acendeu no interior da casa. Um sujeito veio abrir, e ela entrou. Beto ficou ao volante. Olhou pra direita, olhou pra esquerda e, por fim, desembrulhou o papel laminado que envolvia um sanduba de presunto com rodelas de tomate. O fracasso tem suas nuanças. Difícil prever seu desdobramento. Comeu tudo e esperou. Enxugou as lágrimas. Ficou vendo as gotas de chuva no para-brisa do carro. Tamborilou os dedos nervosos no estofado do banco do carona. Tentou sintonizar alguma estação, mas aparentemente o rádio só estava pegando as ondas de algum programa de música regional de Marte.

Estralou os dedos. Flexionou o pescoço. Alisou o bigode. Mas a doce esposinha não apareceu. Ficou imaginando o que exatamente poderia ter atraído sua mulher para aquele antro. Uma exploração em profundidade de um lídimo representante do povo? Uma espécie de pós-graduação em política antropológica? Ou seria apenas e tão somente uma simples aventura aleatória? Quais atributos caracterizariam aquele macho da periferia para que ela arrombasse com tanta gana os sagrados laços do matrimônio? Beleza? Potência? Integridade? Seria um expert em mais-valia? Um trânsfuga da guerrilha do Araguaia? Teria privado da companhia de Marighella ou Prestes?

Um homem peculiar. Confiante. Pleno.

Naquela eternidade em que até fungos poderiam ter nascido na casca das árvores, se desenvolvido como tumores e morrerem já anciãs, milhares de histórias passaram pela cabeça de Beto. Fatos antigos e premonitórios, cenas, pequenos gestos, diálogos rudes, frases soltas. Sua mente ferveu. Lembrou da mulher erguendo o punho esquerdo e guiando a multidão num discurso inflamado. Lembrou do lenço vermelho no pescoço. Lembrou de seu suor, de sua fúria e das porradas que haviam tomado juntos. Lembrou dos cavalos patinando sobre as bolinhas de gude. Lembrou da prisão, da tortura. Mas sua mente voou ainda mais longe. Lembrou da primeira namorada. Lembrou do café com leite que sua mãe preparava à tarde, e que ele degustava junto com a pasta de amendoim espalhada na torrada. Lembrou do amigo Ismael, de dez anos, que morrera de tétano, depois de se cortar na tampa enferrujada de uma lata de goiabada. Lembrou até do cachorrinho negro de sua infância, perdido na memória há milênios.

Nisso, uma luz bateu numa das muitas gotas de chuva que descansavam no para-brisa. E Beto girou o corpo para olhar no banco de trás. Estava escuro. Lá estava outro embrulho envolto em papel laminado. Três horas da manhã. A chuva já tinha acabado. Pequenos ruídos típicos da madrugada rodeavam a cena. Houve um instante, um impasse, um fugaz milésimo de tempo em que geralmente se intui um desfecho arbitrário. Tudo levava a crer que aquilo terminaria num ato de força, grandioso por sua própria natureza. Heroico. Uma tomada de atitude. Ou tudo ou nada. Beto esticou o braço para o pacote pequeno como uma mão de criança, trazendo-o para junto de si. Havia método, havia carinho naquele gesto, havia certeza. Três e vinte da manhã. A chuva voltou a fustigar a lataria metálica do fusqueta num ritmo alucinante. Já não se ouviam os ruídos típicos da madrugada. Só aquela batucada ensurdecedora sem o menor critério. O papel laminado chiou ao ser desembaraçado. Beto, então, retirou o conteúdo e colocou o cano na boca. Nessas horas, por pudor ou discrição, manda a regra que apreciemos a cena do alto. A capota do automóvel, úmida e brilhosa, a silhueta estática ao volante, os faróis traseiros ligados que focam os rastros dos pneus na lama. A paisagem: algumas árvores, o simpático rumorejar de um regato na ribanceira. Ouve-se, então, o tão aguardado estampido que espatifa o vidro de uma das janelas. Silêncio. Uma luz se acende no quarto do segundo andar do sobrado. Vozes na vizinhança. Cães ladram. Na sequência, o motor é ligado e o carro sai a toda, rascando os pneus e espalhando as conchas da rua, como borrifos. Derrapa nas poças de água e retoma o rumo da vida. As quatro rodas chisparam pelas ruas vicinais até atingir a estrada principal, onde navegaram por mais quinze quilômetros.

Aconteceu o seguinte: naquela noite memorável sob todos os aspectos, Beto tinha preparado dois sanduíches: o de presunto com rodelas de tomate e outro de carne assada com maionese. Ambos já tinham sido envoltos com o papel laminado. Afinal, a noite seria longa. E intuiu que o local seria ermo, turvo e sombrio. Na última hora, resolveu substituir o segundo pelo três-oitão. Vai saber, numa emergência, poderia ser útil. Quando sua testa febril pegou fogo com todas aquelas reminiscências, Beto tomou a atitude impensada. Como o berro estava meio lambuzado de maionese, tudo se desequilibrou: o dedo escorregou no gatilho e o tiro acertou o vidro lateral. Houve outro impasse, outro décimo de milésimo de segundo, houve nova vigília que antecedeu a lucidez. Não, aquela puta não merecia uma vítima. Não merecia passar o resto da vida amargando culpa. Ela tinha sim o direito a uma bandalheira mais sofisticada. E pública. Escancarada. Sem meias-tintas. Preto no branco. Olho por olho, dente por dente.

Naquela mesma madrugada, Beto voltou para casa e sentou em frente à sua velha Olivetti, dando início a uma das maiores vinganças já perpetradas por estas plagas tropicais onde imperava o casamento aberto. Escreveu sem parar durante 27 dias e 27 noites. Fumava. Alimentava-se de café e pão seco. Não atendeu ao telefone ou à campainha. Os filhos ficaram na casa da irmã. Ao que se sabe, a mulher não deu as caras.

Contou tudo. Deu nome aos bois e principalmente à vaca. Declinou endereços e sobrenomes, idades aproximadas e todas as traições, uma por uma, desde a trepada que ela tinha dado com o carcereiro da prisão onde ficara detida anos antes até aquela noite que ele a levara de carro para aquele antro infecto do subúrbio. Uma saga. Contou do xale nos ombros, das lágrimas que embaçavam sua visão pela estrada enlameada, das crianças que tinham ficado sob a guarda da amiga. Falou da angústia, da impotência, do terror. E da corrosiva dor de saber que o que é nosso pode ser de outros também.

Foi um chuá, como se dizia na época. O livro vendeu como água. Beto tinha levantado uma questão candente que ia contra todas as normas. Pegou no nervo e jogou ácido na ferida. Até aquele momento, ninguém de bom senso tinha ousado questionar em público os rumos das liberdades adquiridas pelas mulheres. Aquilo era uma atitude contrarrevolucionária, um retrocesso.

As feministas chiaram. (*É uma questão de foro íntimo.*) Foro íntimo o caralho, disse Beto numa entrevista ao jornal mais lido do Brasil na época. Puta é puta, aqui ou na China. Sou um ser humano, tenho sentimentos, exijo respeito. A imprensa cutucou, perguntando se ele não tinha errado o tiro de propósito para criar um factoide muito conveniente à divulgação do livro. Ele disse que sim, a pura verdade, atiraria até no papa para que o livro fosse lido por todo mundo que se sentia traído pelos rumos grotescos que algumas mulheres estavam imprimindo a uma revolução de costumes legítima. Disse que aquilo era um desvio de rota e caducaria em vinte minutos. Liberdade é liberdade, putaria é putaria.

A doce esposinha também teve seus quinze minutos de fama. Deu entrevistas na tevê, mostrou-se compungida, choramingou e disse que estava sendo vítima de injúrias. Mas não abriu o jogo. Manteve-se digna. Não disse nem sim nem não. Falou em chantagem emocional. Falou em foro íntimo. Falou que as liberdades conquistadas não admitem barganha. Citou Hobsbawm, Reich, Daniel Cohn-Bendit, Régis Debray. Só sei que a doce esposinha hoje está cantando em outra freguesia. As escassas informações que nos chegaram dão conta que ela saiu do país, casou com um cônsul espanhol e provavelmente anda ditando regras por lá também. Considera-se uma exilada sexual.

Beto nunca mais escreveu nada na vida. Mora com os dois filhos, raspou o bigode, casou com uma japonesa e é feliz. Seu livro teve 52 reimpressões, vendeu meio milhão de exemplares e sumiu nas brumas do novo mercado editorial que se instalou no país.

Esse episódio ilustra bem o espírito da época. Para ser fiel aos fatos, no entanto, é necessário engrenar uma contextualização histórica e fazer uma regressão, pois tudo começara um pouco antes.

II

Era uma vez um mundo melhor. Brincava-se com a abertura da consciência e processos alternativos de convivência & comunicação. As pessoas tinham sede de descobertas, substituição de valores. Imaginava-se que o fim da hipocrisia estava bem próximo. Havia tensão. Havia seriedade. Havia humor. Mergulhava-se de cabeça numa nova história. Até a maconha tinha um aspecto lúdico. Configurar a década de 60 em todas as suas dimensões é uma tarefa impossível. Melhor ficar apenas em alguns aspectos e matizes. Antes de mais nada, é necessário restringi-la e estabelecer alguns parâmetros: quando se fala em década de 60, fala-se no espírito da coisa e não propriamente na sua cronologia temporal. O espírito da coisa começou lá por 62 ou 63 e terminou em 73 ou 74. Antes disso, ainda era a década de 50 (blusões de couro negro, lambretas, milk shakes, cuba-libre, topetes, baladas açucaradas) e, depois disso, como se sabe, veio o break e a discoteca e tudo acabou. Sobraram somente alguns rabichos. O cerne mesmo durou bem pouco. Foi no curto verão espremido entre os anos de 67 e 69 que o mundo começou a respirar ares de mudanças. Para caracterizá-la, basta dizer que a década de 60 foi a década dos almofadões. Para onde se olhasse, lá estavam eles, gordos, fofos, coloridos, jogados nos cantos, aparentemente ao acaso. Os almofadões eram o símbolo da liberdade, da mesma forma que a década de 50 foi caracterizada pelos pufes. Havia almofadões no chão da sala, no quarto, na cozinha, no banheiro, havia almofadões nas casas de espetáculo, nos teatros, nas cinematecas, nos centros de arte alternativa, nos shows de música. Almofadões de todos os tipos, formatos e tamanhos, quadriculados, axadrezados, com estampas, havia almofadões caseiros, artesanais e industrializados, costurados à mão ou à máquina, com franjas ou esfarrapados.

Os almofadões eram a decorrência natural do desapego (e até do repúdio, em alguns casos mais radicais) aos móveis tradicionais. Eles substituíam com vantagem a decoração e o conforto da década anterior. Explica-se: os jovens daquela época tinham como meta sair da casa dos pais (uma ideia completamente incompreensível para os adolescentes de hoje). Alugar uma casa ou apartamento ainda não era o sufoco dos dias atuais. Mobiliá-los, no entanto, era outra história. Uniu-se o útil, o agradável e a falta de grana, e surgiram os almofadões. As pessoas viviam recostadas, escarrapachadas, deitadonas na maior modorra. Uma pasmaceira de causar inveja aos tupiniquins e tupinambás.

Deixava-se a casa dos pais por vários motivos. Amigos juntavam os caraminguás para financiarem um reduto de lazer, regado a sexo, drogas e rock'n'roll. Estudantes de ambos os sexos formavam repúblicas para estudarem, pesquisarem, tomarem bolinhas e foderem muito. Músicos amadores arranjavam casas enormes em bairros distantes para ensaiar e fumar seus baseados sossegados. Um casal apaixonado criava um lar distinto de tudo o que os pais tinham em mente para filhos saudáveis. Em vez de batedeiras & liquidificadores, livros e discos. No lugar de quadros, pôsteres espalhados pelas paredes. A geladeira vivia cheia de danoninhos, tabletes de chocolate e todo tipo de guloseimas. Bebia-se muito vinho de garrafão naquela época. E vodca. E conhaque. Tudo da pior qualidade. De comida mesmo, muitos saquinhos de Miojo e grandes estoques de latinhas: seleta de legumes, atum, sardinhas, ervilhas. Palmito, não, porque palmito sempre foi muito caro.

Nos festivais de MPB, cantava-se a poesia dos pescadores, dos camponeses e das pequenas cidades do sertão. É verdade que, às vezes, alguém quebrava um violão na cabeça da plateia ("Violada no auditório", explodiu a manchete de um jornal paulistano), mas o clima, em geral, era instigante. Intelectuais de esquerda contavam a história de pedros pedreiros e marias bonitas, embora só tivessem visto a miséria por binóculo. Se não me engano, é dessa época (ou um pouco depois) uma frase histórica de um estúpido colaborador de um hebdomadário de oposição. Ele disse: "politicamente, estou com os pobres. Mas esteticamente me dão nojo". Pois bem, podia até não ser uma postura legítima, mas era mediúnica. O espírito baixava, e eles colocavam sua arte e sua pena a serviço de uma causa nobre. As atitudes, nos anos 60, podiam vir por linhas tortas, mas vinham. Na tevê, o horário nobre era dominado por uma senhora cubana que vivia nos EUA e que imprimiu um padrão definitivo às telenovelas brasileiras. Mas a moda resistia bravamente. Pelas ruas, as mulheres trajavam vestidos chemisier de gola esporte, com saia franzida de algodão acetinado, com listras ou terninhos com japonas 7/8 ou modelos franceses com grandes estampas florais com saia-balão, terminando em tubinho ou golas pontudas e um toque militar ou saias godês ou com pregas plissês ou modelos confeccionados em crepe degradê ou ainda saias de flanela de lã, malha tricotada e blusa branca com gola de fustão. As saias começam a subir, e dissemina-se a moda unissex. Surge o biquíni, e fica. Surge o monoquíni, e não fica. Os cabelos são curtos, com franjas recortadas e bico afilado até a altura dos olhos. Longas fitas de organza enfeitam a cabeça.

Ana e eu, no auge da utopia, também alugamos uma quitinete maneira num prédio de quatro andares, sem elevador. Era habitado por velhos e putas. Corria o ano da graça de 1969. O mesmo do Woodstock. O mesmo do homem na Lua. O mesmo da famosa entrevista de Leila Diniz ao *Pasquim*. Mesmo ano em que conheci o disco *Wheels of Fire*, do Cream. Como de hábito, espalhamos muitos almofadões pelo chão e dávamos muitas festas até de madrugada. Fazíamos de tudo nos almofadões: comíamos, sentávamos, dormíamos, fornicávamos. A decoração era de deixar um espartano constrangido. As paredes eram forradas de estantes com livros. Fora a geladeira, o único eletrodoméstico era a vitrola. Depois de uma dessas festas infernais, começamos a colocar os discos em suas capas originais, esvaziar cinzeiros e garimpar latas de cerveja semibebidas. Uma nojeira dantesca. Ana estava linda. Suada. Peitinhos empinados por baixo da camiseta branca, jeans apertados, aquela bunda sensacional rebolando pela casa.

O quê?, ela disse, dando um tempo nas tarefas.

Eu a olhava de longe, siderado, babando, literalmente estupidificado com sua beleza & porte. Ana tinha um jeito todo especial de fazer as coisas calada. Seus gestos tinham uma nobreza animal. Era felina. Metódica. Sua sensualidade aflorava de seus poros até quando limpava uma privada. Me excitava com seu cheiro, me excitava com sua pele, me excitava com a penugem dourada que acompanhava seu antebraço. A nuca. Ah, a nuca de Ana. Parecia estar sempre no cio. Cruzava e descruzava as pernas como se fosse um convite ao prazer. Eu a adorava. Beberia sua urina, lamberia o sangue de sua menstruação, minha língua faria uma faxina em seus pés a cada vinte minutos. Faria loucuras. Beijaria um mendigo na boca se ela me pedisse. Ana era um concerto ao ar livre. Uma sonata, para ser mais exato. Quando entrava nos locais públicos, havia rufar de tambores, trompas soavam das profundezas do oceano, um coro de ninfas irrompia num langor wagneriano. Apesar de seu histórico e de tudo que me haviam contado a respeito da sujeita, eu tinha sucumbido, estava irremediavelmente encaçapado.

As informações tinham vindo envoltas em brumas, entrecortadas, provavelmente deturpadas, de cambulhada. Ana tinha um séquito, tinha seguidores, era uma espécie de entidade. Uma diva. Segundo alguns, já tinha transado com pelo menos metade da redação do jornal no qual trabalhávamos e era muito popular nos bares e botecos, onde a conheciam por "Aninha". Se pudesse, teria seduzido até seu pai, o primo, o irmão. Aninha espalhava charme pelas paredes, pelo teto, fazia com que homens, mulheres & adolescentes se arrastassem pelo chão em troca de um mísero olhar. Não negava fogo, não era do tipo que faz tipo. A vida, para ela, era pra valer. Ana tinha uma beleza profissional. E fazia de tudo. Me intriguei com aquele dado. De qualquer maneira, sempre que tateava o ambiente no intuito de entrar no assunto e tirar algo a limpo, ela desconversava, dizendo que ninguém tinha o direito de devassar sua intimidade. (Entre quatro paredes, vale tudo.) E fechava sempre com a mesma frase de efeito: quanto mais você sabe de mim, menos me conhece.

Como se pode imaginar de um cara apaixonado, aquilo fermentou dentro de mim. O cérebro se incendiava a intervalos regulares, soltava purulências fétidas. Eu refluía por becos solitários. E me recriminava. Ela tinha razão: eu não tinha o direito. Era sua vida, seu reduto, sua história. (O ciúme é o monstro verde que se diverte com a comida que o alimenta.) Mas comecei a perceber que meu tipo de ciúme não tinha paralelo com o que se conhece normalmente por aí. Eu não sentia só ciúme de seus eventuais flertes no presente, sua extrema simpatia com quem quer que fosse, sua enorme legião de admiradores, eu tinha ciúme de seu passado, queria dominar, exterminar, apagar seus amantes, seus namorados, matá-los, enforcá-los em praça pública, se possível, castrá-los, queria reescrever sua trajetória de acordo com minhas convicções e parâmetros. Não queria testemunhas sobre a face da Terra. Mas o que aquilo resolveria? Muitas vezes, pensei em deixá-la, simplesmente sair correndo para me livrar da obsessão, mas também não era uma saída. Só havia uma solução: aceitar. Compreender. Pairar acima dessas mesquinharias, ser um homem moderno, inserido no contexto de meu tempo. Acompanhei todas as mudanças de hábitos da juventude, contribuí e batalhei para que elas acontecessem e se solidificassem no íntimo das pessoas e da nova sociedade que nascia. O que mais eu queria? Estava sendo contraditório. Tudo em vão: cenas me assaltavam nos locais mais absurdos: no ônibus, no metrô, na lanchonete. Via Ana fazendo de tudo com rapazes e velhos, ela gemia alto e forte em meu ouvido, via Aninha descansando de bruços na cama, nua, resfolegando, depois de ter tido orgasmos múltiplos, sequenciais e sobrepostos. Será que, pelo menos, apagavam a luz ou faziam tudo na maior claridade? Era de noite ou de dia? Pior: era à tarde. Fugiam da redação e se metiam num apartamento qualquer. Nem bebiam nada, aliás, não precisavam desses expedientes, criavam o próprio clima. A vontade de trepar bastava. Uma coisa primitiva, livre de amarras, bem solta, uma espécie de ato fisiológico obsceno, animal. (Vigiai vossa esposa. As mulheres deixam que o céu veja as loucuras que não ousam mostrar aos maridos.) Passei a odiar o sexo. Sexo sempre significava algum tipo de traição, de infidelidade, uma espécie de adultério à distância. Tinha sempre alguém sofrendo com aquilo. Mesmo que não conhecêssemos, que morasse a quilômetros de distância. Um ser humano aleatório sempre sofre quando um casal pratica o sexo. Deveria haver um consenso universal, uma cadeia interligada, uma teia de informações disponível a todos. Passei a evitar filmes, peças de teatro e livros com cenas de sexo. Aquilo me amargurava até a medula. Era Aninha a fêmea. Era Aninha em seu passado devasso. Era ela que gozava, esperneava, berrava, suando como uma cadela, pedindo MAIS, MAIS, MAIS. Aninha era insaciável. De repente, me lembrei que o chefe dos repórteres do jornal não tinha os dentes da frente. Segundo depoimentos de colegas, ele os tinha perdido numa sessão de tortura. E sabia que Ana tinha tido um caso com aquele vagabundo alguns anos antes. Fiquei imaginando se eles, durante o ato, se beijavam. Ana beijando a boca banguela do chefe da reportagem, a saliva escorrendo pelo canto da boca, as gengivas. (Levanta-te, vingança negra do fundo do inferno!) Senti asco. Mas pensei: afinal, o que está me perturbando? O fato de Ana ter trepado com ele ou beijar a boca sem dentes? Um inferno. Já não sabia mais o que pensar. E aquele silêncio dela me engolia aos poucos. No meio disso tudo, porém, havia refluxos de profunda lucidez. E se Ana tivesse trepado apenas com dois ou três homens antes de mim? E se tivesse amado apenas um? Ou nenhum? Faria diferença? O problema era a quantidade ou a qualidade? Ou simplesmente o fato de já ter transado com alguém antes de trepar comigo? Eu queria uma virgem? Estaria ficando louco, maluco? De onde vinha aquilo? Seria hereditário? Fiquei tentando lembrar se meu pai era ciumento. Um doente como eu. Um fascista possessivo.

Do meio da sala, os olhos de Ana continuavam me interrogando.

Porra, ela disse, você não vai começar de novo com aquela chorumela, vai?

Ana, eu poderia ter retrucado, eu quero saber quantas vezes você deu o rabo pros teus namorados. Quero saber quantos caras você chupou e se transou com dois ao mesmo tempo. Eu preciso saber, isso está me enlouquecendo. Com quantos anos você perdeu a virgindade e se foi ruim. Me diz. Deve ter sido ruim. Geralmente, é. Dói. Não é possível que você só tenha trepado com homens potentes e gostosos, que sabiam tudo de sexo, que demoravam meia hora, uma hora, e te fizeram subir pelas paredes. Eles nunca broxaram? Nunca te deixaram na mão? Me diz. Eu vou saber entender, mas quero, preciso saber, se não, vou arrebentar por dentro.

Sei, ela poderia ter dito, eu te conheço. Se eu te contar que só transei com dois caras antes de você, você vai querer detalhes: quem são eles, como foi, o que a gente fez, se você os conhece e se eu gostei. Se eu disser que gostei, você vai querer saber se com eles era melhor do que com você. Se conhecer, vai ser um inferno. Se eu disser que foi ruim com todos, você vai me perguntar quão ruim foi. Se eu te disser que foi muito ruim, você vai perguntar por que eu continuei o namoro. Não tem saída, meu caro, você sabe disso, teu cérebro é uma espiral. Quanto mais eu te contar da minha vida, mais a coisa vai piorar. Quanto menos você souber, vai ser ruim, mas tudo pode se equilibrar com o tempo.

Ela tinha razão. Eu era um fedelho filhodaputa de um filhinho de papai mimado, imaturo, egocêntrico e emocionalmente perturbado. Um merda. Não tinha resolvido nem 10% das questões metafísicas e psicológicas. Era um retardado mental. Contrariando minha formação cristã, não daria a outra face, não faria o bem sem saber a quem. Queria dela uma retribuição justa, na exata medida do que eu achava que lhe proporcionava. Pau a pau. Olho por olho. Dente por dente. Trocara a Bíblia pelo Alcorão. Eu era um muçulmano. Mas, aí, me veio uma dúvida: aquilo estava acontecendo porque ela era linda, tinha os seios mais espetaculares que conhecera na puta da minha vida e porque eu a venerava? Fiz as contas, passei uma varredura fina em meus casos anteriores e cheguei à triste (mas sensata) conclusão: positivo. Eu nunca tinha sentido ciúmes das outras meninas porque elas não eram nenhum modelo de beleza. Eram engraçadinhas, legais, bacanas, mas nada que causasse um engarrafamento no meio da avenida central. Com elas, eu estava seguro, não havia perigo. Nunca me passou pela cabeça que pudessem me trair. Não havia essa hipótese, eu nem pensava naquilo. Instalou-se o impasse: seria minha sina namorar garotas feias para poder dominá-las? O supremo, o rei do castelo, o patrão. Era fragilidade pura. Uma ilusão.

Qualquer um ficaria satisfeito com esse raciocínio. Qualquer homem com pelo menos um neurônio ativo faria um ato de contrição e prometeria a si mesmo que mudaria sua conduta pelo resto da vida. Sim, qualquer um, mas não eu. O que este cérebro de bosta engrenou em seguida foi uma obra-prima de paranoia: mesmo passando uma certidão ilibada de fidelidade, teriam minhas outras namoradas me traído em surdina, possivelmente levando em conta minha ingenuidade, numa brutal vingança desse limo abjeto e arrogante que me brotava dos poros?

Nada, meu amor, eu disse, estava apenas te olhando.

Eu te conheço, poderia ter rebatido Ana, afofando os almofadões. Mas não foi exatamente isso que ela falou.

Limpando com as costas da mão o suor que lhe escorria do reguinho dos seios, ela disse:
O único relacionamento seguro é aquele que não tem futuro.

III

Meu Deus, você se apaixonou de novo, disse minha mãe, assim que me abriu a porta do apartamento.

Estava pálido, desnutrido, olheiras fundas, barba espetada de três dias. Impossível disfarçar. Esses eram os sintomas clássicos que caracterizavam a situação. Abracei-a. Ela viu minha mão enfaixada com gaze, abaixou os olhos e perguntou, como se já soubesse:

O que aconteceu?

Um acidente, eu disse. Minha mãe fechou a porta, andou arrastando as chinelas pela sala, amargurada, sofrendo com os estilhaços que lhe arrancavam filetes de sangue do coração e sentou-se no sofá. Resignada, ela metaforizou:

A cada três anos, você fere a mão.

Dois dias antes, numa briga com Ana, eu tinha quebrado um copo no muque. Uma constante na minha vida. Três anos antes, eu tinha me imolado da mesma forma. Com outra menina. Bebia, vociferava, argumentava, a discussão chegava no auge, eu ficava nervoso. Contrariado, clamava por justiça. E acabava me martirizando em praça pública. Ato contínuo, visitava minha mãe e pedia arrego.

Você me sufoca com tuas perguntas. Me sinto invadida, disse Ana, naquele dia. Ana foi provavelmente a primeira mulher na face da Terra a emitir aquelas frases precursoras e emblemáticas. Depois, elas se multiplicaram como células cancerosas aos quatro ventos, instalando-se definitivamente na discussão do relacionamento dos jovens casais. Virou metástase. Até cabeleireiras repetiam aquilo na maior competência.

Qual o nome da nova eleita?

Ana, eu disse.

Nome curto. Você está diversificando. Como ela é?

Independente.

Hmmm, ela grunhiu, problema.

Minha mãe se levantou, foi até a cozinha, trouxe uma cerveja e dois copos. Bebemos, recostados no enorme sofá da sala. Fiz um breve retrospecto da situação, e ela foi abanando a cabeça, ora na horizontal ora na vertical. Fui o mais honesto possível, e ela, à sua maneira, compreendeu e garimpou nas entrelinhas possíveis desvios de rota.

Você nasceu na época errada, ela disse, calcando a ênfase em determinadas sílabas. Ouve músicas difíceis, gosta de filmes profundos, lê livros transgressivos, cheios de firulas, mas, em matéria de mulher, é conservador. Batata.

Minha mãe tomava cerveja aos golinhos, como se estivesse saboreando um licor de menta. Me inclinei e recostei a cabeça no colo dela.

Tenho ciúme até da sombra dela, choraminguei.

Só os artistas e os paranoicos sentem ciúme, ela filosofou. Como ambos não sabem onde usar a imaginação, desperdiçam em futilidades.

É uma doença, mãe, fico pensando nisso o dia inteiro.

Veja bem, não se deve sentir ciúme das mulheres. Nove casos em dez, elas não fizeram nem 10% do que você supõe que tenha acontecido. É um outro mundo, elas jogam, gostam de provocar, testar os limites da resistência, mas ladram muito mais do que mordem. Nenhuma geração vai modificar isso.

Ela tomou outro gole e continuou:

Provocar ciúme é próprio das pessoas inseguras, com problemas de imagem e autoestima baixa. Elas querem ser aceitas como são, sentem uma necessidade patológica de serem paparicadas, endeusadas. Tapete vermelho, para elas, é pouco. Depois que estão no pedestal, não sabem bem o que fazer com aquilo e desabam.

Eu sabia pouco das mulheres e da vida. Nesse sentido, tinha recebido muito pouca orientação de meu pai. Suas opiniões a respeito do sexo feminino eram surrealistas: evite mulheres com as canelas finas; as histéricas são boas de cama; as que suam muito no buço gostam de coreanos; tome cuidado com as mulheres que não conseguem controlar o riso: um dia, vão rir de você. E por aí afora.

Depois que ele se mandou, minha mãe teve apenas dois casos. Um tinha a idade dela; o outro tinha a minha. Mas não duraram muito tempo. Somando os dois, não deve ter dado um ano.

Apesar de reservados, eu e minha mãe não tínhamos tabus. Qualquer pergunta era respondida na hora, sem pudores ou falso moralismo. Havia uma linha direta de comunicação entre a gente. Mas só abríamos o jogo um com o outro quando a ocasião exigisse, quando havia um problema real, quando a paranoia chegava ao seu limite máximo. Ela estava sempre disponível. Seu apartamento era um misto de oráculo com muro das lamentações. Isso é curioso: ela estava mais inserida no contexto da década de 60 do que eu. Aberta, atirada, liberal, resolvida. Poucas vezes tinha flagrado minha mãe no choro, por exemplo. Uma fortaleza. Falava em ética, sonhos, ideais. Ainda tinha objetivos, projetos, utopias. Era socialista até a medula. Odiava os Estados Unidos e tudo o que eles representavam.

Eis uma história bonita e dramática: trinta e cinco

anos antes, um homem de uma beleza extraordinária — que muitas vezes, ao longo da vida, foi confundido com diversos atores do cinema americano e europeu — entrou no saguão comum daquele estaleiro às margens do mar Adriático e acendeu um cigarro. Do outro lado, o contingente feminino fazia o mesmo. Era o intervalo para a troca de turno, uma espécie de *footing* à moda antiga. Os olhos dele se cruzaram com os de uma menina de dezesseis anos. Cabelos escuros, rosto de porcelana, uma boca apenas delineada. Vamos colocar as coisas da seguinte maneira: a palavra proporção deve ter sido inventada quando um estudante de arte ou um antropólogo descobriram o rosto daquela menina. Era uma beleza singular, preciosa, uma gema. A distância entre os olhos podia ser medida por um instrumento de precisão. Nenhum fio das sobrancelhas ou do cabelo estava fora do lugar. O tamanho e formato do nariz deixariam Giotto de quatro. Não se pode dizer que era uma deusa, aquela menina era a filha mais nova de uma deusa. Houve atração simultânea. Os tufos de fumaça que saíam da boca e das narinas do homem eram de um azul intenso, quase provocativo. Um conto de fadas. Namoraram. As famílias se conheceram. Casaram. Mas as coisas não se desenvolveram exatamente como o previsto. Veio a guerra. 1940 foi um ano ruim, e o homem levou a menina para morar com a mãe dele e mais duas irmãs, em outra cidade. Dez anos se passaram. Tiveram um filho. Com o fim da guerra, a coisa se complicou. Não havia trabalho, a crise já tinha virado miséria e foram obrigados a emigrar. Vieram para o Brasil. Havia uma outra opção: Austrália. O homem preferiu os trópicos. Pelas fotos, estavam apaixonados. Pelas fotos, se amavam. A antiga menina angelical idolatrava o homem, tinha por ele uma devoção sublime. A antiga menina angelical cresceu, virou uma mulher madura de uma beleza excepcional. Alta, esguia, morena e continuava com o mesmo rosto de porcelana. Mesmo havendo uma equivalência clara entre as belezas, a época não era boa para as mulheres. Ele era o sol. Com seu bigodinho bem aparado à la Errol Flynn, atraía todas as atenções. Amigas de minha mãe orbitavam à sua volta como moscas no cio e davam em cima dele. Em festas, ele arrebanhava um contingente enorme de fãs, era o centro, dissertava sobre tudo, alardeava sua cultura, sua experiência, sua história de vida. Mas bastava um olhar para minha mãe de longe para todos perceberem que os laços eram indissolúveis. Meu pai vivia dizendo que todas aquelas mulheres juntas não valiam a cutícula da unha do dedo mindinho de minha mãe. Com uma habilidade rara, meu pai alternava momentos de extrema dedicação e carinho com baixarias ignóbeis. Não se sabe ao certo que tipo de pacto fizeram, mas a felicidade durou por mais alguns anos, até que tudo desmoronou. Sempre achei que ela era muito mais inteligente que ele. Era ela que marcava o ritmo da dança. Apesar das explosões egocêntricas do esposo, minha mãe continuava dando as cartas. Durante um certo tempo, o rostinho de porcelana acreditou no conto de fadas. Até o dia em que ele cansou de toda aquela beleza desperdiçada, bigodinho aparado e porte másculo e partiu para recuperar o tempo perdido.

E você está apaixonado, disse minha mãe.
Estou.
Vivem juntos?
Sim.
É bonita?
Muito.
Traz ela aqui.
Imagina, mãe, ela odeia famílias.

Ela não odeia. Só pensa que odeia.

Vai parecer que eu sou um filhinho de mamãe.

Você não parece, meu caro, você é.

Porra, mãe, também não precisa sacanear.

É melhor ela saber logo de cara. Pelo que estou vendo, com essa menina, não adianta fazer tipo. Ela quer tudo às claras. E outra coisa: se ela vier com essa ladainha de guerra de gerações, vai ouvir um montão. Isso é coisa de primeiro mundo, uma sofisticação retórica de países que já resolveram os problemas mais básicos. No Brasil, a coisa é diferente. Aqui, pais e filhos têm que lutar lado a lado contra o inimigo comum. Ou vai me dizer que eu não apoio tua ideologia, teus projetos artísticos, tuas esquisitices?

Isso é diferente, mãe.

Claro que é diferente. Eu sou diferente. Nunca fiz parte dessa turma de pais que podam os ideais dos filhos; são babacas, moralistas, conservadores. Odeio essa gente. É contra esse pessoal reacionário que a gente tem que brigar. Mas junto. Não separado. Aposto que os pais da... Como é mesmo o nome dela?

Ana.

Ana. Aposto que os pais da Ana seguraram sua virgindade enquanto puderam e infernizaram a vida dela até enlouquecê-la. Ela faz o quê?

É jornalista, como eu.

Protesto. Puro protesto. Acho que ela nem gosta muito da profissão, só se formou porque queriam que ela casasse na igreja com um alto executivo, tivesse um casal de filhos, samambaias na sala, carro da moda...

Também não é assim.

Como você sabe? Conversaram sobre isso alguma vez? Olha: posso até não acertar toda vez, mas meu tiro não passa muito longe do alvo. Se não é exatamente assim, deve ser mais ou menos assim. Essa menina é uma reação em cadeia.

Minha mãe deu mais uma bicada na cerveja, fez um esforço enorme para garimpar uma lufada de ar para respirar, acendeu um cigarro. E atacou com ainda mais energia:

A família dela é rica?

Tem grana.

Pois é. Tenho certeza que a Ana deve lamentar todo dia ter perdido as mordomias por decreto.

Como assim, por decreto?

Ora, essa busca irrefreável por liberdade traz dogmas embutidos, você sabe disso. Tem que sair de casa, tem que ser contra os pais, todo professor é fascista, toda posse é uma atitude pequeno-burguesa. O movimento dos jovens decreta muitas coisas. Garanto que ela passava todo fim de semana se bronzeando em Búzios ou Paraty. Agora, teve que abrir mão porque isso foi proibido pelos estatutos da última assembleia dos estudantes.

Ela parou, me olhou bem séria e disse:

Você é meu filho, quero tua felicidade mais do que tudo na vida. Mas essa menina é muito mimada, tem tudo, está com a vida ganha. E só quem está com a vida ganha é que pode ter caprichos, caso contrário estaria ralando num trabalho de secretária ou recepcionista para ajudar no orçamento da casa.

E decretou, com crueldade:

É uma filhinha de papai.

Eu também sou, mãe. Você mesma disse.

Sim, mas ela não perde a pose, pelo que me consta das informações que você me passou. Deve fazer piquete em porta de fábrica, mas nunca bateu um cartão de ponto. Leu muito, mas conhece pouco da vida. Me lembro da frase definitiva de um líder sindical. Ele disse aos operários: Desconfiem do apoio dos estudantes. Amanhã, eles serão seus patrões.

Sorveu mais um golinho da cerveja, acendeu outro cigarro na bituca do anterior e soltou uma longa fumaça azul, metade pela boca, metade pelo nariz.

Me preocupa esse negócio de ciúme, ela disse. Você tem que passar por cima disso. Não que eu ache que ela seja má, te traia dia sim, dia não, mas isso de ser a musa dos corredores e bares e jogar charme pra tudo que é vagabundo que passa está te fazendo muito mal. Vocês estão numa rota de colisão e nem sabem por quê. Tudo isso poderia ser evitado se um dos dois fosse mais maduro.

A noite já tinha caído e a gente nem tinha se dado conta: a sala estava quase totalmente no escuro.

Outra cerveja?

Não, mãe, preciso ir.

Ela está onde neste exato instante?

Com amigos. Estão me esperando.

Na casa de vocês?

Num bar perto do jornal.

Vocês trabalham juntos?

Sim.

Outro problema. Nunca deu certo. E você? Não trabalhou hoje?

É minha folga.

Uma quarta-feira?

Dei plantão no fim de semana.

Trabalho duro, esse. Usam os estagiários pra tapar todo tipo de buraco. E a faculdade?

Vou me formar no fim do ano.

E depois?

Não sei.

Você precisa dar um jeito de arrumar uma vaga num

jornal de maior porte. Esse que você trabalha, além de pequeno, apoia descaradamente a ditadura. Não que os outros sejam de esquerda, mas pelo menos são contra a censura.

Não muda muito, mãe.

Ou um nanico, um tabloide alternativo... Tenho amigos. Se você quiser, posso falar com um cara bem legal. Discreto, decente. Você vai aprender muito com ele.

Pagam pouco, mãe. Maior sufoco.

Você que sabe.

Nos despedimos com um abraço apertado e um beijo. Quando já estava esperando o elevador, ela disse:

Traz ela aqui. Garanto que a gente vai se divertir muito.

Minha mãe não tinha por hábito desvirtuar a realidade, mas carregava nas tintas. Nem conhecia direito a Ana e já arquitetara toda uma teoria a respeito. Eu entendia. Ela gostava de mim, não queria que eu sofresse. De toda aquela conversa, o que me ficou mesmo é que ela estava do meu lado, pro que desse e viesse. Isso me confortava. Ela me dava colinho.

Fiquei imaginando o seguinte: a maior parte das nossas reações emocionais é derivada de reflexos condicionados. Por mais que o homem arrote sua superioridade em relação ao resto do reino animal, na verdade, não passamos de ratinhos tomando choques elétricos no lombo ou cães salivando quando toca uma campainha no laboratório de Pavlov. O sexo é um exemplo. A sensação de prazer do primeiro contato é fundamental e definitiva. Vai dirigir o cidadão ou cidadã pelo resto da vida, quase sempre lutando ferozmente com os conceitos sociais posteriores, que tentam enquadrar o elemento dentro de posturas e atitudes mais condizentes com o bom senso e a decência. A menina de seis anos sentando no colo do pai; o garoto tendo uma ereção ao encostar no corpo da prima; a visão da mãe saindo do banho enrolada numa toalha; a calcinha da irmã mais velha enroscada no box. Fetiches derivam desse choque frontal. Uma anágua lilás, um pé feminino com as unhas compridas, botas, calcinhas sujas de sangue, meias três-quartos brancas, um uniforme escolar. Na minha opinião, o fetiche preenche essas lacunas proibidas, restaura a ordem primitiva, faz a ponte entre o reino animal e a urbanidade. É na criança — e não no adolescente — que nasce o sexo. Existirá uma linha direta entre o seio e o leite e o desabrochar da libido? Naquelas entrevistas, ficava olhando para minha mãe e pensava se havia sexo incubado na parada. Tenho uma teoria: o incesto — em seu estado mais pleno e bruto — só se realiza no nível inconsciente. A partir do momento que isso é racionalizado, tudo perde a consistência e a autenticidade. O mecanismo de pesquisa é contraditório, eu sei, mas que se há de fazer?

Segundo meus cálculos, tudo indicava que a minha vida sexual seria das mais promissoras. Foi, pelo menos, mais ilustrada que a de meus antepassados. Afinal, a revista *Playboy*, que nasceu três anos depois de mim, é a responsável por uma das maiores revoluções na arte onanista em toda a História da Humanidade. Imaginava que meu pai, meu avô e antepassados deviam ter tido mais dificuldades de concentração erótica do que a minha geração. Mas eu estava enganado.

Ouvira falar de poéticos balcões art nouveau de cinema nos quais se empoleiravam turbas de adolescentes excitados de onde, pau na mão e olhos fixos na tela, acompanhavam os peitos mudos de Pola Negri e Louise Brooks, totalmente cobertos de sedas e paetês. Tempos depois, La Dietrich desnudou suas coxas esculturais. Mas foi só. A modernidade acabou com essas ensandecidas masturbações coletivas, possibilitando o advento da intimidade solitária e privacidade culposa do banheiro. Uma pena. A imagem em ação, mesmo que pudicamente coberta, deu lugar à nudez estática.

Meus primeiros contatos com o maravilhoso mundo do sexo não foram físicos, mas auditivos. De meu quarto, ficava ouvindo minha mãe gemer como uma criança no leito do prazer. Sem alarde. Sem estrépito. Não havia gritos. Uma coisa apenas balbuciada, discreta e silenciosa. Esse foi o padrão que se instalou na minha memória sensitiva. Não é por acaso que meus orgasmos inesquecíveis seguiram esse modelo. As meninas que se esgoelavam (possivelmente, seguindo dicas dessas revistas femininas que surgiram nos EUA depois da Segunda Guerra Mundial) me davam uma irremediável sensação de artificialidade, e tudo escorria pelo ralo em questão de segundos.

No casamento, houve fidelidade da parte da minha mãe, mas não posso dizer o mesmo em relação ao meu pai. Chegava tarde sem o menor motivo, dava desculpas esfarrapadas, foi flagrado por um amigo meu numa situação embaraçosa: lambia a orelha de uma loira num parque. Me contaram, e eu não acreditei. Mais tarde, a coisa se complicou, com alguns boatos e mal-entendidos que nunca foram resolvidos. Ele passou a viajar nos fins de semana. Questionei minha mãe. Ela me disse que a fidelidade é uma questão de consciência. É íntima, pessoal e intransferível. Respondo por mim, ela me disse. Jamais minha mãe discutiu com meu pai na minha frente. Mas sabia que ela sofria por dentro. Estava sendo rejeitada e, como todos sabem, a rejeição é o oitavo pecado capital. A partir daquele momento, jurei que eu seria diferente, não trairia a confiança mesmo de quem não a merecesse.

Minha mãe nunca disse que me amava e eu nunca tinha dito que amava nenhuma de minhas namoradas. Mesmo porque jamais elas me perguntaram nada a respeito. Tenho outra teoria (aliás, sou cheio delas): é provável que a gente se acostume com a ideia de amar simplesmente pelo fato de ficar repetindo isso a vida inteira. Pouco importa a intensidade ou a razão do sentimento. Basta ficar repetindo. A humanidade inventou muitas palavras abstratas: alma, amor, espírito, energia, aura, Deus. O amor não passa de uma palavra mágica que foi sacralizada através dos tempos. É uma coisa etérea, ambígua, carece de definição. Quando amamos, entramos num estágio de privação de sentidos. Nos disseram, e nós acreditamos. Não é proibido questionar, mas não é de bom-tom. Ficou decretado que é assim, e ponto final. Não nego que exista esse sentimento, mas sei também que ele é empregado com obstinação nas situações mais sórdidas com finalidades escusas. Na maior parte das vezes, a palavra é usada em vão, gratuitamente: para constranger uma pessoa que ainda está reticente em ficar com a gente, por exemplo. Aí vem o problema do amor não correspondido. Ele ama, ela não. Todos dizem que devemos diferençar o amor da paixão. O amor é alegre; a paixão faz sofrer. O amor é duradouro; a paixão é fugaz. Balela. Uma simples questão de etimologia. Mas voltaremos a isso mais pra frente, pois, afinal, o amor é a grande combustão que move o mundo.

É necessário dizer alguma coisa sobre o jornalismo daquela época. Ele era bissexto e vivia num hibridismo invulgar. Já tinha passado da fase romântica (amadora, porém apaixonada, criativa) e ainda não tinha chegado ao pragmatismo de hoje (profissional, mas frio). Todos os jornalões diários eram (na melhor das hipóteses) conservadores; arrotavam uma linha ideológica de direita, calcada nos pressupostos americanos. Falavam em democracia, mas privilegiavam os interesses da elite; diziam que o mercado se autorregula; aumento de preços das mercadorias era uma maneira de acomodar a economia; aumento de salários era gerador de inflação; reivindicação salarial era uma desordem de operários querendo tumultuar a estabilidade social; locaute das empresas era uma forma necessária de equilíbrio da demanda. Segundo os editoriais, todo sindicato de trabalhadores tinha infiltrações de agentes comunistas, todo líder operário tinha uma ideologia comprometedora, todo partido político era um saco de gatos. E as comunidades eclesiais de base eram subversivas. Resumindo: ninguém apoiava abertamente a ditadura, mas todos sabiam que ambos (a mídia e o governo) estavam a serviço dos grandes grupos financeiros e importantes corporações que haviam legitimado o golpe militar. Como se sabe, a única ideologia do empresário sempre foi o lucro. O regime de exceção (censura, prisões, tortura) justificava-se porque o Estado enfrentava uma espécie de guerra santa contra o inimigo: a guerrilha urbana. Um silogismo de deixar Descartes no chinelo. Esse inimigo ardiloso, é bom dizer, era um bando de jovens impetuosos, na sua grande maioria universitários egressos das faculdades de sociologia e alguns poucos dissidentes das forças armadas. Esse furioso exército de Brancaleone estava mal preparado, mal armado, com a cabeça recheada de ideais românticos e utópicos. Ideologicamente confuso (a maioria tinha lido *O capital* até o capítulo quatro), misturava o *18 Brumário* com Sierra Maestra, Guevara & Mao Tsé-Tung. E uma porção de dogmas. A esquerda brasileira das décadas de 60 e 70, com raríssimas & honrosas exceções, era stalinista. Para se ter uma leve ideia do que rolava na época, um amigo veio contar pra turma que uma nova revista estava sendo gestada nas profundezas do trepidante mercado editorial brasileiro. Como estávamos sempre à procura de mercados de trabalho alternativos mais dignos, eu perguntei quem seria o responsável pela área cultural e de arte, basicamente literatura. Ele me disse que, no novo órgão, não iria ter esse oba-oba. Pasmado com a resposta, perguntei: Como assim? A arte vem depois, ele disse. Depois do quê?, arrisquei. Armando um endurecido rosto de bronze, do alto de seu politburo pessoal, ele disse: Depois que as massas estiverem com o estômago cheio. Não insisti mais. Ficamos por aí. Arte era oba-oba, e estamos conversados.

Mas o jornalismo não ficava só nisso. Nos jornalões diários, havia espaço para colaboradores com uma visão mais aguda da realidade nacional. Eram pensadores independentes, acadêmicos ou não, que escreviam em código para burlar a censura. Todos sérios, sisudos, técnicos, densos. Às vezes, fico pensando que a esquerda brasileira não deu certo pela falta de humor. Faltava ecletismo. Faltava flexibilidade. Faltava jogo de cintura. A ginga não dava as caras. (O modelo vinha das terras exóticas & estepes geladas do leste europeu. Não conheço uma só foto do Lênin rindo, por exemplo.) Esporadicamente, brotava aqui & ali uma crônica mais insolente ou uma matéria que cutucava com cautela a legitimidade de tudo aquilo. Realistas, achávamos que era fruto de uma mente isolada — um repórter ou um redator mais irado burlando a vigilância da autocensura interna. Aparentemente, os militares assimilavam a porrada. Ou: numa atitude mais elegante, posavam de déspotas esclarecidos, promovendo o falso espetáculo da democracia. Afinal, a ditadura estava sendo monitorada e tutelada tecnicamente pelos americanos, que entendiam do marketing da repressão. Enquanto isso, a esquerda ia bem, tudo era decretado de forma incontestável de cima pra baixo. E as bases acatavam sem maiores questionamentos. Nem todos os grandes órgãos de imprensa, contudo, guardavam esse cauteloso distanciamento da ditadura. Alguns colaboravam. Sabe-se que um jornal de São Paulo emprestava à repressão suas Kombis para que transportassem hipotéticos subversivos para serem torturados nas dependências do Exército. Depois da sessão de pancadas e choque elétricos, alguns sucumbiam: ossos quebrados, testículos em petição de miséria, seios queimados com cigarro, órgãos perfurados, hemorragias internas etc. Em seguida, a macabra simulação era montada: atropelavam o cadáver numa via pública. Na sua grande maioria, os jornais estampavam esse (digamos assim) acidente de trânsito como a *causa mortis*. Sem maiores pudores. Diziam que o sujeito tinha tentado escapar.

Nas trincheiras da resistência, havia os nanicos, tabloides alternativos cujas linhas variavam de acordo com postulados que era difícil acompanhar. Ora eram pró-Moscou, ora pró-China, ora pró-Albânia, ora pró-Cuba. Todos eram semanais. Tinha um bem bacana. A última página era reservada a um conto. Mandei um. Mandei outro. Mandei um terceiro. Nada. Resposta alguma. Publicação, nem pensar. Resolvi verificar quais os critérios que norteavam a seleção e fui falar diretamente com o editor da seção. Depois de uma boa meia hora de espera, chega o sujeito. Tinha passado dos trinta, mas não tinha chegado aos quarenta. Sotaque nordestino (pronunciava Márquici ao se referir a Marx), calça surrada de brim, sandália de dedo, cabelos desgrenhados e grisalhos, uma barba que lhe nascia aos tufos no rosto bexiguento. Óculos de aro redondo, tipo Gramsci. Foi logo dizendo que a literatura tinha uma função, assim como toda arte: tinha que estar ligada a uma mensagem clara, edificante. Os contos que o jornal publicava tinham um comprometimento rígido: falavam de camponeses, operários, trabalhadores, fome, reforma agrária. Eu sabia. Tinha analisado bem. Era uma coisa naturalista, quase reportagem. Ordem direta das frases. Descrições secas, sem muitos adjetivos. A ênfase estava nos substantivos. Diálogos curtos. Narrações na terceira pessoa onisciente. Os personagens eram pobres. Todos. Era uma opção. Nessa época, eu estava fascinado pelo realismo mágico. Era muito mais que um flerte. O que escrevia era fiel a essa linha. Um dos textos se chamava "Paladino Splach no jardim de minha tia". O personagem era um minúsculo cavaleiro de um palmo de altura que aparecia de vez em quando para um menino que morava com a tia. A cada encontro, Paladino ia tecendo suas considerações sobre tudo que acontecia no mundo, comentando, aconselhando, dando dicas filosóficas a respeito da vida & das pessoas, numa espécie de romance de formação do menino. Não descartei a política. Lá pelo meio do conto, o personagem vai para o Chile logo após o golpe militar que havia derrubado Allende e luta contra as forças reacionárias da ditadura para o restabelecimento da democracia e do estado de direito. Diante do impasse inicial, onde a gente se estranhou bastante, argumentei para o editor que seu jornal podia até ter uma linha ideológica bem definida e uma estética coerente, mas não podia descartar a ficção, a essência de toda a literatura. Ele disse que não interessava. Tinha lido o conto e o achava escapista. Como assim?, perguntei. Ora, forma & conteúdo não batem. Insisti: Como assim? O que a gente publica é realista. Um realismo de construção. Mais uma vez, perguntei: Construção do quê? De uma nova ordem, ele disse. Contra-ataquei, dizendo que uma nova ordem (fosse ela qual fosse) não podia negligenciar a sensibilidade das pessoas. Independente do tipo de regime econômico a ser implantado no país, o povo precisava continuar a se emocionar, a se entusiasmar, a sorrir e a chorar. Não é esse o plano, ele disse, o povo não vai mais chorar. Os escritores precisavam entender aquilo e passariam a ser mais um suporte das grandes ideias estabelecidas aos poucos pelos governantes. A exemplo do que estava acontecendo nos países do leste europeu, acrescentou, num tom rispidamente didático. Perguntei quais grandes escritores haviam surgido na URSS após a revolução de 1917. Ele embatucou. Eu disse que ele tinha tempo para pensar, não precisava ter pressa, que me citasse apenas três nomes, assim, de cabeça, podia ser em ordem cronológica ou alfabética, tanto fazia, como ele achasse melhor. O editor se enfureceu. Disse que não tinha obrigação alguma. Eu disse que não, claro, imagina, quem era eu. Mas só por curiosidade, insisti, me diga só dois nomes, então, dois grandes escritores russos que tenham emocionado os leitores nos últimos cinquenta anos. Bufando, ele se levantou e antecipou nossa despedida. Depois de refletir muito, cheguei à seguinte conclusão: meu conto tinha uma contradição flagrante: o nome do meu personagem: Splach, uma onomatopeia com sotaque ianque demais. Forma & conteúdo não batiam. Intenção & resultado se anulavam. O problema era incontornável. Splach era o som que surgia ao final, quando meu herói era esmagado pela bota de um militar chileno ou pelo casco de um cavalo, não me lembro bem. Impossível mudar o título. Minha onomatopeia tinha sido derrotada por um editor que havia transformado Marx numa proparoxítona.

Mas vamos voltar àquele dia. Quando cheguei ao bar, um garotão estava cochichando alguma coisa no ouvido de Ana, que gargalhava. Havia muita alegria na mesa, além dos salgadinhos e das bolachas de chope. Não me fizeram espaço: os lugares continuaram como estavam e eu tive que garimpar uma cadeira de outra mesa e encostá-la numa quina. Ana me mandou um aceno protocolar e se levantou para abraçar um rapaz que estava chegando. Aquilo durou uma eternidade. Peito com peito. Barriga com barriga. Virilha com virilha. Uma coisa bem apertada. O filhodaputa cheirando seus cabelos com os olhos fechados. Ana abraçava as pessoas como se elas tivessem acabado de sair da penitenciária depois de trinta anos de reclusão. Daquela vez, ela variou: abraçou o sujeito como se ele tivesse voltado da guerra franco-prussiana com o braço na tipoia. Em seguida, foi ao banheiro. Instantaneamente, os oito pares de olhos se dirigiram para sua bunda, que fez as negaças esperadas por todos. Ana era uma festa. Beijava todo mundo na boca, fazia carinhos inesperados no rosto das pessoas, prometia tudo, mas sem se comprometer. Para subir na carreira, não precisava ter um texto maravilhoso nem uma pegada forte. Naquela mesma noite, fiquei sabendo que ela fora convidada para trabalhar na editoria de Economia de um grande jornal.

Economia?, perguntei, completamente abobado.

O que é que tem?, ela disse.

Porra, justo Economia, a editoria mais reacionária do jornalismo brasileiro? Você vai denunciar o cartel do cimento?

Um incômodo silêncio pairou lúgubre sobre a mesa, cada qual colocando o próprio rabo entre as pernas. Hidrófobo, continuei:

Você vai escrever sobre o quê? Commodities, balança comercial, debêntures, aplicações de curto prazo?

Mas dei de bandeja. Tiveram tempo para pensar. E revidaram à altura. Houve uma vaia generalizada na mesa. O diagnóstico foi fatal: eu não entendia nada da carreira, o que deveria ser feito, como as coisas tinham que se arranjar, a maneira correta de galgar os degraus e negociar postos melhores.

Naquela situação politicamente absurda por que passava o país, a única razão para se fazer jornalismo era para denunciar negociatas, a mortalidade infantil, a fome no Nordeste, fraudes financeiras, manipulação de dados, desmandos, maquiagem dos índices inflacionários, abusos e coerção da liberdade. Ana e eu tínhamos conversado longamente sobre isso. Pelo que me lembrava, houve consenso, ela também conservava os ideais democráticos, até com um certo viés anarquista. Conhecíamos muito bem os repórteres da área econômica. Eram pessoas insuportáveis: nariz empinado, vestiam ternos sóbrios com gravatas coloridas, usavam expressões técnicas em inglês, envaideciam-se de estar perto do poder, gostavam de privar da intimidade de empresários canalhas e escrotos a serviço dos militares em coletivas de imprensa regadas a brioches, canapés e vinho branco.

Quer dizer que pouco importa sobre o que você vai escrever, o que importa é subir na carreira e dobrar o salário?

Triplicar, ela disse, verbo que incendiou a garganta dos presentes em nova gargalhada e mais uma vaia ensurdecedora desabou sobre a mesa. Eu não entendia nada. Era um santo, um puro, um otário.

Se eu lembrava da matéria que tinha denunciado aquela empresa que emitia poluentes no ar acima do permitido? Claro que lembrava. O repórter tinha inclusive ganhado um prêmio. Pois bem, me disse um jornalista, ela foi encomendada por uma multinacional estrangeira do mesmo ramo, que foi beneficiada. Dobrou o faturamento naquele mesmo ano, e a empresa brasileira denunciada foi obrigada a demitir 50% de seus funcionários. A matéria tinha sido negociada junto à direção do jornal, que aceitou a propina, e o repórter ganhou uma viagem com estadia de uma semana nas Bahamas.

Se eu lembrava do artigo que denunciava as mordomias no sítio daquele ministro? Sim, lembrava. O repórter inclusive... Pois bem, argumentou meu algoz, de maneira irritante e didática, ela foi plantada no jornal com o objetivo de fritar o sujeito publicamente. Descredenciado, ele perdeu o cargo. E quem assumiu? Você lembra?

E o superfaturamento daquela rodovia na Amazônia? E a quebradeira generalizada naquelas indústrias em São Bernardo do Campo? E as madeireiras do Araguaia? E aquele dossiê contra o deputado que comprava votos no Nordeste? Não tem por onde, meu caro, a gente pensa que está fazendo reportagens investigativas, jornalismo de pesquisa, levantando os podres, denunciando negociatas, mas, no fundo, somos paus-mandados da direção, que aluga seu espaço pra faturar em cima. Somos boys de luxo.

Afinal, o que eu queria? Entrar pra guerrilha urbana? Naquele exato instante, percebi que seria sim uma saída, não tanto para combater a ditadura, mas para poder metralhar as pernas daqueles pragmáticos, simbióticos e integrados de plantão, como os terroristas italianos e alemães fariam dois ou três anos depois. Lá, eles atacaram políticos de direita, empresários e industriais; aqui, nosso grupo teria a incumbência de eliminar repórteres de Economia.

Em seguida, pediram nova rodada de chope, colocando um ponto final em minhas pretensões de conjeturar sobre a coerência profissional e os sonhos e objetivos de toda uma geração. Nesse exato instante, Ana se levantou da outra ponta da mesa, veio sentar-se ao meu lado e me lascou um beijo estalado no rosto, numa cabal & explícita demonstração de solidariedade ao perdedor. Tipo: Tolinho. Eu gosto de você assim mesmo. Foi por essa época, se não me engano, que surgiu a expressão "profissional" no seio da nossa trepidante classe jornalística. (*Eu sou um profissio-*

nal.) Profissional era o sujeito realista, pragmático, pé no chão. Não tinha predileção por uma editoria específica. Escrevia sobre qualquer coisa. Trabalhava em qualquer órgão de imprensa, independente da linha ideológica. (*Jornalista tem que ter autonomia. A linha política atrapalha o discernimento.*) Profissional era o cara que aceitava todas as regras do sistema, não se iludia, fazia o que os superiores mandavam. Jamais se negaria a escrever uma reportagem alegando problemas de ética. Jamais se demitiria por dignidade abalada. O profissional tinha apenas um mandamento: subir na carreira, pulando de cargo em cargo, de jornal em jornal, de revista em revista, de salário em salário. Ainda lembro de ter brincado com Ana nesse sentido. Eu disse: O profissional é o cara que atua na horizontal com o objetivo de subir na vertical. Ela percebeu a clara alusão à prostituição e se sentiu ofendida. Naquela mesma noite, brigamos muito. Ela de calcinhas e camiseta branca, eu de cuecas, perambulando pela casa com um copo de uísque na mão. Uma pândega.

Nos anos que se seguiram ao golpe de 64, era muito difícil topar com sujeitos de direita nos locais que eu frequentava: festas, botecos, redações de jornais, cinematecas, salas de teatro, auditórios de universidades, academias literárias, shows de música. Havia gradações, evidentemente. Podiam ser reformistas de centro-esquerda, podiam ser eurocomunistas, podiam censurar o engessamento burocrático do Estado & o desvirtuamento ideológico nos países da cortina de ferro, podiam recriminar o caráter xenófobo e autoritário da revolução cultural maoísta. Tinha gente que, já naquela época, colocava em xeque a legitimidade de Fidel Castro como presidente vitalício de uma ilha de vinte metros quadrados no coração do Caribe. Mas todos eram, no mínimo, socialistas. O acúmulo de capital era o grande mal da humanidade. A geopolítica era cruel com os países do Terceiro Mundo. Todos os ricos eram ladrões, todos os empresários eram safados. Imaginava-se que houvesse um tipo de unanimidade em relação a essas questões. Mas foi uma ilusão, evidentemente: o pessoal tinha dado um recuo tático, estava hibernando. Naquela época, ninguém ousava emitir opiniões contrárias em público. Tomariam pau na cabeça, com certeza. Provavelmente, se reuniam em confrarias, em clubes fechados, à luz de archotes de querosene, maldizendo as diretrizes monolíticas pelas quais o mundo circunstancialmente passava. Estavam apenas ganhando tempo e se organizando para a etapa seguinte. Naquela noite, naquela reunião no bar em frente ao jornal, deduzi que a hora tão temida tinha chegado: eles estavam emergindo das profundezas como enfurecidos Morlocks. Eram descolados, cínicos, elegantes, simpáticos, debochados, argumentavam, não tinham pudores, alardeavam abertamente que, afinal, num jornal de uma empresa privada num regime capitalista, cujo patrão era um lobista da Bolsa de Valores, não havia mesmo lugar para simpatizantes de ideologias que pregavam a distribuição de renda entre os pobres. Correto. Até certo ponto. Pois sabíamos que, até nos EUA e principalmente na Europa, alguns órgãos de imprensa tinham dado viradas históricas em suas linhas editoriais, não propriamente em virtude de uma mudança ideológica de seus donos, mas por causa de pressões da sociedade. Havia resistência dos jovens, dos intelectuais e de todo um contingente de leitores que não eram burros. Até a classe média andava meio reticente. Percebia algo no ar. Havia tumultos em todos os cantos que se olhasse, protestos, passeatas. Impossível não ver. Seriam todos bagunceiros anarquistas? Difícil. Eles tinham alguma coisa a dizer. As provas eram irrefutáveis.

Assim: existiam bons jornalistas na área econômica? Claro. Havia economistas com senso de justiça e moralidade ilibada, protestando contra o acúmulo de riqueza? Muitos. O próprio jornal no qual ela iria trabalhar tinha uma linha extremamente correta. Existiam ainda profissionais daquela área tão controvertida que acreditavam nas teorias de Marx? Evidente. Perseguidos, meio calados, mas havia. Até escreviam e publicavam livros. Davam conferências em auditórios lotados e vigiados pela polícia. Os bons mesmo estavam exilados. Mas algo me dizia que Ana não tinha levado isso em consideração ao fazer sua opção. Era uma arrivista, uma burguesinha financiada brincando de jornalista. Mas estava inserida no contexto. Eu, pelo contrário, estava fora. Para mim, os anos 60 tinham terminado. O sonho havia acabado. Percebi que vinha chumbo grosso pela frente.

Um pouco mais tarde, quando o Cláudio Abramo assumiu a direção editorial de um dos maiores jornalões brasileiros, revolucionando completamente sua linha, colocou uma faixa atrás de sua mesa: O jornalismo é a arte de preencher os espaços vazios entre os anúncios. Ignoro até hoje se a frase é dele (me parece coisa do Karl Kraus), mas assino embaixo.

E pensar que, apenas um ano antes (exatamente no mês de maio de 1968), as utopias tinham chegado ao seu ponto mais alto na França. Tudo começou com os estudantes reivindicando o direito de reunião. A polícia reprimiu com violência uma manifestação pacífica de quatrocentos deles. Os quatrocentos se tornaram milhares em questão de horas. Tomaram as ruas, as praças, as universidades, a sala do reitor. Tentaram dispersar a multidão com gás lacrimogêneo e jatos d'água. Receberam de volta coquetéis Molotov. Automóveis foram incendiados, levantaram barricadas.

Na mesma semana, pegando carona no movimento, uma greve geral de trabalhadores paralisou as principais indústrias francesas e a coisa pegou fogo: trezentos feridos (entre operários, estudantes e policiais) e seiscentos presos. No dia 26 de maio, sindicatos, associações de patrões e o governo chegaram a um acordo: o salário mínimo seria aumentado, as horas de trabalho reduzidas, a idade de aposentadoria idem, e os trabalhadores conquistaram o direito de se organizarem, assim como os estudantes. No dia 28 de maio, o primeiro-ministro Georges Pompidou aceitou a renúncia do ministro da Educação e, em 10 de julho, ele próprio deixou o cargo. Em seguida, o presidente Charles De Gaulle fez um plebiscito para ver se a população o queria. Perdeu. Foi trucidado pelo voto. E também renunciou. Marcaram novas eleições. Pompidou foi eleito por larga margem.

Um ano depois daquela reunião no bar em frente ao jornal, a seleção canarinho sagrou-se tricampeã mundial na copa do México. E milhares e milhares de aparelhos de televisão inundaram os lares deste imenso rincão ao sul do Equador.

Gozado, a primeira traição escancarada de Ana não foi sexual, como eu esperava, foi ética. Ela trocou de jornal e eu troquei de apartamento. Fui morar sozinho numa quitinete no centro da cidade. Levei meus livros.

IV

É duro fazer um balanço sentimental da vida aos cinquenta e muitos anos, mas é necessário para tentar saber onde e como a maldição toda começou. O fato é que esses episódios me provaram com uma fidelidade indecente e uma persistência canalha que estava condenado a viver uma vida sem amor. Noutros tempos, numa dessas encruzilhadas do destino, muito provavelmente dei de cara com o Tinhoso que, usando de artimanhas milenares, colocou a indecorosa proposta sobre a mesa. Devo ter topado. Nessas horas, como reza a lenda, sempre tem uma barganha. A gente tem que dar algo em troca. É um clássico. Com toda certeza, abri mão do amor. Mas — e é esse o meu problema — em troca de quê?

Vamos colocar as coisas nos seguintes termos: participei de quatro revoluções e perdi as quatro. Com alguns desdobramentos posteriores, as quatro tiveram origem na década de 60. Como se sabe, nessa época, metade da população tinha o salutar desejo de derrubar a outra metade do poder. Estudantes, educadores, operários, guerrilheiros, intelectuais, as mulheres, jornalistas, escritores, os gays, antropólogos, sociólogos, artistas em geral. Todos engajados no mesmo objetivo: questionar, levantar questões, modificar o que já estava estabelecido. Naquele autêntico caldeirão fumegante de ideias & ideais, sonhos, utopias, carros incendiados e palavras de ordem, não havia tempo para hesitações de qualquer tipo. Era o aqui e agora. O futuro tinha chegado. Botar pra quebrar, botar pra foder, assumir, engajar-se, questionar, anarquizar, recuperar o tempo perdido. Os ares da mudança eram concretos, podiam ser cortados com uma navalha. Música, política, sexo. Conferências, debates, mesas-redondas. Projetos. Para se ter uma leve ideia do tom crítico que rolava na década de 60, basta dizer que até os super-heróis tinham problemas de consciência. O Surfista Prateado, por exemplo, vivia se recriminando em público por estar ajudando a polícia. Em sua prancha, ele ruminava um tipo de filosofia estranha e dúbia, fazia um *mea culpa*, queria estar inserido no contexto da época.

Os grupos se dividiam. Havia os que achavam que a ruptura devia necessariamente passar pelo confronto direto (*Nada muda sem derramamento de sangue*); havia os que brandiam a bandeira da Paz & Amor (*Gandhi era um grande cara*); e havia os que insistiam que a mudança deveria surgir de dentro pra fora (*Devemos lutar com as armas do sistema para minar & implodir as instituições*).

Muito bem. Em qual grupo eu me encaixava? Em todos. Tinha lido Marx, tinha lido Trótski, tinha lido Lênin e sabia que era impossível contemporizar ou ser condescendente. Nessas horas, é preciso ter mão firme, deixar de lado a complacência e exigir rupturas radicais. Tinha que ser na porrada. Por outro lado, tinha lido Isaac Deutscher, que me alertava em surdina, ao pé do ouvido: Com o tempo, toda revolução aniquila seus personagens mais fiéis, substituindo-os por pragmáticos de plantão, descaracterizando a doutrina original e fazendo com que ela perca toda sua autenticidade. Mas me disseram que aquilo era apenas um acidente de percurso, e eu acreditei.

Eu era jovem, vinte e poucos anos, adolescência estuporando os hormônios, uma fase da vida em que a música tem uma importância fundamental nas atitudes & posturas. Ela se torna porta-voz do jovem em pleno transe existencial, assume a linha de frente. A música aglutina. Impossível passar batido por esse fenômeno. Como consequência natural, surgiram comunidades alternativas, que viviam ao ar livre como nômades, como ciganos, plantavam sua própria comida, se solidarizavam e se drogavam com ervas no intuito de revitalizar o contato com os deuses, numa íntima comunhão com a terra e o espírito, como faziam as tribos indígenas e outras civilizações já perdidas no tempo. Nesse sentido, trocaram o confronto direto pela resistência passiva. Da mesma forma que para os gregos antigos, a música era o alimento da alma, ditava ritmos, criava climas propícios ao devaneio, à contemplação ou, pelo contrário, sublinhava o frenesi dionisíaco tão necessário para uma reciclagem dos mitos. Não foi à toa que essas comunidades exumaram a flauta doce, numa singela e sutil homenagem a Pã. Percebi, no entanto, que a filosofia daquela vida campestre e bucólica era um tanto deslumbrada. Sua fragilidade estava muito exposta a possíveis e eventuais estocadas do sistema, que a encamparia na primeira oportunidade, faturando em cima. Mas me disseram que era apenas um acidente de percurso, e eu acreditei.

Por último, eu queria ser escritor. Pretendia lutar dentro do próprio sistema com as armas que ele me dava. Iria, com certeza, escrever coisas de arrepiar, que emocionassem mas que também instalassem a indignação no cérebro e na alma do leitor. Denunciaria arbitrariedades, arrivismos, hipocrisias, injustiças. Eu queria que as pessoas pensassem, refletissem sobre a condição humana. Através de belas metáforas, criaria um estilo que consubstanciasse indagações de toda ordem, dúvidas, perplexidades. Percebi, contudo, que o mundo das Letras era povoado de seres que privilegiavam a vaidade, comiam-se vivos uns aos outros, eram mesquinhos, cruéis, brandiam as palavras como espadas, eram vingativos, tinham sede de fama & poder, competiam, ostentavam aos quatro ventos sua sabedoria livresca, mas pouco sabiam da vida. Me disseram que aquilo era apenas um acidente de percurso, e eu acreditei.

Deveria optar por um grupo definido? Besteira. Eu queria tudo. O jovem quer tudo. Acha que pode. Pressente que o mundo está a um palmo de seu nariz — é só esticar a mão e arrancar a máscara da face dos poderosos. (*Seja realista. Queira o impossível.*)

As coisas estavam nesse pé. A primeira revolução que perdi foi a política. Tinha simpatia pela causa, mas nunca fui guerrilheiro, nunca assaltei um banco, nunca me engajei em facções, nunca fiquei retido em aparelhos, não detonei delegacias, não fui torturado. A revolução política que perdi foi dentro de mim mesmo. Ela definhou aos poucos e acabou morrendo de inanição na minha barriga, como um feto. Afinal, não conseguia entender a íntima ligação entre querer modificar o sistema econômico de um país e perseguir seus artistas e intelectuais, confinando-os em calabouços, como na Idade Média.

A segunda revolução que perdi foi a musical. Com o tempo, percebi que meus ídolos, que levantavam bandeiras de indignação frente à falta de autonomia criativa num sistema montado exclusivamente para a dissipação, o lazer & o entretenimento, capitularam um por um diante da fortuna e do sucesso. Colocaram o rabo entre as pernas e passaram a alimentar justamente o que mais odiavam: a indústria fonográfica. Compraram mansões com piscina, limusines blindadas, viviam apartados dos humildes mortais. Hoje, estão devidamente encaçapados no maravilhoso mundo dos negócios, do business. Não são mais artistas, são comerciantes. Sobraram poucos para contar a história. E esses poucos, hoje, estão esquecidos, perderam o público, estão reclusos em guetos. Envelheceram. Uns se mataram. Outros viraram alcoólatras. E a grande maioria está calada. Receosa.

A terceira revolução que perdi foi a profissional. O mundo da Comunicação é contraditório e cruel. Pressupõe um interlocutor. Quando você pensa que está dialogando, está na verdade monologando. Remoendo e remexendo velhas & obsessivas taras temáticas. Ao regurgitar paradigmas para uma plateia dispersiva, você se dá conta que não está sendo compreendido. Ao ouvir as primeiras perguntas que surgem do fundo da sala de conferências, isso fica límpido como água mineral. Você perdeu o último bonde que a humanidade colocou em circulação. E isso é definitivo. Não tem volta. Como jornalista e como escritor, você está acabado.

A quarta e última revolução que perdi foi a sexual. Há antecedentes para explicar (mas provavelmente não justificar) aquele desfecho dramático com Ana. Quando ela saiu do quarto naquela maravilhosa tarde de verão, vestida com uma saia indiana esvoaçante e transparente, uma camiseta branca sem sutiã e rebolou sua magnífica bunda pelos quatro cantos da sala, tive uma intuição, mas não quis adiantar nada. Ela engrenou um discurso insinuante, que englobava desde comida macrobiótica e pasta de gergelim até experiências alternativas com outros parceiros.

O ambiente lá fora era obtuso. A ditadura militar continuava estourando aparelhos e cabaços de companheiras detidas nos calabouços da repressão. Torturava sem dó nem piedade no pau de arara e na cadeira do dragão, metia bambus por baixo das unhas, dava choques elétricos na vagina e nos bagos, quando não castrava literalmente o pau de guerrilheiros e artistas em geral. A censura rolava solta. A música que eu mais gostava, em pouco tempo, viraria um bate-estaca infernal, rolando direto em pistas de dança e discotecas. Os jornais alternativos e de oposição começavam a podar colaboradores que insistiam em ter autonomia total em relação aos dogmas ideológicos pré-estabelecidos. Mais alguns anos, e as comunidades campestres refluiriam e virariam entrepostos de drogas mais pesadas. Nessa época, eu já tinha optado por me engajar num grupo intermediário e muito particular: escrevia uns troços estranhos, trabalhava num jornal fuleiro, fumava meus baseados de vez em quando, ouvia música que a esquerda considerava alienada e comprometida com o imperialismo ianque. Resumindo: eu fazia uma bem dosada miscelânea dos parâmetros e tendências dos três grupos. Isso, se pegarmos ao pé da letra, pois, nessa altura do campeonato, cada um deles já tinha se bifurcado em dezenas de subgrupos & subfacções que me deixavam aturdido e desnorteado.

Como assim, outros parceiros?, perguntei pra Ana, com o cu na mão.

Ela não respondeu de pronto. Parou, pensou, foi até a janela, olhou para fora e se virou. Seus lindos olhos castanhos e sua boca estavam numa perfeita sintonia. Mas seu semblante era uma incógnita que traía o palíndromo de seu nome: não conseguia lê-la nem da direita para a esquerda, nem da esquerda para a direita. Ana também era repórter, como eu. Tínhamos engrenado um caso amoroso fazia uns oito meses, mais fruto do acaso imprudente do que de uma iluminação propriamente dita. Me lembro bem como tudo começou. Ela transava com o diretor de redação, um cara com o triplo da idade dela, canalha em todos os sentidos, barrigudo, camisa aberta no peito, um obsceno medalhão dourado caindo sobre os pelos. Parecia um bicheiro. Era odiado por todos: dos boys aos editores, passando pela faxineira, que não raro recebia palmadinhas na bunda quando passava. Não era só isso: para fechar o perfil, ele ostentava comprometedoras costeletas tingidas de preto muito comuns na época. Um dia, saímos, e ela me contou o drama: ele era casado, três filhos, a mulher com câncer. Outro clássico. Depois de enxugarmos duas garrafas de vinho, ela ficou terna, eu fiquei terno, o clima ficou mais leve. Até o garçom que nos servia nos lançava olhares doces. Ouvimos uma música tocada por violinos celestiais ao longe. Não é necessário contar o resto.

Todos sabem que a revolução sexual iniciada na década de 60 foi germinando aos poucos. Houve discussões, argumentos sólidos e levianos, marchas e contramarchas. Alguma coisa tinha que ser feita para que a libido pudesse vir à tona e recuperar os anos de desperdício com as ideias puritanas que haviam norteado a vida de toda a geração anterior. Mas todos sabiam também que o moralismo era coisa da classe média, das famílias levemente religiosas que estavam perdidas diante do pecado etc. As outras classes (a de cima e a de baixo) cagavam para aquilo tudo, suas regras eram outras. Sempre tinham soltado a franga, fosse em grandes bacanais, regadas a uísque e cocaína ao redor de piscinas deslumbrantes, fosse no baixo clero, onde o pai bêbado comia até a filha adolescente, a nora, a vizinha, o papagaio. A grande novidade era instalar o fuzuê na faixa intermediária, onde fermentava o receio, o pudor.

Pois. Foi uma vitória. A virgindade foi jogada pra escanteio, o feminismo levantou questões candentes, as minorias sexuais botaram lenha na fogueira e a pílula sacramentou tudo isso de forma irrevogável. Mais: o aborto virou arroz de festa.

Houve excessos, evidentemente, como em qualquer revolução, onde o pessoal se lambuza com a novidade. Praticar o sexo, livre de amarras ou preconceitos, tinha virado uma necessidade. Era quase imperioso, quase obrigatório. Com o tempo, porém, as discussões se acirraram e adentraram outras searas, outros tabus, que tinham que ser extirpados do seio da sociedade como velhos tumores. A fidelidade, por exemplo. Numa dessas discussões que presenciei num auditório de faculdade, ao lado de Ana, a monogamia foi comparada a uma gangrena que vai corroendo a perna até que seja necessária a amputação.

Por que o homem pode e a mulher não?, bradaram as feministas.

Epa, eu falei pra Ana, também não pode. Quem disse que o homem pode?

Uma garota que estava sentada a nossa frente virou-se e me lançou um olhar ofídico, e — delírio da minha parte ou não — pude identificar a expressão que pouco a pouco se delineava em seus lábios: porco chauvinista!

Imagine! Logo eu que tinha sido um dos primeiros a dar a maior força para as ideias feministas, numa época em que a maioria dos machos fazia chacota e chamava o movimento de bando de sapatas enrustidas e frustradas.

Só sei que até a Ana, sempre antenada e com o espírito aberto, não embarcou na minha. Disse que eu estava legislando em causa própria. Saí da conferência completamente chapado, detonado, vencido. As mulheres conspiravam abertamente. Me senti tão traído como naquele assalto em que dois pivetes me levaram a carteira em pleno viaduto. Depois do susto, ainda abalado, tive o ímpeto de dizer: Porra, isso é errado. Eu estou com vocês, meus camaradas, sempre lutei contra a injustiça, o acúmulo de riqueza, escrevi sobre isso nos jornais e revistas. Não sou diferente de vocês.

Ao abrirem a carteira, vocês vão perceber. Só tem merrecas. Eu trabalho, troco meu suor pelo salário, sou tão explorado quanto vocês.

Mas me calei. Ainda bem. O discurso era frágil. E se os caras resolvessem argumentar? Com certeza, diriam: Ah, é? Você já experimentou ser negro por meio minuto na puta da tua vida? Ter nascido e crescido na periferia num quartinho de dois metros quadrados com mais nove irmãos? Vamos supor que você perca o emprego. Vai morar debaixo da ponte ou sempre tem um parente que vai quebrar o galho e te arranjar outro trampo, emprestar grana, arrumar um lugar limpo e seguro pra morar? Ãh?

Seria o argumento das feministas tão ou mais complexo e coerente do que aquela hipotética conversa com os pivetes? Eu estava pagando pelo que meus antepassados tinham feito em relação às mulheres durante séculos e séculos de dominação, subjugação e humilhação. Não tinha por onde. O que eu faria na época da caça às bruxas, por exemplo? Pediria para ser imolado junto com elas nas fogueiras? Engrossaria as fileiras da reivindicação pelo voto feminino no começo do século XX? Me engajaria de mala & cuia nas manifestações contra a ablação do clitóris numa das regiões mais violentas e escondidas da África? Entraria completamente nu, impávido & solerte, no palácio de algum sheik afegão para pedir a revogação da obrigatoriedade da burca para as mulheres muçulmanas?

Muito bem. Em que ficamos? Amputaram a gangrena da fidelidade conjugal e a monogamia foi considerada uma doença transmissível e incurável. A licenciosidade começava a dar seus passos mais certeiros rumo a uma sociedade de amazonas dissolutas que se bastariam a si mesmas. Bacantes insensatas estipulariam novas regras obscenas para o relacionamento profano. Nós homens seríamos escravizados, colocados em pequenas baias e seríamos usados apenas para o recolhimento do sêmen com vistas à preservação da espécie. Aquela conferência era a antessala da anarquia. Com certeza, sairiam todas berrando slogans contra os homens e queimando falos de plástico em enormes fogueiras.

Não sei como você vai encarar isso que vou dizer, me disse Ana, do alto de uma rocha bíblica, engrenando um estilo meio messiânico, mas esse sentimento pequeno-burguês de posse exclusiva de uma fêmea é degradante para nós.

Nós, quem?, perguntei.

Ué, nós, mulheres.

Explodi: Pois fique sabendo que eu não sou "nós homens". Eu não falo por um grupo, falo por mim mesmo. E acho que esse negócio é modismo. Vai caducar daqui a vinte minutos.

Ela discordou com veemência: Você está enganado. Pelo contrário. É irreversível. A liberdade que se conquista não pode ser barganhada.

Não estou pedindo para barganhar nada, gritei, estou implorando para que você recobre a lucidez.

Não grite comigo!, ela gritou, não sou tua esposinha e não vou ser nunca.

Ainda imaginei se poderia lhe devolver a bola e dizer que ela também estava legislando em causa própria, mas me calei. Seria me rebaixar muito.

Esse episódio foi só o começo. De uma forma ou outra, acho que resolvemos o impasse, passamos por cima, entramos num acordo tático e técnico, não me lembro bem. Uma coisa, contudo, instalou-se definitivamente em meu íntimo: o vírus do ciúme.

Vamos voltar ao hipotético pacto na encruzilhada. Em toda transação (comercial ou não), há interesses em jogo.

Que vão ser colocados sobre a mesa, analisados, discutidos, ponderados. Em toda transação, há convergências e divergências de ambos os lados. Há quem perca, há quem ganhe, muito raramente há um equilíbrio de forças. O comprador geralmente está por cima. Dá as cartas. O vendedor, justamente por estar necessitado, resiste um pouco, pensa na dignidade ferida, mas acaba cedendo no final. Com o Diabo, não é diferente. Nos vários casos que conhecemos (da literatura ou da vida), quem vendeu a alma trocou o incerto pelo certo. Abriu mão da vida eterna para se dar bem aqui & agora. Afinal, deve ter pensado o meliante, sabe-se lá se existe o Além. Isto aqui, pelo menos, por mais estúpido que seja, é real. Num ato de coragem, ele negligencia a eternidade edênica e transforma este vale de lágrimas num vale de sorrisos, alegria e muita bandalheira.

Esse tipo de negociação tem um objetivo claro: burlar o destino. Como todo bom escritor sabe, alterar o enredo de uma história no meio do caminho traz problemas: é necessário harmonizar as partes, amenizar o impacto e cuidar da estrutura, para que tudo não desmorone.

Todo personagem (tanto na ficção como na vida real) precisa pulsar de acordo com o ritmo que lhe foi previamente determinado. Mudar isso é fazer com que ele receba um atributo provavelmente destinado a outro. O preço a pagar é alto. Na maior parte das vezes, ele é estipulado por um conselho de anciães na antessala do inferno, real ou metafórico.

O caso mais famoso é o de Fausto, um espírito goticamente enfastiado. Perturbado mesmo. Vivia resmungando e se lamentando pelos cantos da casa que a sabedoria terrena não tinha lhe trazido nem paz nem alegria, pois ele achava pouco ser apenas filósofo, jurista, médico e teólogo. Num desses surtos, ele evoca as forças do Além, e aparece

Mefistófeles. Trocam ideias e firmam um pacto: Fausto pertenceria ao Demo, desde que ele ganhasse o amor de Margarida. Depois, as coisas se complicam um pouco, mas o básico é isso. Simples, direto, curto & didático.

Dorian Gray, outro exemplo, tinha lá seus problemas com a velhice, não admitia ter rugas no pescoço, mancar da perna direita, ter acessos de asma quando a idade provecta o alcançasse nas esquinas do tempo e tudo mais. Abriu mão de alguma coisa que não fica bem definida e ganhou a fonte da eterna juventude. Por ser inglês, o autor nos poupou da presença insidiosa do príncipe das trevas e seus diálogos grotescos. Entende-se: era um dândi, era esnobe, era discreto e elegante. Com certeza, achava que a literatura de seu país já tinha usado à exaustão fantasmas, espectros e outros tipos de aparições ectoplásmicas.

O bluseiro Robert Johnson, a mesma coisa, entregou a alma na encruzilhada em troca de inspiração para compor as músicas mais belas e seminais do cancioneiro popular americano. Em particular, a instigante "Crossroads". Na Alemanha e Inglaterra, esse tipo de expediente pode ser considerado uma esquisitice. Nos Estados Unidos, é pura necessidade, principalmente se o sujeito é pobre, negro e desempregado.

Isso, sem contar com a imensa legião de pintores, músicos e escultores que, entre os séculos XVI e XIX, se venderam para reis, príncipes & arquiduques só para poderem desfrutar de um quartinho na corte e se lambuzarem com codornas recheadas de trufas, galantinas de salmão e outras guloseimas. Fizeram de tudo: pintaram quadros e murais dos déspotas esclarecidos, esculpiram bustos e compuseram sinfonias em louvor dos gloriosos feitos bélicos dos que pretensamente eram ungidos pelos deuses e tinham sangue azul. Contudo, esse tipo de comércio rasteiro não tem o menor charme. Pois, como se sabe, precisa ter muito peito para dialogar diretamente com quem detém o poder real. Reis, rainhas e o resto da nobreza são paus-mandados, gente do segundo escalão, uma coisa cartorial. É mais uma putaria. Mas nem tudo foi em vão. Os gênios se safaram, ficaram pra História apesar desse pecadilho e foram absolvidos. Alegaram que as tintas e mármores eram caros, precisavam de um financiador, um mecenas, de um admirador das artes. Os que não eram gênios foram devidamente esquecidos e se foderam de verde e amarelo. Havia também os que faziam sacanagem. Pintavam e compunham nas entrelinhas, ridicularizando os modelos, sua família, o poder. Ganhavam nas duas pontas: no presente e na posteridade. Mas esta já é uma outra história.

Também não vamos falar de mutretas oficiais, gambiarras, superfaturamento de contratos, desvio de verbas, golpes financeiros e trambiques de todo grau & calibre. Como se sabe, a corrupção é o último estágio da degradação moral do ser humano. É quando o homem se nivela ao verme. Trocam a virtude por qualquer ninharia, se vendem de papel passado e firma reconhecida aos alcaides de plantão para ostentarem uma elegância que nunca possuíram e jamais mereceram.

Dinheiro, criatividade, belas mulheres, fama, a eterna juventude, os pedidos são os mais diversos, tem gente que se vende até por uma Jacuzzi com hidromassagem ou um fusqueta caindo aos pedaços. A impressão inicial do negociador terreno é que ele, no fundo, está trocando uma sucata qualquer com o espírito do Mal e recebendo o que mais deseja com juros e correção monetária. Sabe-se que isso é uma grande ilusão, mas a verdade é que nenhuma dessas transações deu tão errado assim. Em geral, o cara deita e rola e faz uma farra muito grande durante a vida inteira.

Dinheiro, poder, criatividade, fama, a eterna juventude e belas mulheres pode até não resolver, mas quebra o maior galho. Vamos esquecer a literatura, pois ela, nessa necessidade doente de passar uma mensagem positiva, sempre carregou nas tintas e fez com que o indigitado se fodesse no final, alegando que ele não tinha lido direito aquelas cláusulas com letras bem pequenininhas do final do contrato. Não é um parâmetro confiável. As belas-letras e a vida são duas coisas completamente diferentes. E outra: se o comerciante em questão não acredita na vida depois da morte, pode fazer o que bem entende com sua alma: vendê-la, trocá-la por um souvenir, botar em leilão, entregá-la de mão beijada a quem quer que seja, esteja ele paramentado de roxo ou segurando uma foice ou carregando uma coroa dourada na cabeça.

Reza a lenda, contudo, que nem sempre o Diabo se contenta com a alma do cidadão, em particular se ele for escritor. Como se sabe, a alma de um escriba não vale nada, mesmo porque são todos ateus. O agenciador do Mal não é bobo. Nunca cairia numa presepada dessa natureza. Nesses casos, ele articula uma negociação bem mais pragmática: um dom celestial por outro material de igual valor.

Tem aquela velha piada do escritor fracassado, de segundo time, impotente e bêbado que, numa bela noite de lua cheia, se encontra na encruzilhada e começa a lamentação: queria se transformar num gênio das letras, escrever romances magníficos, chegar às manchetes dos jornais, ser reconhecido como o maior autor de todos os tempos, ganhar o prêmio Nobel, ver seu nome endeusado pela crítica e pelo público, subir ao Olimpo literário. Queria encantar, queria emocionar. Ele ouve da voz das Trevas que tudo tem seu preço. Mas ele nem quer saber, diz que fará qualquer coisa e aceitará todo tipo de troca. Pagará até com a própria vida para ter talento & fama. Assinaria um papel em branco se fosse preciso. Satisfeito com a entrevista, o Tinhoso faz o que tem de fazer. No dia seguinte, o escritor acorda e se vê transformado em Charles Bukowski, mas — e eis o preço — no tempo da Lei Seca.

Muito bem. Abri mão do amor nesta vida. Mas em troca de quê? Não me lembro. Tenho uma vaga lembrança. Ouço vozes. Vejo vultos. Sonho com cenas que não sei se realmente me aconteceram. Será que uma das cláusulas do contrato especificava alguma coisa sobre a memória? Nem amor nem memória nem ciência do eventual dom. Estaria minha satisfação pessoal enterrada em algum obscuro emprego? Teria eu trocado o amor pela profissão de padeiro? Seria eu um exímio tocador de cuíca em potencial, um enrustido administrador de empresas, um empregado bissexual da Bolsa de Valores? Teria trocado a emoção de amar e ser amado pela aventura de saber qual minha verdadeira vocação nesta vida? Em que ou onde estaria minha felicidade?

V

Os anos 70 foram generosos com a literatura. Concursos descobriam novos talentos, que eram instantaneamente divulgados para todo o país através de antologias. Revistas especializadas abriam suas portas a escritores ainda embrionários. Havia leitura de poesia em pleno viaduto. Editoras publicavam livros de contos, romances e novelas de autores de todas as cidades e estados. Literatura regional, urbana, engajada e experimental conviviam naturalmente lado a lado. Havia público, havia discussões, havia pesquisa, havia saraus. Manifestos pipocavam diariamente através de panfletos, jornais alternativos disseminavam ideias, sabia-se o que rolava no mundo todo, tínhamos informações quentes no café da manhã. Grandes encontros em teatros e universidades discutiam tendências e propostas. Havia um frenesi no ar. As pessoas em geral tinham pela arte uma certa reverência, um tipo de respeito jamais constatado com essa intensidade nem antes nem depois. Eram os rabichos da década anterior que continuavam provocando estragos nas mentes mais reticentes e conservadoras. O mundo era interligado por um fio condutor que estalava. Tentávamos manter a chama acesa a qualquer custo. Nos anos 70, havia leitores que não queriam ser escritores, coisa inconcebível hoje. A leitura era uma arte & uma degustação. O mundo lia livros como apreciava um bom vinho ou comia uma iguaria. Ler não era exótico, era quase uma necessidade fisiológica. Mais: as pessoas aprendiam e apreendiam o que liam, traziam para junto de si conceitos, narrativas, personagens e enredos. Aquilo passava a fazer parte integrante de seu cotidiano e era colocado em prática na primeira oportunidade. Os livros modificavam a vida dos leitores. Não era raro que novos hábitos surgissem de romances e poesias. Discutia-se o tema de um livro por horas. Havia debates intermináveis. Havia críticos de literatura que analisavam nos grandes jornais a temática, o estilo e a técnica de um livro que acabava de surgir. Um espaço era reservado para uma entrevista com o autor. Aquilo pegava uma página, quando não duas. Eram matérias onde o crítico colocava os pressupostos logo de cara, seus princípios, crenças e parâmetros que iriam nortear a análise da obra. Havia elogios aos acertos, havia recriminações aos equívocos, havia respeito. Era um ensaio. O crítico sabia que a gestação, desenvolvimento & construção de um livro não leva menos que dois ou três anos para maturar. Por isso, na maior parte dos casos, ele encarava sua atividade com ética e punha em prática tudo o que ele havia aprendido ao longo da vida, tanto na faculdade de letras quanto nas redações dos jornais. Eram duas experiências artísticas, duas funções que se encontravam, se chocavam, se interpenetravam, se complementavam. No dia seguinte, tudo pegava fogo e outra rodada de discussões esquentava as mesas de bares, diretórios acadêmicos, associações, saguões de teatros e os próprios lares, onde as opiniões se cruzavam mais uma vez.

Foi uma época boa. Deu frutos. Havia canalhas, evidentemente. Havia grupinhos, igrejinhas, críticos mal-intencionados, editores escrotos, jornalistas ignorantes, revistas que legislavam em causa própria, associações de escritores que privilegiavam os apaniguados, havia os queridinhos da imprensa. Mas pra esses a gente não dava a menor bola. Todos sabiam que eram escritores de crachá e não ficariam para a posteridade, pois naquela época ainda acreditávamos numa posteridade. Só o tempo julgaria sua importância.

Abri mão das ilusões em relação ao jornalismo. Passei a encará-lo como um ganha-pão qualquer. Para poder me dedicar mais à literatura, saí do jornal e arrumei um emprego mais burocrático dentro da área técnica: uma revista que falava de Química & seus derivados. Cargo de redator-chefe. Um salário maior. Horário definido para entrar e sair. Tinha até um plano de saúde na parada. Fazia a entrevista de manhã, escrevia a matéria de tarde e, para preservar minha sanidade mental, esquecia tudo à noite. A quitinete estava quase mobiliada. Para que não me trouxessem lembranças ruins, evitei os almofadões. Estava entrando numa segunda etapa da minha vida. Resolvi seguir os sábios ensinamentos de Ana quanto ao tipo de relacionamento. Os meus não teriam futuro. Só o presente. Criei um clima. Minha máquina de escrever descansava numa escrivaninha que dava para a janela. De lá, poderia ver meus futuros personagens zanzarem pelas ruas. Prestaria bem atenção no seu modo de andar, observaria suas feições e trejeitos, adivinharia suas profissões e objetivos. Depois, faria um *blend* bem condimentado, acrescentaria pitadas de meus amigos e parentes e deixaria tudo em banho-maria para quando precisasse deles. Acreditava que escrever não era muito diferente de cozinhar. Fiz muitas anotações. Preenchi cadernos e blocos com informações, esboços, perfis e dados históricos, fiz pesquisas, estudei o processo de criação de meus grandes mestres literários, li biografias, ensaios, fucei sebos, garimpei livros obscuros, fui fundo. Mas a coisa não andava. Eu tinha ideias. Tinha algumas histórias. Eram até bacanas. Ao passarem para o papel, no entanto, elas se enfumaçavam, os personagens se fragmentavam como cacos de vidro.

Eu precisava de um estímulo — um catalisador, para usar o jargão de meu novo trabalho. Mas resolvi não me preocupar com aquilo. Afinal, ninguém iria morrer se eu não me lançasse como o mais novo prodígio literário do país. Eu tinha tempo.

Helena foi provavelmente a primeira pessoa a acreditar em mim como escritor. Em sua terminologia metafórica, disse que eu ainda precisava lubrificar alguns canos e destravar o gatilho, mas tinha pegada forte. E o principal num autor: era bom observador. Bonita. Recém-separada. Sem filhos. Nunca tinha tido um orgasmo. Casou cedo. Casou mal. Sabia muito pouco da vida. Assim como eu. O marido bebia, humilhava-a, batia nela. Gostava de passar os sábados no clube com amigos, jogando bola, sorvendo caipirinhas e mastigando amendoim japonês. Uma situação cruel. Gostei dela, amparei-a, veio morar comigo. Recebeu carinho, compreensão e pôde enfim conhecer o maravilhoso mundo do prazer. Helena tinha uma risada aberta e contagiante, uma criança se esbaldando à beira-mar, chapinhando nas poças de água, correndo nua pela praia. O mais engraçado é que tínhamos nos conhecido no casamento do Beto. Na época, trocamos algumas palavras. Comparamos gostos musicais. Rimos. Ficamos de nos ligar. Nenhum dos dois ligou. Como éramos de turmas diferentes, nunca mais nos cruzamos. Até que um dia ela apareceu numa situação improvável. Era secretária de um alto executivo de uma empresa fabricante de centrífugas. Fiz a entrevista, saí da sala, conversamos e ficamos de nos ligar. Ela ligou. Fomos jantar num restaurante novo. Comida escandinava. Trocamos ideias. Seus gostos musicais tinham mudado um pouco. Rimos. Ela lia muito. Eu disse que tinha algumas histórias pra contar e queria saber o que ela achava. Ficou curiosa. Naquela mesma noite, tudo aconteceu.

As histórias que eu tinha para contar ainda não estavam escritas. Eram apenas esboços, ideias, sinopses. Me faltava técnica. Me faltava experiência. Eu não tinha a manha. Os dias foram passando. Numa tarde qualquer, ela estava deitada de bruços no colchão. Nua. Eu voltava do banheiro. Era sábado. Duas e meia, três horas. Ela levantou a cabeça e duas mechas do cabelo continuaram tapando o rosto. Vi um olho. Do meio daquele emaranhado, ela disse:
Por exemplo.
Um casal, falei. Ela bem morena. Ele com ascendência italiana. Se amam, se gostam, fazem planos. Economizam um dinheirinho e viajam. Visitam duas ou três capitais da Europa, fechando com a Itália. Ela conhece a família dele. Não gosta. Acha todo mundo presunçoso, petulante. Mais: percebe que o país é preconceituoso etnicamente. Ela fica puta. Quer ir embora. Resolvem dar uma geral e visitar o Castelo de Sant'Angelo, em Roma. Mil turistas. Sobem no elevador junto a outro casal de italianos. O macho olha para a mulher, encosta a boca no ouvido da esposa e diz: *Dev'essere africana. Ha una faccia di scimmia, come tutti.* (Ela deve ser africana. Tem cara de macaca, como todos.) Mas eles ouvem. E entendem. Ele não diz nada. Acha que não merece consideração. O italiano ainda complementa: *Guarda, guarda solo il naso in forma di patata!* (Olha, olha só o nariz de batata.) Ela sai do sério e emenda, num italiano perfeito: *Senta, signore, meglio faccia de scimmia, che*

faccia di culo, come lei. Em bom português: Melhor cara de macaco que cara de cu, como a sua. Fuzuê armado, o cara reage e toma da brasileira uma muqueta nas fuças. Cai estatelado. O elevador chega e eles saem.

Helena mexeu-se no colchão, visivelmente perturbada. Fiquei curtindo o efeito da cena. Era forte.

Como termina?, ela perguntou.

Eles voltam para o Brasil e se separam. Cada um vai pro seu lado. Ele percebe que houve uma transferência arbitrária de toda aquela calhordice para a pessoa dele. Tipo: todo italiano é filho da puta. Ele é italiano. Logo, ele também é filho da puta. Um tempo. Ele está tomando um refrigerante num café e ouve atrás de si uma voz conhecida. Vira-se e a vê. Encontram-se, enfim, depois de quatro anos. Ela está abraçada a um negrão enorme, bonito, musculoso, esses com gorrinho com as cores da bandeira da Jamaica enfiado na cabeça. Impasse. O que dizer? Mas ela quebra o gelo e trocam reminiscências, algumas até bastante íntimas. O negro entende a situação e se segura nas calças, morde-se por dentro. Fui atrás de minhas raízes, como você pode ver, ela diz. Que raízes, ele pergunta, cutâneas? Aquela enorme massa de músculos e bíceps faz menção de se levantar e quebrar pelo menos dois ou três dentes do branquinho atrevido, mas a mão dela o acalma. Eles se despedem na maior cordialidade, apesar do clima inflamado. Quando estava quase na porta do café, ele ainda ouve a voz do negrão: Não sei como você pôde transar com esse branquelo broxa? É verdade, ele pensa, afinal você tem nariz de batata.

Silêncio no quarto. Por dois ou três minutos, não se ouviu nem uma mosca voando. Na rua, a sirene de uma ambulância quebrou o encanto. Estávamos de volta.

Não sei, ela disse, pode ser mal interpretado. Acho que não é hora de ficar levantando essas coisas. Logo agora que as comunidades negras estão chiando e começam a ser quase respeitadas! Como é o título?

"Limpeza étnica".

Hmmm, ela grunhiu. O conto está pronto?

Não, eu disse, é só um esboço. Falta fazer.

Helena virou-se e ficou deitada de costas. Fiz um carinho. Beijei suas pernas. Alisei seu ventre.

Agora, uma coisa mais chão, ela disse.

Dois amigos de infância de classes diferentes. Inseparáveis. Um aprende com o outro. Trocam ideias e filosofias de vida. Passam a adolescência juntos. De repente, se separam. A vida é dura com os mais pobres. As chances sociais são desiguais. Uma coisa leva a outra. Um envereda para o crime. O outro segue a carreira de Direito e torna-se um brilhante juiz. As duas histórias seguem paralelas durante trinta anos, até que se encontram num tribunal. O mais pobre no banco dos réus, evidentemente. Tinha assassinado um industrial em circunstâncias duvidosas. Tudo leva a crer que é um bode expiatório. Mas há evidências demais que pesam contra ele. A arma do crime, por exemplo, foi encontrada em seu barraco. Há o duelo típico entre o advogado de defesa e o promotor. Num determinado momento, os olhos do juiz se cruzam com os do acusado. E se reconhecem. A história volta no tempo e ficamos sabendo de uma pendência antiga entre ambos. Eles tinham dezesseis para dezessete anos. Uma garota linda deu em cima dos dois. Ela infernizava, jogava charme, afrontava, dividia. Fazia um jogo cruel. Era mais velha que eles uns dois anos. A amizade estremeceu. O mais pobre resistiu enquanto pôde, mas acabou optando: ficaria com a moça. O outro se sentiu duplamente traído. Também gostava dela e não queria perder o amigo. Ela engravidou. Quis tirar, mas não tinha dinheiro. O mais pobre queria assumir a criança, mas ela perguntou que tipo de futuro teria o filho deles. De miséria, já estou cheia, ela gritou. E foi procurar o outro que, também apaixonado, acabou roubando dinheiro de seus pais para financiar o aborto. Resumindo: a garota teve uma hemorragia e morreu dois dias depois, em casa, sozinha, sangrando e abandonada. Tudo isso rolou naquele olhar trocado entre o juiz e o réu. O julgamento teve uma reviravolta no meio, o promotor se atrapalhou, foi acusado de esconder provas a favor do acusado e boicotar testemunhas que poderiam inocentá-lo. Tudo corria para uma provável absolvição. Foi aí que o juiz pediu um recesso e chamou os dois para uma reunião a portas fechadas. Mexeu os pauzinhos. Na volta, tudo mudou. O advogado de defesa parecia que tinha sofrido um derrame, balbuciava, gaguejava, estava com dificuldade de juntar 2 + 2. O promotor dançou e sapateou. Não deu outra: o acusado foi considerado culpado de homicídio em primeiro grau, sentenciado e pegou cana de trinta anos. Estava com cinquenta. Sairia da penitenciária aos oitenta. Com bom comportamento, aos setenta. Uma semana depois, o juiz vai visitar o antigo amigo na prisão. Foi por causa da garota, não foi? Você queria ficar com ela, ele diz. O outro faz um suspense maroto e diz: Não, foi por tua traição. Nossa amizade valia muito mais. E você sabia disso. Você optou naquela época. Eu optei hoje.

Helena ficou muda. Não disse nem sim nem não. Estava com receio de se comprometer. Veio, ronronou, se achegou, nos encaixamos um no outro. Me disse sacanagens no ouvido, deu mordidinhas em locais estratégicos, lambeu meu ombro, mas não emitiu opinião alguma em relação à história. Provavelmente, não tinha gostado.

Domingão bacana. Teve macarronada (que eu fiz), suco de manga (já pronto) e uma sobremesa especial: pavê de caramelo (que ela fez). Depois do almoço, bateu a modorra, Helena resolveu tirar um cochilo e eu fui para minha torre de vigia. Fiquei olhando para meus personagens lá fora, como uma besta. Nunca fui a favor da repressão, mas uma coisa deveria ter sido proibida na década de 70: o visual. Era tudo muito ridículo: calças listradas boca de sino, camisas coloridas em acrílico brilhante, cabelo black power, costeletas em L, poncho & conga, barba & bolsa, batas indianas e os bigodes mais estúpidos da história da humanidade.

Apenas duas coisas, disse Helena, às minhas costas, me assustando: A pendência entre os dois não pode ser essa. É melodramática demais e não cola.

Você não dormiu?

Juro que tentei. É o seguinte: esse negócio de dois amigos figadais que se separam é um clássico da literatura. Ou dois irmãos. Ou dois gêmeos. Ou dois amantes. Folhetim puro. Todo mundo está careca de saber que eles vão se encontrar lá na frente. A curiosidade está em saber como e em quais circunstâncias. Que eles vão estar em lados apostos também é batata. Um protagonista precisa de um antagonista. É o princípio básico da ficção. Sem choque, não há ação. Sem ação, não há interesse. Todo leitor sabe disso. Ou seja: o cerne da história está justamente nesse evento antigo que ficou engasgado. Outra coisa, esqueça a ideia de que eles provêm de classes diferentes. Isso só reforça o estereótipo e o maniqueísmo. A virtude e a safadeza não são privilégio de nenhuma classe social em particular. Para facilitar, vamos batizá-los. O que antes era pobre se chama Léo. E o outro se chama André. Fica mais fácil. Voltando: tem que haver uma clara traição de princípios por parte de um deles. Só assim se justificaria o desvio na ética do juiz no julgamento. Na tua história, Léo seguiu os instintos na adolescência e traiu. Um mal menor. André traiu sua própria consciência na maturidade. Um mal maior. Sem desculpas. Você tem que optar. Na tua história, ele caga regra no final, dá uma lição de moral e ainda sai por cima, como herói. Um dramaturgo de quinta categoria torceria o nariz. Então: a traição do passado tem que ser de André, que se tornou juiz. Isso está na consciência dele. Não consegue se livrar. Passou a vida inteira remoendo isso. Não adiantou nada ele ter subido na vida, ter-se tornado um brilhante juiz, morar numa mansão de quatro andares, ter casado com a rainha da primavera e possuir um dálmata chapinhando no jardim. Só tem uma testemunha de seu pecadilho no mundo: o amigo Léo, que ele intui que esteja por perto. Finalmente, eles se encontram. Cara a cara. Eis a questão shakespeariana: terá o juiz a coragem de praticar essa arbitrariedade, esse ato insano, e mandar o antigo amigo para os cafundós, numa vã tentativa de ficar em paz com sua consciência? Ou se penitenciará em público, numa cena épica, num longo & sofrido monólogo onde ele praticará um haraquiri moral diante de todos?

Fiquei sem fala por alguns minutos. Meus ouvidos zumbiam. Suas palavras tinham vindo em golfadas, apaixonadas, cortavam a carne como canivetes afiados. Helena tinha o dom. Via mais longe.

Você está bem?, ela perguntou, me alisando a face com um dedo.

Eu devia estar pálido como um verme. Meu sangue, todo meu sangue, com toda certeza estava refluindo para o dedão do pé.

Não sei, eu disse.
Falei demais.
Não, está ótimo, é isso mesmo.
Me desculpa.

Do quê? Imagina. Deixa de ser boba.
Eu não devia...
Devia, claro que devia. Deve. Eu preciso disso. O que você sugere?
Em relação a quê?
Ué, ao cerne da história, o evento engasgado.
Ela pensou um pouco e mandou:
Vamos supor que a turminha deles fosse da pesada. Nem Léo nem André compartilhavam dessas ações, mas, sabe como é adolescente, tem que fazer parte senão o cara fica estigmatizado, começam a brincar com sua virilidade etc. Eles tinham no mínimo que fingir uma cumplicidade. Vamos colocar uma menina na parada, como você quer. Mas ela dá bola pra todo mundo, joga charme, atiça, afronta, brinca com a libido de cada um. Mas tira o time instantes antes de acontecer alguma coisa mais séria. Aquilo dura uma eternidade, meses, anos, até que o grupo resolve dar uma lição nela: planejam uma curra. Dia, hora e local já estão marcados. Os dois amigos não sabem o que fazer. Havia uma evidente discrepância numérica. Na cara e na coragem, seria muito difícil evitar o estupro. Mesmo assim, eles vão ao beco. A menina já está dominada, em prantos, meio dopada. O banquete está para começar. Percebendo a hesitação do amigo, Léo enfrenta a turba sozinho e se dá mal. Toma uma saraivada de socos nas costelas e chutes na virilha. Porretes, ferros e correntes surgem não se sabe de onde. Quebram suas juntas. Arrebentam seu rosto. É um massacre. Ele fica desacordado, caído num canto, sangrando. André não fez nada, omitiu-se, acovardou-se. Um depois do outro, estupram a menina. Gemem, xingam, chamam-na de vaca, biscate, putinha da zona, é isso que você queria, não é? Pois toma, sua vagabunda. Todos se esbaldam. Você não vem?, perguntam a André. Só faltava ele.

Nisso, Léo acorda. Ambos se olham. Há um impasse, um décimo de segundo em que toda a importância da amizade deles é posta em jogo. Todos os pactos, as confidências, toda a escala de valores moral e de conduta. Eles seriam diferentes. Lutariam juntos para modificar aquela realidade injusta. Mas a excitação de André é muito grande e ele vai. Perde a razão. E come a menina diante do olhar estupefato do amigo agonizante.

Helena franziu o lábio inferior, pendeu com ternura a cabeça para o lado direito e me lançou um olhar beatífico de madona arrependida. Na melhor das intenções, ela tinha remediado o imbróglio. Provavelmente, penitenciava-se. Arfou forte, retomou o fôlego e perguntou:

Exagerei?

Ainda me lembro que, naquele exato momento, flutuei. E me vieram à mente as palavras de um de meus grandes mestres da literatura. Ele disse: Daria tudo para ser um compositor e não um escritor. A música vem de Deus. Ela toca diretamente o plexo solar, acaricia a alma das pessoas. Um analfabeto pode gostar de música, mas não consegue perceber o significado de duas letras juntas. Porque elas são falsas, um simulacro. Os animais sentem a música, as plantas. As crianças recém-nascidas. A música vem da natureza. Vem do assobio dos pássaros, vem das modulações do vento que sibila nos juncos, das águas de um rio passando, vem dos compassos genuínos das ondas batendo na praia. Vem da percussão das gotas de chuva nas toras de madeira. Vem do urro do leão e do gorgolejar de um réptil à beira da lagoa. Há vibrações na natureza, há um protótipo, a natureza tem uma frequência própria que é captada até por um doente mental. A música é abençoada pelas musas. O escritor, pelo contrário, é — e sempre será — um renegado. Pois o alfabeto é um arremedo, uma porca abstração. A literatura tem — e sempre terá — um pacto com o diabo. Ela vendeu sua alma na encruzilhada. Só assim ela pôde existir.

Exagerei?, voltou a perguntar Helena.

Não respondi. Estava siderado. Catatônico seria o termo mais correto. Depois de um tempo, recobrei a lucidez e só consegui perguntar o seguinte: Qual o teu escritor favorito?

Essa é fácil: Paul Bowles.

E poeta?

Murilo Mendes. O que é isso? Uma espécie de gincana?

Estava explicado. Tudo se encaixava.

Comida preferida, ela brincou: paella à valenciana. Ganhei alguma coisa? Quantos pontos eu fiz?

E a outra coisa?

Hem?

Você disse que tinha duas coisas para me dizer. Qual é a outra?

A outra coisa que eu tinha pra te dizer é que eu gosto muito de você.

VI

A segunda metade da década de 70 foi um divisor de águas. Inventaram o *moog*, o sintetizador, o *mellotron*, a bateria programada, incrementaram o piano elétrico, o *theremin* e tudo foi pro brejo. O rock agonizava. Acabaram os grandes festivais de música ao ar livre e as bandas viraram empresas. O jazz assimilou outros ritmos, distanciou-se das raízes e transformou-se num *fusion* intragável. Miles Davis enlouqueceu. John Coltrane já tinha morrido. Os negros americanos ouviram o canto das sereias mercantilistas e passaram a produzir exclusivamente para o mercado mais chinfrim umas excrescências que lembravam vagamente o *swing* de Otis Redding e Wilson Pickett. O *funk* esqueceu a segunda parte e virou uma coisa obsessiva. Surgiu a música de elevador. Surgiu o *break*, a *disco music* e todos foram soltar a franga nas discotecas e danceterias. As pessoas queriam se divertir. As pessoas queriam se libertar da seriedade. Tudo era uma festa, um *happy hour* esticado. A dissipação. Os antigos *disc jockeys*, que selecionavam as músicas para seus programas de rádio segundo suas próprias convicções, foram domados e corrompidos pelas gravadoras, que passaram a comprar os horários e ditar as tendências que mais lhes convinham em termos comerciais. A tônica dominante passou da cabeça & do espírito para as funções fisiológicas. Falaram na importância das endorfinas, da serotonina, na reeducação do corpo. (*O corpo é um templo.*) Inspira, expira, inspira, expira. O ar precisa oxigenar completamente os tecidos. Testes de Cooper, ginástica canadense, ioga, psicologia reichiana, homeopatia, uma alimentação mais saudável. E o guaraná (a semente), que passou a ter propriedades quase milagrosas.

Penitenciando-se do vacilo recente, o Estado estendia os tentáculos e metia suas garras diretamente no intestino da sociedade civil. E a sociedade civil gostou. Havia um alívio generalizado em se ver livre das atribuições sisudas de quebra de estruturas e mudanças sociais. As pessoas relaxaram e gozaram. Um pouco mais tarde, outra reviravolta: as mesmas drogas naturais foram devidamente substituídas por medicamentos dos laboratórios multinacionais. Ícones da década anterior começaram a ser vendidos como chaveirinhos nas lojas de bijuterias. Via meus amigos como um bando de lemingues atordoados correndo rumo ao precipício.

Isso tudo trouxe consequências previsíveis para minha alcova. Em primeiro lugar, a alcova mudou de endereço. Saiu de meu seguro cantinho na quitinete e transferiu-se, de mala & cuia, para um apartamento maior, com dois quartos, num bairro de classe média alta. Helena ganhava bem, fora promovida e começava a galgar os degraus como secretária executiva de uma multinacional com sede em Estocolmo. Eu continuava na área técnica do jornalismo. Tinha largado a Química & seus derivados, resvalara durante um curto período por uma revista que falava de petróleo e agora abraçava o instigante e maravilhoso mundo dos minérios. Bauxita, cassiterita, urânio e sulfato ou permanganato de magnésio, não lembro direito. Viajei o Brasil pela Varig e pela Vasp. Andei de Bandeirantes que não se sustentavam nas asas e tinham, na melhor das hipóteses, meio motor funcionando. A fuselagem era uma desgraça. Rombos na carcaça. Piloto bêbado. Tanque quase vazio. Peguei vácuos de vinte metros. Visitei minas de carvão em Criciúma, fui ao Chile em plena ditadura Pinochet para fazer uma matéria sobre o cobre e fiquei ciente da importância fundamental do nióbio como mineral estratégico para não sei o quê. O que valeu foram as histórias de onças que ouvi dos matutos. E a cachaça.

A nova alcova era bastante diferente. Eletrodomésticos reluzentes. Móveis fofos. Paredes pintadas de ocre pálido. Decoração clean. Jogo de toalhas de mesa, jogo de toalhas para o banheiro, jogo de cama. Jogo de fondue. Jogo de raclete. Porta-copos. Estante de livros no escritório e não mais na sala. E uma mudança estrutural significativa: a TV, que foi entronizada no antigo pedestal que outrora sustentava o aparelho de som. Antes, a gente lia; agora, via. Reclamei.

Você precisa se soltar, disse Helena, não é necessário ficar eternamente de prontidão, como se esperasse um ataque iminente das forças reacionárias pela porta da frente.

É verdade, agora elas vêm pelo tubo, eu disse, apontando com nojo para a televisão.

Olha, vamos colocar assim: ninguém vai tirar de você teus ideais e utopias, mas é necessário enfrentar de cabeça erguida o que vem por aí. Os anos 60 já terminaram, o sonho acabou, a coisa refluiu. Só que tem o seguinte: é burro a gente se fechar num casulo. Pelo contrário, é até mais saudável a gente acompanhar tudo, ter acesso inclusive às tendências mais sórdidas para testar nossa resistência. Saber se ela é mesmo genuína ou se faz parte de todo um conjunto de modismos que dogmatizam nossas reações.

Eu estava batendo nos trinta e não era aquilo que tinha imaginado para minha maturidade. Minha casa seria despojada e voltada para a criação, para a arte. Livros despencando das prateleiras ou empilhados ao acaso nos cantos. Esboços, pinturas, pôsteres de filmes. Uma turma de amigos e artistas com propostas parecidas que se encontrariam periodicamente nos fins de semana. Um bom vinho. Discussões intermináveis. Música de primeira qualidade rolando no fundo. Resistiríamos. Agora, era a esquerda que hibernava. Dava um recuo estratégico para retomar sua luta dentro em breve. Que nos esperassem. Minha casa seria um gueto, uma confraria iluminada por tochas embebidas em querosene. Intelectuais, pensadores, escritores, poetas. Todos bêbados. Levando em conta que a nova ordem instalada não encorajava ações em grupo ou movimentos coletivos, como na década anterior, seria saudável que a minoria mantivesse os princípios. O velho *outsider* que luta solitário contra o sistema. Podia mudar tudo na sociedade (ideologia, costumes, regime político e econômico), mas esse sempre fora um elemento presente e atuante em todas as épocas da humanidade. O renegado, o penetra, o errante, o cínico que rema contra a corrente e denuncia hipocrisias, vaidades e todo tipo de preconceitos. Por outro lado, seria uma autêntica usina de metáforas, beleza e sarcasmos. Um capanga. Um franco-atirador. Personagem da última comédia em preto & branco.

O que você tem contra o dinheiro, afinal?, perguntou-me Helena.

Nada, eu disse, não tenho nada contra, mas há coisas que ele não pode comprar.

Ele compra os vinhos que você gosta tanto, por exemplo, ela disse, alfinetando-me sutilmente. Eu entendi a direta. Pois tinha plena ciência que a minha contribuição financeira para aquela casa mal dava para cobrir o aluguel. Oficialmente, as guloseimas ficavam por conta dela.

Escuta, arrematou Beto (tínhamos retomado o contato e ele estava ali, junto com Mitiko, bebendo o vinho de Helena, o queijo *brie* de Helena, o pão italiano de Helena), admito que tudo foi pelos ares, sabe-se lá o que nos reserva a década de 80, mas a gente tem que continuar acompanhando. Não estamos mortos. Não somos cegos. Temos dignidade...

Cortei. E cravei em suas costas um canivete enferrujado: Que tipo de dignidade norteia um ex-trotskista a virar um consultor da área agrícola de um banco? Me explica! Você vai financiar as Ligas Camponesas?

Ele emudeceu. Do alto de sua impassibilidade milenar, Mitiko continuou impassível. Não mexeu nem um fio de suas sobrancelhas. E, impassível, sorveu mais um gole do vinho.

As pessoas amadurecem, disse Beto, sorrindo um sorriso de quem sabe das coisas.

Esse é o ponto nevrálgico, emendou Helena, também impassível.

Aquela era uma reunião de impassíveis. Havia no ar um clima budista de arrepiar. Ou xintoísta. Ou hinduísta. Muito bem, eu não queria crescer. Perguntei aos impassíveis se, para amadurecer, eu teria necessariamente que repudiar todos os princípios de ética e moral comuns a todas as épocas da Humanidade e não só à década de 60.

Nada deve ser jogado no lixo, argumentou Beto, mas a gente tem que reciclar, agregar novos valores, transformá-los em algo útil, concreto, palpável.

Em dinheiro, eu disse, já bêbado, fazendo um gesto largo, esbarrando sem querer no copo e derrubando o vinho na mesa.

Helena levantou-se num salto, foi à cozinha e voltou trazendo um pano para evitar que a mancha se alastrasse com mais desenvoltura. Mitiko continuou na mesma posição. Mexeu apenas os olhos. Beto riu. E a agulha da vitrola, numa atitude técnica premonitória, encasquetou de ficar repetindo o mesmo acorde da música umas vinte vezes. Na vigésima primeira, Helena pediu para eu resolver aquilo. O boy da casa foi.

E troca de música, por favor, ela disse, isso que você ouve é insuportável. Pois. Tirei o insuportável Thelonious Monk do prato, guardei na capa e fiquei sem saber o que fazer. Na hora e na vida. Estava encurralado. Não era aquilo que eu tinha premeditado para mim. Hordas de amigos viriam para encontros... Mas, falando nisso, cadê os amigos? Com certeza, tinham se pirulitado rumo à nobre e pragmática reciclagem de valores, transformando-os em algo palpável. Coloquei uma dissipação qualquer na vitrola, um sax eletrificado que soava como uma clarineta.

Quando voltei à mesa, Helena ainda esfregava o pano na hemorragia rubra.

Porra, eu falei, para com isso, é apenas uma toalha!

Uma toalha que custou uma fortuna.

Pois é, emendei, a gente devia gastar fortunas em outras coisas.

Em quê? Livros?

Por exemplo.

Você já tem livros suficientes.

Suficientes pra quê? Existe um limite de livros estipulado por algum manual de bom senso universal?

Helena lançou um olhar simpaticamente resignado para Beto. Esse olhar dizia mais ou menos o seguinte: Não falei? Não adianta. Do outro lado da mesa, Beto retribuiu o olhar. O olhar dele dizia mais ou menos o seguinte: Falou.

Não adianta. Mitiko continuou impassível. Sua impassibilidade dizia mais ou menos o seguinte: É.

Então, vamos?, sugeriu Beto, não se dirigindo particularmente a ninguém na mesa.

Imaginei que o casal estivesse se despedindo. Iriam voltar para a felicidade budista de seu lar, beijar os pimpolhos, tirá-los da frente da TV, colocá-los amorosamente nas suas caminhas e ficariam os dois reciclando valores o resto da noite, intuindo alquimicamente qual a melhor maneira de transformá-los em ouro. Mas foi pior que isso.

Vamos, disse Helena.

Percebi que alguma coisa muito séria estava sendo engendrada nos subterrâneos, pois até Mitiko nos proporcionou o primeiro movimento palpável daquela noite: ela levantou a sobrancelha esquerda.

Vamos, onde?, perguntei, com o cu na mão.

Num lugar, disse Helena.

É, num lugar, disse Beto.

Mitiko, então, fez o segundo movimento palpável daquela noite: levantou a sobrancelha direita. E intuí que estava irremediavelmente enrascado. O monstro social seria salvo pelos amigos. Seria redimido. Amoleceriam seu coração, flexibilizariam seu caráter sempre avesso a confraternizações em grupo, mostrariam para ele que a vida ainda vale a pena. E que a felicidade está nas pequenas coisas.

Ainda tentei uma manobra arriscada. Eu disse: Não tenho roupa pra sair.

Se veste com os livros, gritou Helena, do quarto.

Fomos no carro do Beto. Um Landau último tipo, com tração nas quatro e direção hidráulica. Era enorme. Um barco navegando pelas estradas e intimidando rudemente os outros carros pequenos e mortais. Como Helena ficou na janelinha de lá e eu na de cá, no espaço entre nós, caberiam mais três pessoas. Beto, gritei, há um serviço de comunicação interna? Preciso falar com minha esposa. Ele riu. Mitiko limitou-se a girar o pescoço em exatos 45 graus, mostrando-me seu perfil. E pensar que, até dois ou três anos antes, a gente chamava jocosamente aquilo de banheira. Fiquei imaginando onde estaria o fusqueta com o sanduba e o revólver envoltos em papel laminado no banco de trás. Fiquei imaginando onde teria ficado aquele sujeito que escancarara para o país todo a história de um corno manso que se rebela. Convenhamos, uma atitude de coragem. Coragem que eu provavelmente nunca teria. Fiquei imaginando o que Mitiko pensava daquilo tudo. Qual sobrancelha levantaria?

A discoteca fervia quando entramos. Era enorme. Um galpão reciclado de uma velha fábrica, com vigas e toras de madeira que subiam ao teto com um pé direito de vinte metros, tudo emendado com ferros rústicos retorcidos e pintados de várias cores. Uma coisa babilônica, monstruosa. Tinha vários ambientes. Procurei o menos barulhento, mas fui puxado por Helena para o mais barulhento. Tinha mesinhas. Tinha garçonetes de avental azul que levavam enormes copos de drinques esverdeados e alaranjados com um guarda-chuvinha em cima. Eram artistas do picadeiro. As bandejas equilibravam-se e eram transportadas com uma incrível habilidade acima das cabeças da turba. Pairavam. Oscilavam no ar como discos voadores. Quantas pessoas? Quinhentas? Mil? Duas mil? Sentamos. A garçonete veio e gritou alguma coisa. O quê?, também gritei. Se eu queria...? O quê?, disse de novo. Inútil. Helena encostou sua boca no meu ouvido e gritou se eu não queria escolher. O quê?, perguntei de novo. O drinque. Ah. Claro. O que que tem? A garçonete me deu um pedaço de pano com algumas garatujas aparentemente escritas em aramaico antigo. Este aqui, gritei para ela, metendo o dedo em qualquer coisa. Todos estavam alegres, riam, olhavam para todos os lados e riam. Até Mitiko ria, e começou a rebolar-se impassivelmente ainda sentada na cadeira. Beto meneava o corpo como um pêndulo bêbado e Helena mantinha uma calma bastante comprometedora. Quanto tempo iria demorar aquilo? Uma hora, duas? De repente, vejo que Mitiko se levanta da cadeira e dirige-se à pista de dança no miolo da danceteria. Começa a fazer uns movimentos exóticos: um misto de dança do ventre e *swing soul*, tudo sublinhado com uma sensualidade de gueixa de casa de massagem. Soltava suas feras, como dizia a música de fundo. Não tem banda?, gritei para Helena. O quê? Banda, repeti, não tem banda tocando ao vivo? Não, só som ambiente. E que som! Dois trilhões de megabéis literalmente jorravam dos quatro mil mega-hertz das megacaixas dispostas estrategicamente nos oito megacantos dos oito mega-ambientes. Tuf-tuf-tuf-tuf-tuf. A intervalos regulares, umas explosões localizadas emitiam dois tipos de fumaça: uma vermelha, outra verde. E se dissipavam na atmosfera densa, deixando no ar um cheiro de enxofre misturado com terebintina. Soltaram balões. Veio a bebida. O meu copo parecia com as infusões de um laboratório de cientista louco. Tinha quatro camadas: uma marrom no fundo, uma gosma azul, em seguida vinha uma massa de cobre reluzente, fechando com outra substância que não pude identificar de imediato. Nem a cor, nem o cheiro, nem a consistência. Meti a boca no canudinho, tentando desviar do guarda-chuvinha e a coisa veio. Não era ruim. Gostou?, perguntou-me Helena. Gostei, eu disse. Beto levantou-se, foi pra pista de dança e engrenou uma coreografia que lembrava um ganso louco sendo estrangulado por duas overloquistas com TPM. Mitiko riu. Beto riu. Helena riu. Todo mundo riu. Em seguida, o guincho inconfundível de uma araponga amazônica foi emitido pela megacaixa, num contraponto bastante sugestivo com o bate estaca, que pulsava em uníssono: Tuf-tuf-tuf-tuf-tuf.

Intuindo que minha hora estava chegando, terminei correndinho meu drinque e pedi outra dose. Aquilo era napalm puro. Com efeito retardado e todas as sequelas que tinha direito. Quando estava na metade, comecei a ter visões. As pessoas cavavam enormes buracos na pista de dança, de onde jorravam fluxos de petróleo negro. Elas se lambuzavam, escorregavam (sempre rindo muito) e teve início então uma orgia digna de Sodoma & Gomorra. Quando o locutor da casa (desses que irradiam maratonas de resistência) disse que iria finalmente dar início à prova eliminatória de sexo anal, Helena me chamou: Vamos dançar? Acredite se quiser: eu fui. E dancei como um alucinado, requebrei, inventei passos que deixariam Gene Kelly constrangido. Fiz paródias memoráveis de Mick Jagger, Nijinsky, Judy Garland e Ginger Rogers. Pulei, patinei, rodopiei, me joguei no chão. Quando acabou o gás, voltei pra mesa e sentei. Meus companheiros de farra também voltaram. Quando a garçonete veio e perguntou se queríamos beber mais alguma coisa, Beto disse: Eu quero o mesmo que ele tomou, e apontou pra mim. Todos me olhavam e riam. Aquele riso queria dizer mais ou menos o seguinte: Todo comunista tem seu preço. Pedi uma água tônica. Se tomasse mais um napalm, com certeza, iria vestir uma tanga e me balançaria entre as vigas do galpão, emitindo inacreditáveis Krig-Ha Bandolo ou Aiô, Silver ou algo parecido. Pedi licença e fui ao banheiro. A kriptonita estava estuporando e fermentava. Primeiro problema: entrada comum. Segundo problema: não consegui entender os desenhos que supostamente identificavam os sexos nas duas portas. Eram estilizados demais pro meu gosto. Um me pareceu que era para bichas; outro para travestis. Fiquei com o segundo. Errei. O banheiro era de mulheres. Agora, estava fácil, era uma simples questão de exclusão. Entrei, mijei, balancei, puxei o zíper. Quando saí, mais visões: Ana vinha entrando, toda suada, o rosto corado, olhos brilhantes, cabelos grudando. Oi, ela disse. Oi, eu disse. Surpreso? Por que estaria? Sei lá. Você está bem? Estou. Trabalhando? Muito. E você? Levando. Tempão, né? Ô. Me liga, e me estendeu um cartão. Em seguida, Ana entrou no banheiro dos travestis e sumiu nas entranhas da Besta.

Aos trancos & barrancos, fui cambaleando até a mesa. Quando sentei, percebi que algo não ia bem. O cobalto do drinque tinha entrado em combustão simbiótica com a substância marrom e gerado um pólipo de sete cabeças em meu estômago. A erupção não tardou: soltei um vomitão que ultrapassou meu círculo de amizade e foi alojar-se na pista de dança como uma monstruosa ameba polimórfica com mil megatentáculos. Uma catástrofe. Para se ter uma vaga ideia do efeito, percebi que Mitiko levantou as duas sobrancelhas ao mesmo tempo — um recorde, sem dúvida. Helena ainda tentou me amparar, mas errou o alvo e eu desabei no chão. Só acordei em casa.

A primeira imagem é a que fica. Sempre. E a primeira imagem que vi quando abri os olhos foi o enorme e belo rosto de Ana. Depois, recobrando a lucidez, me situei melhor: estava com um saco de gelo depositado na testa. Minha boca exalava o cheiro característico dos porões de um navio negreiro. Não sentia meus braços. Não sentia minhas pernas. Fígado, rins e baço estavam perfurados. Morreria dali a instantes. E o pior de tudo: tinha plena certeza que, na iminência de transpor o umbral, a dois milímetros da eternidade, eu iria descobrir o sentido da vida. Mas aí seria tarde demais.

Ouvi uma voz metálica a meu lado, que sibilava: Você está bem?

Estou.

Como está se sentindo?

Você deveria ter visto como ficou o outro cara, eu disse, tentando fazer humorismo de folhetim.

Como está se sentindo?, repetiu a voz.

Vejamos pelo lado bom: não consigo lembrar da cara do pessoal da pista de dança escorregando no vômito.

A dona da voz riu.

Me faz um favor, eu disse.

Faço.

Tira o joelho do meu pescoço.

Eu não estou com o joelho no seu pescoço, disse a voz.

Porra, então alguém está.

Como vai a cabeça?

Pergunta difícil, eu disse, só vou te responder quando esse duende verde filhodaputa parar de espremê-la.

Ela deu um tempo. E continuou me fitando. Mas era um olhar estranho, curioso. Seus lábios se contraíam. Estaria Helena usando de um recuo tático? Pressentia algo no ar além dos aviões de carreira. Por fim, ela disse:

Quem é Ana?

Ana?

É.

Por quê?

Porque eu quero saber. Ponto.

Você achou o cartão?

Que cartão?

Ela me deu um cartão.

Quem?

Ana.

Pronto, fechamos o círculo, ela disse. Agora, se concentra: quem é Ana que te deu o cartão?

Se você não achou o cartão, como você sabe que existe uma Ana?

Porque você ficou delirando e repetindo o nome dela. Escuta: não é mais simples você dizer logo? Afinal, esse rodeio todo me diz que a coisa é séria. Teria respondido de uma vez se não fosse. Concorda?

Concordo.

Então?

Então que eu também não sei direito quem é Ana. Ninguém sabe, aliás. Nem eu, nem minha mãe, nem Deus, provavelmente.

Tua mãe conhece a Ana?

Conhece. Não. Quer dizer, ela não conhece pessoalmente. Deu pra entender?

Não. Não deu pra entender.

É confuso.

Bom, descansa. Relaxa. Quando eu voltar, a gente conversa.

Onde você vai?

Trabalhar. Já estou atrasada. Esperei você acordar. Te ligo.

Que dia é hoje?

Segunda. Não se preocupe. Já liguei pra revista e falei com teu chefe. Inventei uma desculpa que colou.

Suspendeu o saco de gelo, me beijou a testa e se dirigiu para a porta do quarto. Fiquei vendo ela se afastar vestindo seu impecável terninho cinza com sapatos combinando. Estava linda. Cabelo escorrido, pintura suave, olhos acesos. Ainda teve tempo de me dizer que tinha uma canja na geladeira. Santa Helena. Na primeira oportunidade, iria comprar-lhe duas dúzias de rosas, um anel de brilhantes e pedi-la em casamento. Teríamos dois filhos: Tiago e Priscila. E um jardim pra cuidar.

Devo ter adormecido em seguida.

VII

O telefone toca. Acordo. Três e meia da tarde. Tento levantar da cama. Não consigo. Me arrasto até a janela e abro. Fecho os olhos, me concentro, inspiro. Nada. Só havia emanações de plutônio no ar.

Alô.

Já era esperado, me diz a voz do outro lado. Sento na beirada da cama e passo a mão no rosto.

Onde?

A voz me disse o nome do hospital. Me visto. Saio, pego um táxi. Longos e tortuosos caminhos me levavam à década de 80. Chego. Subo pela escada mesmo. Andar lotado de parentes e amigos. Apreensivos, aterrorizados, no maior sufoco.

As chances são mínimas, me diz Beto.

O que aconteceu?

Coca.

Marina. Abusara. Todo mundo já tinha avisado, alertado, o pessoal cuidava, mas foi impossível segurar. A menina cheirava direto. De manhã, de tarde, de noite, de madrugada. 23 anos, atriz. Loirinha. Alma linda. Rosto de bebê.

Estão fazendo transfusão, me diz Beto, mas não garantiram nada.

Tinha visto algumas peças com ela. Era boa. Simples, correta, natural. Fresca como uma brisa de primavera. Competente. Esquecia o texto mas improvisava. Uma pegada firme. Encarnava. Desconcertava. Era aplicada como uma aluna do colegial. Durante dois ou três anos, nunca tinha chegado atrasada aos ensaios. Era muito querida. Aquilo era recente. Entrou no desvio através de um namorado escroto. Fizemos uma reunião de emergência e demos uma dura no cara. Se ele quisesse se foder, que se fodesse sozinho. Se continuasse arrastando nossa amiga pra merda, a gente iria arrebentá-lo, arrancar o olho dele, como disse muito bem falado o Nicola. Mas não adiantou. Era tarde demais. Já estava viciada. No primeiro vacilo, pimba. Overdose.

Marina era a irmã mais nova de alguém, não me lembro quem. Tinha poucas lembranças dela. Uma conversa, no entanto, me ficou. Uma festa, um churrasco, uma bebedeira qualquer. Ela entrou por uma porta lateral e literalmente esvoaçou pela sala. Estava descalça, uma correntinha dourada no tornozelo direito. Sabia que ela fazia teatro. Como vai a peça?, perguntei. Bem. Muita gente? Poucas pessoas. O horário não ajuda. Quando tudo dá certo, meia casa. Quando dá errado, a gente suspende e devolve o dinheiro. Mas é o que eu gosto de fazer. Texto de quem? Pinter. Adoro ele, eu disse. Não é conhecido aqui no Brasil. É a maior batalha.

Ela foi pegar uma bebida e trouxe outra pra mim. Você escreve? Pretendo. Pra teatro? Não. Por quê, não gosta? Gosto, mas não me dou bem com três dimensões. Me perco. Não consigo visualizar. Até já tentei. E o que saiu? Um discursão. Os personagens não se moviam, ficavam falando, falando. Eu sei como é, ela disse, esvaziando o copo de vinho.

Você sabe, ela disse, às vezes, eu acho que o que falta pro teatro é público. Como assim? O pessoal não se envolve, dispersa, fica difícil o cara se concentrar. Falta comunhão. Falta timing. Neguinho encara o teatro como uma pintura rupestre, uma coisa arcaica, démodé. Com a intimidade da TV e os recursos de efeitos especiais do cinema, o teatro ficou pra trás. Não sei, parece que o pessoal não entra no jogo. Fica olhando aqueles cenários estilizados, com poucos móveis e pensa que aquilo é pros pais, pros avós. A televisão é uma coisa moderna, envolve tecnologia. Isso tem um glamour de futuro. E ainda tem a separação do vidro, que serve como fetiche. O teatro, não, é cara a cara, olho no olho. Isso intimida um pouco. O cinema tem ação. Que prende. O teatro hostiliza, provoca, tem como arma só a palavra & o movimento. E o pessoal acha pouco.

Parou, deu um tempo, olhou as pessoas à sua volta e disse:

Deveriam acabar com os cursos de dramaturgia e encenação. Já tem gente demais na parada. O que deveriam inventar é uma escola para formação de público.

Na mosca. Aquilo me pegou. Uma garotinha pensando grande. Não era normal. Tinha uma visão de 360 graus.

Na passagem da década de 70 para a de 80, muita gente da nossa turma foi pro saco. Alex tinha sido o primeiro (heroína). Em seguida, pela ordem: Dedé (coca), Barba (coca também), Malu (derrapou o carro numa rodovia com óleo na pista), Betty (aneurisma), Dudu (atropelado), Fraga (bateu a moto de frente num caminhão), Mila (caiu do oitavo andar em circunstâncias ainda não esclarecidas) e Cacau (suicídio). Suspeitávamos, no entanto, que todas as mortes, de uma forma ou outra, tinham a ver com drogas. Agora, Marina, a caçula. Estavam trocando seu sangue, estavam alterando sua identidade. Um fluido novo estaria correndo dentro dela, substituindo toda sua história de vida por uma outra história. Fiquei imaginando o que mais poderia nos acontecer.

Uma geração massacrada, disse pro Beto. E por quê? É errado querer justiça? É tão perigoso assim um camarada lutar pelos seus direitos, por sua felicidade? Por que não deixaram?

Algo me diz que o raciocínio não é esse, ele rebateu. A gente levantou diversas questões nos anos 60. Enquanto houve violência, ficou tudo acertado. Bem ou mal, foi aceito. Assimilado seria um termo mais correto. Salários mais justos, direito de reunião, greves, reivindicações, redução de horário de trabalho, mudanças estruturais no ensino. Bastou incendiar alguns carros, fazer barricadas, invadir reitorias. O sistema entende a violência. Respeita. Está acostumado. Toma e devolve. É um processo histórico. O que pegou mesmo foi a gente ter mexido com o consumo. Esse foi o erro. Comunidades alternativas plantando sua própria comida em hortas. Mulheres tendo partos na água, fora dos hospitais. O pessoal se curando com ervas medicinais colhidas no jardim e mandando a alopatia dos grandes laboratórios multinacionais pro espaço. Aposentaram o dinheiro e as instituições iam virar sucata dentro em breve. Já estavam começando a trocar mercadorias, como na Idade Média: uma saca de feijão por cinco pés de milho. Uma panela de farinha de mandioca por duas de açúcar mascavo. Falavam em preservação ambiental, ecologia, poluição dos mares e da atmosfera, espécies em extinção. Pressionavam para que as grandes indústrias gastassem milhões em filtros para suas chaminés. Os empresários ficaram de cabelos em pé. O que pegou mesmo foi a resistência pacífica. Não dá pra brigar com um pacifista. Ele não reage. Apanha, se encolhe, rumina e, no dia seguinte, lá está ele fazendo tudo de novo. É um trabalho de formiguinha. Metódico. Obsessivo. Utópico.

Mas essas comunidades alternativas não tinham a menor base filosófica, eu disse, eram uns deslumbrados, a minoria das minorias. Extrato de pó de peido. Aquilo não ia durar muito. Não tinha o menor futuro. Era uma questão de tempo.

Quem sabe? E se a ideia se alastrasse naturalmente? Podiam não ter uma base sólida, mas eram intuitivos, acreditavam no instinto. E o melhor de tudo: os deuses estavam do lado deles.

Que deuses, Beto, que merda você está falando?

Estou falando da religação com a natureza, com o circuito universal; estou falando de comunidades agrárias que tinham a Grécia Antiga como modelo. Não é pouco, meu chapa. Essa sim seria a maior revolução de todas: detonar a tecnologia.

Porra, Beto, eu vou ligar pro teu chefe no banco e dizer que você é um anarquista infiltrado.

Falando sério. A saída foi simples: só matando. A coisa já tinha ido longe demais. Esse pessoal gosta de drogas, é? Pois vamos entupi-los de drogas. Só que eles têm que comprar da gente. Inventaram duas coisas ao mesmo tempo: o tráfico e o combate ao tráfico. O primeiro funcionou, pois tinha demanda; o segundo, não, porque não era sério, era pra inglês ver. O Estado faturava por baixo dos panos de um lado e oficialmente posava de moralista. Brilhante. De quebra, ainda eliminava pouco a pouco os inconvenientes que queriam boicotar o consumo e, por extensão, o capitalismo. Os russos deviam ter aprendido com os hippies. A revolução deles poderia ter dado certo.

O médico saiu da sala. Marina estava morta.

As histórias não terminam. Elas são apenas mais um capítulo de outra história maior que nunca irá terminar.

Nós fazemos parte dessas histórias e sabemos disso. Mas fingimos não acreditar. É isso que nos mantém vivos. É como mentir no escuro. O que nos mantém vivos é a ilusão de que, após o choque, haverá uma mudança, um equilíbrio, mas isso não acontece, pois, não havendo conclusão, não há recomeço. Nada muda e nada mudará enquanto o mundo existir. É como um jogo de cartas. Ele nunca acaba; o que acaba é a noite. Pode não haver jogadores na mesa, pode não haver fumaça de cigarro, pode não haver blefes, exaltação, uísque, angústia. Pode não haver receio, suspense, impasses. A sala pode estar às escuras. Mas ele está lá, à espreita, latejando, o frisson do azar sempre de butuca, à espera de que alguém embaralhe novamente os naipes e distribua as opções. Um jogo de cartas é um jogo vivo. Ele pulsa. Ele flui como o Cosmos. Aquele episódio da morte de Marina me despertou para essa realidade fugaz, essa derrota inevitável que nos acompanha desde o nascimento. Podemos saber quem somos, podemos até saber o que queremos, mas nunca saberemos com certeza o que viemos fazer aqui. E para que servimos. Se temos ou não uma função clara nessa roda-viva de histórias que nunca terminam. Naquele exato momento, me pareceu completamente inútil o conhecimento, por exemplo, o acúmulo de informações a respeito de tudo: da arte, da ciência, do homem, da literatura, do passado. E juro que pensei aquilo de peito aberto, sem o menor ranço filosófico. Prostrei-me, compungido, de joelhos, ao deus do Nada. Rezei interiormente aos anjos do Caos e implorei-lhes que me poupassem de futuras histórias, mesmo sabendo que meu pedido não seria atendido, por impossível. Mas pedi assim mesmo. Pedi que fossem indulgentes comigo. Com minha mãe. Com Beto. E com os filhos que Marina não teria. Com Helena, claro. Com Ana. Com Mitiko. Que fizessem o possível, esses anjos caducos

& ignóbeis, porém inocentes, para que a vida não me pegasse pelo avesso, se é que eles tinham livre-arbítrio para isso, pois sabia que, nessa distribuição cartorial de funções, ninguém estava, em tese, isento de responsabilidades, mas não necessariamente munido de poder. De joelhos, ali na capela do hospital, levantei os olhos e mirei bem fundo o Nada, o deus do Nada estava ali, inerte, em toda sua incomensurável exatidão ectoplásmica. Mas não zombava, percebi isso. Mesmo a mais canalha das criaturas (concreta ou não), deduz quando alguém faz um pedido legítimo, íntegro, desesperado. E, de uma forma ou outra, acaba respeitando. Pedi que a distribuição de martírios fosse mais equânime. A natureza humana é complexa: há quem suporte mais a dor, há quem suporte menos, há quem não suporte. Que isso fosse levado em consideração. Amém.

Na rua, andei. Andei como se eu fosse o prolongamento natural de um rabicho de história, um atalho, uma vereda que se bifurca e torna a se bifurcar mais adiante, abrindo um milhão de opções, mas que eu sabia serem todas parte da mesma história de sempre. Reta. Monótona. Sem cumes ou abismos. Sem possibilidades de mudança. Quando cheguei em casa, encontrei Helena que me esperava. Onde tinha estado? Contei. Como me sentia? Disse. O relógio batia as onze. A noite era de um negrume jamais visto. Fiquei andando, eu disse. Eu sei, meu querido, eu sei. Fiquei andando como um possesso. Eu sei. Parece que a coisa acabou, eu disse. O que acabou? Tudo. Ela esquentou a canja. Comemos em silêncio.

Dormi mal, evidentemente. Levantei quarentas vezes para tomar, não exatamente nesta ordem, água, leite, suco de goiaba. Mastiguei o resto de um chocolate mofado que jazia morto num canto da geladeira e cuspi. Fui até a janela e olhei para fora. Não vi muita coisa. Provavelmente, até o deus do Nada estava dormindo naquelas alturas do campeonato, ciente do dever cumprido. Os anjos do Caos, então, nem se fala. Deveriam ser de uma ociosidade irritante. Só atuariam quando convocados. Se é que. Mas vi Marina. Flutuava pela calçada em frente, tocando com o dedo indicador os postes de luz. Uma criança. Descalça. Linda & loira. Cabelos molhados de suor, um vestidinho branco que lhe batia nas coxas. Ela olhou para cima. Acenei. Ela acenou de volta e me sorriu. Dobrou a esquina e sumiu. Voltei para a cama. Helena mexeu-se no sono. Tornei a levantar e voltei para a janela. Nada. Tomei mais água e voltei para a cama. Helena mexeu-se e perguntou se estava tudo bem. Estava. A noite foi assim.

No dia seguinte, quando levantei, o café estava pronto. Mamão, manteiga, geleia, suco, pão integral. Me preparei para a inquisição. Quem é Ana? Mas, gozado, Helena não perguntou coisa alguma, contou algo sobre uma reunião engraçada que ela tinha participado na empresa no dia anterior e ficou nisso. Imaginei que sua discrição se devesse à dor de meu luto, mas não, Helena não tocou no assunto. Questionei, pedi explicações sobre aquela atitude absolutamente isenta, própria de uma pessoa acima do Bem e do Mal, queria saber como lidava com aquilo. Ela disse que, num relacionamento, quanto menos a gente souber do passado do outro, melhor. A coisa vai gestando, fermentando e, quando vamos ver, já supurou, o amarelo se transforma num vermelhão de dar medo, a caminho da gangrena. Porra, teoria brilhante. Mas — e sempre tem um "mas" nessas paradas — por que Helena estava me dizendo aquilo? Pelo que me constava, no dia anterior, ela não só tinha perguntado, como insistido, argumentado sobre a necessidade de abrir o jogo. Ela queria saber. No dia seguinte, não quer mais. Por quê? Estaria ela barganhando um segredo por outro? O que ela estaria escondendo de seu passado? Aquilo estava claro para mim: ela não pergunta, eu não pergunto. Era um acordo tácito, mesmo que não colocado claramente. Muito conveniente, aquilo. Não firmamos pacto algum, mas ele existe. Será cobrado na hora exata. Cada um com seus demônios no porão. Cada qual com suas histórias que não terminam. Fiquei remoendo aquele diálogo depois que Helena saiu para o trabalho. O que ela quis dizer com a expressão — "a caminho da gangrena"? Fiz imediatamente a ligação com aquele episódio das feministas acharem que a fidelidade era uma gangrena que precisava ser amputada. Seria simples coincidência ou a imagem estava no subconsciente de toda uma geração e tinha sido vomitada ali naquela conversa, inadvertidamente? Pior: Helena tinha dito: Quanto menos a gente souber a respeito do passado do outro, melhor? Ou: Quanto menos a gente souber do outro, melhor? Apertei a memória. Fiquei na dúvida. Não lembrava. Como se pode perceber facilmente, não é um mero detalhe. As duas frases têm uma diferença fundamental. Na primeira, supõe-se que não se deve saber coisas do passado (segredos, deslizes, bandalheiras) para não sofrer. Na segunda, é melhor não saber nada do presente para não entrar em parafuso. Se havia segredos do passado, vá lá. Mesmo assim, quais seriam? Se havia segredos no presente, isso era uma puta e deslavada traição. Mas que tipo de traição? Sabe-se que as mulheres têm um raciocínio tortuosamente simples. Por outro lado, o homem é uma besta quadrada que fica imaginando o pior. E o pior é o quê? Sexo. Vai ver, era uma coisa sem importância, uma briga com o pai: não se falavam há vinte anos, ela tinha isso entalado na garganta, sofria com aquilo, amargurava-se, com certeza fizera anos de análise. Ou seja, um crápula. Eu era um crápula. Insensível. Egocêntrico. Impiedoso. A garota sofrendo com aquilo e eu achando que ela tinha sido currada pelo porteiro do prédio aos nove anos. Mas e se Helena tivesse formulado a outra frase? Que tipo de segredos do presente seria melhor eu não saber? De novo, a mesma coisa. Nada sério. Nada de grave. Uma pendência qualquer no emprego dela. Tinha uma vagabunda sem caráter que pretendia puxar seu tapete para roubar seu cargo. Ela sofria com aquele troço, remoía-se por dentro. Não me contava nada para não me preocupar. Mais cedo ou mais tarde, resolveria tudo na maior competência e elegância, sem barraco, que não era seu estilo. Mas o raciocínio tinha um furo: aquela situação configuraria mesmo um segredo? Não. Em geral, a gente mantém um segredo bem guardado a sete chaves quando ele contém um elemento que sabemos vai fazer mal à outra pessoa. Mas ele vai comendo as entranhas por dentro até o guardião estrebuchar. Não falamos para evitar constrangimento ou mesmo para não expor nossas limitações enquanto ser humano, para não escancarar nossas fraquezas, nossa falta de aptidão em enfrentar um assunto escabroso. Mas aquilo não era escabroso, não era sequer um sigilo que merecesse ser ocultado. Era apenas um contratempo profissional do cotidiano mais prosaico. Não. Um segredo do presente tinha necessariamente que conter sexo. Aquilo não era uma alucinação. Em absoluto. Conhece-se o parceiro, sabe-se o que o incomoda, deduzimos que é melhor não contar. Nesse ponto, contudo, abriam-se dois caminhos: não contar para evitar sofrimento no companheiro ou não contar simplesmente para não provocar discussões onde ficaria patente o seu envolvimento, a sua culpa? O que seria? O chefe dando em cima dela, óbvio ululante. Helena era bonita, esguia, simpática, inteligente, pernas grossas, seios lindos. Por que cargas-d'água existiria uma empresa onde todos os homens são éticos, respeitadores, fiéis, com uma retidão de caráter de fazer corar um monge beneditino? Muito improvável. E mesmo que existisse uma empresa com essas características, seria muita coincidência Helena trabalhar justamente nela. Muito bem, o chefe dá em cima dela. Isso é ponto pacífico. Ou um vendedor. Ou o gerente de marketing. Ou até o vice-presidente. Não é nenhum bicho de sete cabeças. Acontece todo dia em todas as repartições de todo o mundo a cada mísero instante. Como se comporta Helena diante desse assédio? Paira acima dessas pequenezas? Tem um método infalível para afastar esse tipo de gente inconveniente? (*Até que o cara é bonitinho, mas não faz meu gênero. Jantar? Não, hoje eu não posso. Sei lá, outro dia, talvez. Olha, agradeço, garanto pra você que me sinto muito envaidecida pelo convite, mas não.*) Ou balança? (*Minha vida anda tão sem graça que uma escapadela não cairia mal.*) Mas há outras possibilidades. E se já aconteceu alguma coisa, mesmo que ingênua, sem maiores consequências? Uma conversa mais íntima. (*Conta, vai, eu não conheço nada de você.*) Um abraço mais prolongado na sala de xerox. Ou mesmo um jantar. Helena não tinha horário definido para chegar em casa. Era livre. Fazia do tempo dela o que bem entendia. Uma noite, aliás, ela veio bem tarde. Alegou que estava colocando alguma coisa em dia, uma planilha, um projeto, não lembro direito. Teria sido nesse dia que ele a teria beijado? Sim, porque os homens são mesquinhos com seu bolso. Se vão gastar uma grana preta num vinho de 230 paus e um prato de paella à valenciana de 140, a coisa tem que valer a pena. E valer a pena quer dizer o quê? Evidente que não foi na hora do jantar, no meio do restaurante; seria deselegante da parte dele; foi na hora da despedida, claro. Onde? No carro? Nos degraus do prédio? Foi na boca? Outra coisa: Helena, nesse dia, não estava cheirando a vinho nem a qualquer outro tipo de bebida alcoólica. E é justamente isso que me preocupa. Por mais casto que tenha sido esse jantar, ela tomou o cuidado de não deixar pistas. Não bebeu o vinho, deve ter pedido uma água com gás. Por quê? Se foi um encontro correto, isento de segundas intenções, por que dissimular tão bem, tomar precauções, não deixando rastro algum? Mas tem mais: pode existir um jantar pudico, sem comprometimento, sem segundas intenções, entre um rapaz alto, bonito, que veste ternos de grifes famosas e uma secretária executiva linda e gostosa como Helena? Custo a acreditar. Por que ela aceitou o convite, afinal? Um simples gesto de bondade (*Ah, sei lá, fiquei lisonjeada. Ele é tão bom comigo.*) ou algum interesse escuso?

Mas vamos colocar as coisas de outra maneira. Por que eu estava pensando naquilo tudo? Segredo por segredo, o pontapé inicial tinha sido meu. Afinal, era o meu passado que estava vindo à tona e não o dela. A desconfiança não era uma simples consequência. Eu tinha invertido artificialmente o enredo e colocado um preâmbulo que me inocentasse por decreto. Como se sabe, nossos mecanismos inconscientes são dissimulados. E muito parecidos com o processo dos sonhos. Levantamos um tapume protetor que justifique nossas ações futuras, torpes pela própria natureza. Teria engendrado todo aquele raciocínio com o objetivo de me eximir de qualquer responsabilidade e atuar com mais desenvoltura em bases sólidas? Algo me dizia que a isenção que eu procurava era uma falácia. A gangrena supurava. O amarelo virara um vermelhão de dar medo. As paredes da sala se tingiram instantaneamente de um tom rubiáceo comprometedor. Efusões de permanganato de potássio evaporaram e subiram em filetes carmim rumo ao teto. Comecei a ouvir o bate estaca da discoteca, que se alastrava pelo apartamento proveniente dos trilhões de megabéis das oito megacaixas de som. Tuf-tuf-tuf-tuf-tuf. Era meu coração que batucava. Alguma coisa palpitava em meu bolsinho do colete. Peguei o cartão de Ana.

VIII

Os anos 80 foram o prenúncio da merda. O mundo parou de seguir seus instintos e começou a agir de acordo com o resultado (e o jargão) das sessões de psicanálise: quem antes tinha tido experiências, passou a vivenciar; pessoas que antes tinham simples piripaques, entravam em surto; os que não acreditavam muito em si foram diagnosticados com autoestima baixa; quem antes se cansava, passou a ter estresse; as pessoas com determinadas características próprias passaram a ter síndromes. Falaram em comunicação não verbal. Falaram em trabalhar os sentimentos, a incerteza. Exteriorizar a raiva. Conversas mais profundas se transformaram em papo-cabeça. Parâmetros viraram paradigmas. A psicanálise esqueceu os arquétipos para se concentrar mais nos estereótipos. Freud e Jung saem de cena e são substituídos por Lacan. Reich faz carreira solo. E Laing comete uns poemas muito duvidosos.

O tempo ficou mais curto. Os famosos quinze minutos de fama se transformaram em quinze segundos. Bandas de rock duravam um sucesso, um fim de semana. Reuniam-se na sexta-feira, gravavam no sábado, apresentavam sua música no domingo e, na segunda-feira, todos partiam para a carreira solo. Os componentes não eram mais magrinhos e cabeludos, eram esbeltos, bonitos e musculosos. Não tocavam mais ao vivo, mexiam a boca dublando um *play back*. E se rebolavam e suavam. Usavam bandanas na cabeça. Riam muito para as câmeras de TV. Os anos 80 foram os anos do corpo. Esculturas de carne e osso tomaram as ruas. Havia um padrão estético bastante claro: o ridículo. Os bonezinhos começaram a ser usados com a viseira de lado ou virada para trás, como os loucos das anedotas. A juventude fez de uma tábua de madeira com quatro rodinhas em baixo uma filosofia de vida. As pessoas passaram a imitar as caricaturas de Robert Crumb: bundão, peitões, braços de Popeye, coxas grossas como toras de árvores, bíceps trabalhados. Como consequência natural, a masculinidade foi posta em xeque. Todo mundo era meio gay nos anos 80: cantores, atores, bandas de adolescentes, apresentadores de televisão, ídolos pop, ministros de Estado.

Resisti. Refugiei-me na minha ilha de Elba e procurei satisfações solitárias. Helena tinha substituído definitivamente a sensualidade pelo prazer do trabalho. Galgava os degraus de uma carreira promissora que lhe garantia satisfação no presente e segurança na maturidade. Era útil, produzia, agendava, organizava reuniões. Passei a reparar melhor em seu corpo. Ele estava mudando. Era delírio meu ou suas curvas estavam sumindo? Os hormônios produziam uma espécie de visgo que deixava sua pele sempre umedecida, com um brilho estranho, como as jogadoras de vôlei. Parecia estar sempre na ativa, em trânsito entre uma tarefa e outra. Helena era constante. Obsessiva. Não tinha tempo livre. Qualquer tentativa minha de aproximação para criar o clima propício a uma possível, hipotética e potencial trepada era rechaçada de maneira sutil. Olha só, tenho que preparar um relatório para amanhã. Ou finalizar um prontuário. Ou colocar uma papelada em ordem. (Às vezes, sabe-se lá por quais injunções cósmicas, rolava alguma coisa no sábado à tarde.) O vinho foi aposentado compulsoriamente. Conversas mais íntimas eram deturpadas em sua origem e transformadas em discussões de ordem prática. Helena começou a vestir roupas que escondiam o que restava de seu belo corpo. Golas fechadas, calças largas, recatados terninhos unissex. Na falta de maiores e mais precisas informações, vou atribuir isso à moda. Sua carne passou a alimentar minhas fantasias noturnas. Como suas partes convexas estavam proibidas para mim, comecei a me ligar no côncavo: meu fetiche em seu sovaco tomou forma e se desenvolveu de maneira compulsiva, mesmo porque era só o que me restava ver. O oco, a caverna, o vazio, um receptáculo virtual, a residência da morte, do passado, da inconsciência, do possível. O sovaco de Helena tinha um caráter de profundidade que acentuava o mistério, o aspecto noturno, a passividade, uma fenda lateral alternativa que me levava ao nada, pois era uma eterna circularidade, sem uma entrada propriamente dita. Seu sovaco era um blefe consentido. Ficava horas olhando para a polpa branca e rósea no maior silêncio, imaginando os pelos se contorcendo em movimentos fortuitos. Sorvia à distância a leve acidez de seu cheiro.

Liguei sim para Ana naquele dia. Ela atendeu e marcamos um encontro num bar. Conversamos, trocamos amenidades, rimos. À medida que as horas passavam, eu ficava cada vez mais vulnerável. Bebidas chegaram e saíram da mesa numa velocidade alucinante. Ela estava diferente. Mais calma, menos volúvel. Percebi que sua pele já não tinha o mesmo frescor de anos antes. Os poros estavam mais dilatados, os traços do rosto mais marcados. Pela primeira vez, vi Ana sem pintura. Não falamos de trabalho logo de cara.

Perguntou se eu estava com alguém. Disse que sim. E como ela é? Legal. Só? Legal? É. E você? Estava morando sozinha num apartamento de dois quartos; um deles, ela tinha feito o escritório. Saíra do jornal. Tinha uma empresa de assessoria de imprensa com duas amigas e ganhava bem. Não estava com ninguém. Eu disse que, sempre que pensava nela, era com um carinho muito grande, queria que ela fosse feliz. Que bonito, ela disse, me lançando um beijo com a mão do outro lado da mesa. Espera um pouco. Ana foi ao banheiro. Olhei para os lados, perscrutando a vizinhança, receoso. Na realidade, não estava completamente à vontade. Me sentia com culpa. Eu estava fazendo (ou iria fazer) alguma coisa errada. Quando ela voltou, percebeu que a garrafa de vinho (a segunda daquela noite) tinha terminado. E aí, eu perguntei, mais vinho? Ela fez uma cara engraçada de inevitabilidade e levantou os braços, como se dissesse: Que se há de fazer? Pedimos outro tinto. E ela disse: Posso me sentar do teu lado? Eu disse: Claro. Ela deu a volta na mesa e nos beijamos. Um longo e quente beijo sugado, mordido e molhado. Sentir de novo aqueles lábios nos meus foi o estopim de tudo. Houve um arrepio premonitório suponho que bilateral. Mas nos despedimos na maior cordialidade, cada qual senhor dos seus atos, maduros, descolados, experientes, parcialmente recobrados do fogo nas entranhas que mal e porcamente fingíamos ser apenas um acidente de percurso, um deslize menor.

Mas não foi bem assim, infelizmente. Novos encontros daquele tipo (e de outros tipos também) aconteceram. Em casa, eu mentia descaradamente. Se Helena chegou a desconfiar de alguma coisa, em sua infinita discrição, não deixou claro. Eu ia remoendo minha culpa em banho-maria. Não queria que ela sofresse, mas aquela situação era mais forte que eu. Saía do trabalho direto para a casa de Ana.

Uma noite, ela fez um jantar especial. Começamos com uísque e *bruschette*, passamos para um vinho branco e peixe ao escabeche, fechamos com um tinto italiano. E começou a agarração. Transamos. Depois, nus na cama, um cigarro e música de fundo que vinha da sala, começaram as reminiscências. Num desses casos esporádicos, Ana tinha engravidado de um sujeito que ela não se ligava muito. Antes de saber, no entanto, ela tinha quebrado a mão e feito um raio X. Depois do teste positivo, foi obrigada a tirar o filho. Poderia ter sido afetado pelos raios. Ficou mal. Sofreu. Sofri junto. Choramos um no ombro do outro. Depois dessa lamúria generalizada, contudo, me bateu alguma coisa. E perguntei: Não teve ninguém que te deu apoio? Você ficou sozinha nessa hora tão difícil? Teve o Pedro, ela disse, me deu a maior força. Pedro, eu falei, aquele do jornal? É. Ah. Era um cara que sempre tinha dado em cima dela, na minha frente e pelas costas. Odiava o sujeito. Era um dos muitos que eu queria estrangular. E o que aconteceu? Ah, nada. Nada, como?, insisti. Pedro é um amigo. Eu sei disso, mas o que aconteceu? O que você quer saber, exatamente? Quero saber se você transou com o Pedro. Ah. Ah, o quê? Eu estava mal, carente, você pode imaginar. Eu imagino, eu disse, já antevendo um final típico. Então? Ele me consolou, eu estava muito fraca, convalescendo. Transou ou não transou, caralho?, gritei a plenos pulmões, dando um murro no criado-mudo e arrebentando o abajur Você vai começar? Vou, eu disse. Quero saber. Pra quê? Porque sim. Transei, pronto, é só isso que você quer saber? É, eu disse. Poderia ter ficado só nisso, mas não ficou. Dentro de mim, nasceu um pólipo odioso com mil megatentáculos que urrou uma frase que não terá jamais paralelo no compêndio das maiores grosserias cometidas na história da humanidade. Eu disse: Porra, você poderia ter pelo menos esperado o útero cicatrizar!

E foi o fim. Com toda razão, Ana me botou porta afora. Eu era um fracassado profissional, com PhD e tudo que tinha direito. Não conseguia nem ser fiel nem adúltero. Não tinha competência para sustentar nenhuma das duas situações com o mínimo de dignidade. Daquele dia em diante, Ana nunca mais atendeu um telefonema meu. Completamente derrotado, me arrastava pelos cantos da casa como um cão sem dono. Não contei para Helena, mas ela ficou sabendo através de uma amiga que nos flagrou num restaurante. A pá de cal veio sem dó nem piedade num sábado à tarde, quando ela voltou de uma viagem. Era uma Helena ferida que estava ali à minha frente, desconsolada, triste. Uma Helena que eu nunca tinha visto ou ouvido na minha vida. Tentei desmentir, mas não consegui o menor crédito. O discurso começou calmo, passou para um tom irônico no meio e fechou num ódio bastante pertinente à situação. Pegou pesado. Pegou no ponto fraco: a literatura.

Só quem anda na corda bamba consegue escrever alguma coisa que presta, ela disse. Só quem sentiu o gosto de sangue e não correu na hora do perigo pode ser escritor. De vagabundos e covardes como você, a literatura está cheia. Passar fome, pressentir o vulto da morte rondando a casa, flagrar a carne no cio no limiar de um incesto. Mendigos e loucos dão bons escritores, pois lhes faltam as medidas, o senso de ridículo. Tem que ir fundo, meu caro, chafurdar na lama, dar a cara pra bater. Tem que ser ganancioso e viver a vida pra valer. Você fala em Nietzsche, mas, na verdade, teu guru é Augusto Comte. Ordem & progresso é teu lema. Você não rompe, não corrompe, caga regras mas não cumpre teu destino. Você blefa. Sempre blefou. A vida inteira ficou escondido num casulo seguro e só colocou a cabeça pra fora quando ouvia algum barulho. Aquela briga na tua infância determinou teu futuro. Quando você pulou fora, deixando teus amigos tomarem o maior pau, ficou decretado que você olharia o mundo através de um binóculo. Os acomodados precisam da ficção porque não têm uma história real pra contar. Nada fez com que o radar das tuas emoções estalasse, pois não entraram na cova dos leões, não assimilaram os golpes, nunca entenderam que a verdadeira arte só nasce do desequilíbrio crônico de uma alma desesperada. Você não sofreu. Você nunca bateu nem apanhou de fato. Você nunca enfrentou uma situação de cara limpa. Não se meteu em enrascadas, não deve, não teme, não chia, nunca conseguiu transformar tua ânsia em morbidez romântica. Alguma vez na puta da tua vida você foi realmente humilhado, de perder o rumo de casa? Tragédia e convulsão, para você, são temas abstratos para serem trabalhados de acordo com uma escala de técnicas e regras semânticas. E isso é uma traição. Traição à literatura, traição aos homens, traição à terra, traição a você mesmo. O teu processo criativo é o da preservação de significados, pois não sabe o que é ruptura. Tese e antítese, ponto e contraponto, forma, pressupostos estruturais, tudo muito certinho e comedido, limpo, antisséptico, requentado. Você não ousa, é retórico, não há brutalidade no que você escreve, não flerta com o caos, não sente a aspereza das raízes. Você não é nem telúrico nem cósmico. Nem rural nem urbano. Você não tem história, meu caro. Inútil usar a imaginação nessas condições. A imaginação é apenas uma ferramenta que a gente emprega para ressaltar episódios de nossa vida, serve para que mergulhemos na selva de nossas emoções mais primitivas. Temos que ir até o limite de nossas forças. Viver no fio da navalha. Mas isso é dolorido, é dramático, é pra poucos, é a poesia da derrota. Você nunca fez um texto sujo que deixasse emergir o inferno das tuas lembranças e mágoas mais íntimas. Você sempre esteve mais preocupado em retocar as frases e não repetir palavras. É um discurso oco, sem origem e sem destino. O mal não entra, ele fica à espreita na porta de serviço. Teu saguão tem estátuas gregas imóveis pousadas num piso de mármore. Há um piano branco de cauda, mas você não sabe tocar. Garanto que, quando a campainha soava na tua casa, você corria para botar uma música erudita na vitrola pra se mostrar pras visitas. Você é plasticamente cruel, pretensioso. Um eunuco. Um parasita. Você usa as palavras como um cafetão usa suas putas. Te falta amor. Te falta comprometimento. Te falta colhão. Você é um observador da vida alheia. Você nunca vai jogar, vai ficar eternamente na arquibancada. Alguém já agonizou nos teus braços até morrer, com o corpo ainda quente, parando de palpitar pouco a pouco? Você já salvou alguém? Há algo parecido no teu currículo? Você já viu um ente querido escorregar da janela e se espatifar lá embaixo, na calçada, com a cabeça arrebentada? Você já viu alguém que se matou com veneno? Não é um espetáculo agradável, isso eu posso te garantir. Os olhos quase saem das órbitas, o corpo incha e fica duas vezes maior que seu tamanho natural. Você já quis matar alguém? Já sentiu o gosto amargo na boca instantes antes de engatilhar o revólver? Tua vida é morna, meu caro amigo, pois você não se expõe à realidade de um relacionamento brutal e violento mas cheio de paixão. Sempre saltou fora, escafedeu-se, deixou a cena do crime e correu para debaixo das saias de tua mãe. Essa, sim, viveu pra valer. Pergunte a ela como era, como foi. Você já foi realmente solidário com alguém, imprescindível nas horas de sufoco? Já se anulou para fazer alguém feliz? Agora, tem o seguinte, falando sério: dessa toca, não vai sair coelho, isso eu te garanto. Sem sofrimento, não há literatura. Sem despojamento, não há arte. Você nunca vai ser nada. NADA. Se você morresse hoje, quantas pessoas viriam ao teu funeral? Tua vida é uma fantasia infantil sem o menor critério moral. Se isso te satisfaz, faça bom proveito. Tudo o que você vai dizer daqui a um ano, eu já sei. Você é um cara previsível. Você não merece uma mulher como eu. Correta, fiel, quase submissa a teus caprichos. Não pense que não tive pretendentes esses anos todos que moramos juntos. Ah, muitos. Caras que venderiam a mãe pra ficar dez minutos comigo. E não era pelo meu corpo, não, embora eu não seja de jogar fora. Nunca dei a menor bola, sempre coloquei o cidadão no seu devido lugar, saí por cima, sem tripudiar, sem forçar a barra, sem ser grosseira. Entenderam, continuam meus amigos até hoje. E o que eu ganhei com isso? Um par de chifres na testa. Olha, nem vou julgar essa vagabunda. Julgo você. Pois você eu conheço. Outra coisa: não vá pensar que me sinto traída. A infidelidade, no fundo, só atinge a quem trai. E sei que, na maior parte dos casos, essas escapadas não valem a pena. São uma ilusão. Você não entendeu nada, não me conhece e nem fez a menor força para perceber o que eu representava na porra da tua vida. Fui usada, lamento e cansei. Espero que você consiga tirar uma lição desse episódio lamentável & vergonhoso em todos os aspectos. Se tudo der certo, muito provavelmente será a primeira de uma longa série. Você precisa tomar muito na cara para aprender.

Chorando, Helena abriu a porta do apartamento, suspirou fundo e esperou. Saí.

Só tive notícias de Helena um ano depois pelos jornais. Lançara uma coletânea de contos por uma das maiores editoras do país. Fez barulho. A crítica gostou, a imprensa cobriu com gosto, ela deu entrevistas. Percebi nas fotos que seu belo rosto estava revigorado, pleno, saciado. Na matéria, li que o lançamento fora de arromba num dos restaurantes mais sofisticados da cidade, uma modalidade nova para aquele tipo de evento, pois todo mundo dava noites de autógrafos nas livrarias. Helena saía do trivial e inovava. Vips de todas as áreas compareceram. Gente importante, graúda, tanto do segmento literário, quanto do ramo empresarial. Meio PIB brasileiro estava lá, bebericando vinho branco, degustando canapés de salmão e, com certeza, fazendo contatos profissionais. Uma emissora de TV se encarregou de cobrir o episódio e colocá-lo no horário nobre. Um autêntico auê. A trajetória do livro no circuito foi surpreendente: teve uma vendagem bacana e ganhou um prêmio. O prefácio era sugestivo: explicava que todos aqueles temas tinham surgido à pessoa errada, que não tinha competência para desenvolvê-los com o mínimo de traquejo literário. Ela se apropriara deles para que não ficassem perdidos no ar. O título: *Limpeza étnica & outros contos de amor, ódio & sacanagem*. Não citava meu nome.

Jamais saberei se a atitude de Helena foi uma vingança espetacular em virtude do ego ferido ou se ela tinha realmente todas aquelas nobres pretensões literárias. Isso pouco importa. O mais provável é que aquele procedimento fizesse parte de um bem bolado plano de reeducação da minha pessoa. Só sei que tive o maior prazer de ler os textos, admiravelmente reescritos por uma pena atenta e inteligente. Ela tinha aprofundado tudo de forma brilhante, fazendo com que eles saltassem para o universal. Os contos tinham vida própria, eram ágeis, simples e corretos. E o mais louco de tudo: não havia nada de meu neles. Helena verticalizara de tal maneira o enredo e os diálogos que eu tinha sido ejetado, lançado longe. Boiava solitário no mar do anonimato. Os contos tinham me esquecido.

Muito bem. Errei. Paguei. Tomei na cara. Se houvesse alguma possibilidade de retratação, eu juro que bordaria na lapela um enorme A escarlate. Mas não me foi dada essa opção. Depois que deixei o apartamento de Helena naquela noite fatídica, devo ter andado pelas ruas da cidade, devo ter visto cães, putas, mendigos e travestis, devo ter trombado com postes, provavelmente entrei num bar. As últimas palavras do discurso inflamado de Helena ainda reverberavam em meus ouvidos quando Mitiko me abriu a porta de seu reduto familiar. Preciso de um lugar para dormir, eu disse. Ela entendeu e chamou o Beto. Que horas seriam? Nove, dez da noite? Uma da madrugada? Sentei no sofá e não proferi uma palavra sequer durante não sei quanto tempo. Não me perguntaram nada. Ficamos na sala, mudos. Mitiko foi fazer um chá. Beto trouxe um copo de água mineral com cubos de gelo e uma rodela de limão. Bati o olho num mural de fotos que eles tinham na parede. Lá estava a clássica felicidade conjugal em todos os seus detalhes & matizes: filhos, mães, pais, um parquinho de diversões, animais no zoológico. Gente jovem, gente velha. Gente que eu conhecia, gente que eu desconhecia. Sorrisos. Pequenos gestos. Poses. Traquinagens. Fiquei imaginando por que eu não conseguia fazer parte de algo parecido com aquilo. O que eu tinha de fazer para me integrar num mundo normal? Era só falta de competência ou algo mais grave? Teria herdado uma espécie de maldição secular que me impedia de usufruir as poucas e fugazes alegrias que a sociedade tinha colocado em circulação? Por que eu resistia? Por que não me integrava de uma vez por todas? Quais hipotéticos princípios seriam traídos se eu me comprometesse em constituir uma família saudável e completa?

Nisso, deu um branco na sala. Por uma incrível associação de atos fortuitos e injunções cósmicas, Mitiko e Beto não estavam lá. Ouvi pequenos barulhinhos nos outros aposentos que normalmente constituem o cotidiano noturno de uma casa. Dei uma panorâmica e flagrei uma cena inusitada. Da coluna que ladeava o corredor que ia dar nos quartos, um pimpolho mestiço me olhava com curiosidade e insistência. Devia ter dois anos, se tanto. Nesse ínterim, eles tinham encomendado outro fruto do amor para completar a população do lar. Agora, só deles. Genes cruzados. Segurando um cobertor, ele ria para mim. Fazia caretas engraçadas. Se exibia. Ficou assim um tempão, à distância, meneando o corpo. Por fim, o fruto do amor veio vindo em câmera lenta na minha direção. Rodeou a mesinha de centro com habilidade e estacou. Continuava me encarando e rindo para mim. Ato contínuo, se esgueirou para cima do sofá e se ajeitou no meu colo.

Mitiko apareceu e levantou a sobrancelha esquerda em arco, armando um significativo & pontudo acento circunflexo na sua testa. Entendi o que ela queria dizer: Gozado, normalmente ele é tão arredio a visitas. De uma forma ou outra, você o cativou, ganhou a confiança dele. Ele te aceitou.

E pensei: afinal, o que move uma criança a aceitar um adulto? Sua cara, seus gestos, sua alegria, sua tristeza? Os pequenos têm um sexto sentido, percebem vibrações, a energia que emana dos corpos? Captam o íntimo das pessoas de maneira pura e isenta? Não falei nada, ele nem sabe o timbre de minha voz, não lhe prometi coisa alguma, não há qualquer interesse em jogo. E, no entanto, ele riu para mim. Me aceitou. Me deu carta branca. Deixou que eu fizesse parte de seu pequeno mundo embrionário.

Beto entrou na sala e também estranhou. E riu. Vejo que você ganhou um aliado, ele disse. Com certeza é pena, emendei, solidariedade. O que aconteceu? Errei, eu disse, errei feio. Traí a confiança de uma santa. Acontece, ele disse. Em seguida, pegou o mesticinho no colo e levou-o ainda ronronando para o quarto. Aquela cena ficaria marcada na minha mente para sempre. Mitiko trouxe o chá. Bebi. Estava quente, reconfortante. Ouvi sua voz pela primeira vez na minha vida. Ela disse:

Tem coisas muito boas em você. Tua alma é pura. Quase virgem. O que estraga é tua cabeça.

IX

Ignorando solenemente minha presença, a marcha inexorável do tempo cronológico continuou a fazer estragos. Veio a AIDS, o Prozac, as top models, os livros de autoajuda, as celebridades, o marketing, o mundo fashion. As sete pragas dos anos 80. Gays morriam às pencas pelos cantos, esquecidos em camas infectas de hospitais ou enrustidos em seus apartamentos. Chagas, sangramentos, gânglios inflamados, infecções generalizadas, perda de peso. Esqueletos ambulantes começaram a agonizar em praça pública como zumbis. O terror começou a fazer parte do cotidiano num paralelo histórico só comparado à idade das trevas. A peste se alastrou inclemente nas latitudes e longitudes mais improváveis do mundo. Matava gays, matava jovens, matava velhos, crianças herdavam da mãe o vírus no nascimento. Em pouco tempo, os escrotos de plantão levantaram teorias e hipóteses: era um castigo de Deus contra a licenciosidade, o pecado, a promiscuidade. Mais uma vez, o espírito da década de 60 foi pro banco dos réus, como já tinha acontecido por causa das drogas. A revolução sexual foi questionada em sua essência, e não em relação aos excessos. Tinha sido um erro. Fora inconsequente, degenerada, uma evidente e clara degradação moral. O preconceito assumiu a linha de frente. Em tempos de guerra, os grandes ideais entram em stand-by e os dispositivos de segurança emergem para solapar as liberdades individuais do cidadão. Era uma emergência. Cientistas, sociólogos, antropólogos e poetas chiaram, mas não teve jeito: a morte rondava nosso bunker. Os homossexuais só foram parcialmente anistiados quando a AIDS começou a matar também os héteros. Ninguém estava imune. Era a espada de Dâmocles. Era o fim do mundo.

Em contrapartida, o show tinha que continuar. Num conluio escrachado entre empresários do ramo de entretenimento e os governos, que zelavam pelo consumo, os grandes laboratórios sintetizaram a pílula da felicidade, pondo por terra a grande alegoria premonitória de Aldous Huxley. Na segunda metade da década de 80, não era de bom-tom ser pra baixo. Como em qualquer época de crise, a motivação das pessoas precisa ser reativada, para que todos continuem comprando e se divertindo. É um pressuposto básico do capitalismo. Decretaram que o pessimismo estava fora de moda, era *out*. As pessoas deviam estar de bem com a vida, só assim os lucros estariam garantidos. Revistas semanais explodiam grandes matérias para levantar o moral da parcela ainda reticente aos novos tempos. Davam fórmulas de felicidade. Como enfrentar. Como reagir. Como atuar em caso de. Como fazer amigos. Como se portar. Como se vestir para que. Toda a mídia se engajou nessa cruzada santa. Surgiram os livros de autoajuda. Surgiram manuais. Exumaram todo tipo de filosofia oriental e jogaram na roda. A religiosidade entrou em alta. Seitas, facções, templos, doutrinas, associações, grupos fechados. Pastores, mestres, bispos leigos, gurus. Tudo se mesclava, miscigenava. Em cada esquina do globo terrestre erguia-se uma casa da fé baseada numa colcha de retalhos de crenças, trechos de livros sagrados e muita sacanagem. Através de um engenhoso método de arregimentação, os humildes mortais passaram a frequentar essas capelas e contribuir com suas merrecas em troca de uma vida mais justa e humana.

Como sempre acontece, a elite cagava para tudo isso. Ela tinha outro tipo de religiosidade: o marketing. Que passou a dar as cartas. Muitas das forças e conceitos que estavam latentes há vinte ou trinta anos tomaram conta de corações e mentes, abrindo uma perigosa vertente pós-moderna. Conceitos como ética, moral, integridade, caráter e palavra de honra foram relativizadas. E a corrupção. Quem não aceitava propinas, já não era mais um virtuoso, era um otário. Disseminaram a ideia de que valia tudo. Liberou geral. Determinados segmentos profissionais antes considerados simples acessórios do sistema ganharam status de prima-dona, caso da publicidade, do mundo fashion, da Bolsa de Valores, dos estilistas e top models e principalmente do marketing.

Tudo começou nos anos 80, mas se perpetua até hoje. Nascido para valorizar determinados aspectos e potencialidades das empresas, o marketing se abastardou e passou a moldar o perfil e até a feição de políticos e celebridades em geral, alimentando uma indústria do glamour. Fotógrafos profissionais, videomakers, web designers, agentes, assessores de imprensa e divulgadores se encarregaram de realçar o brilho dos ricos e famosos em revistas especializadas, escancarando suas vidas privadas, com o único intuito de mantê-los permanentemente na mídia. Surgiram os paparazzi. De um dia pro outro, pessoas inúteis que não sabiam fazer absolutamente nada, não tinham uma profissão definida, não possuíam sequer um hobby na porra de suas vidas e tinham dificuldade em articular uma palavra com mais de uma sílaba, se tornavam ídolos. Era a cultura do nada. O mundo se vendia. Tudo era uma questão de preço. Tinha início a época oficial da putaria.

Confesso que sinto saudades da ditadura militar, eu disse pro Beto, com ironia. Era mais fácil. Todos sabiam quem era o inimigo.

Engano seu, ele retrucou, os milicos eram só a fachada. Eles ficaram com o trabalho sujo. O inimigo é o mesmo de sempre: a elite. Nada mudou. Relaxa.

Relaxei.

Não acho necessário dizer muito mais coisas sobre os militares. Nunca foram importantes. Como são nacionalistas por definição, hierarquia & tradição, exercem com garbo & submissão a humilhante postura de bodes expiatórios e acabam como receptáculo de todos os ódios decorrentes de suas atitudes. A história do exército é a história da lealdade cega a Sua Majestade, que foi herdada pela República. Imolavam-se com nobreza de espírito em nome do Reino. Protegiam as fronteiras, digamos assim. E, na maioria dos casos, alargavam-nas, invadindo e anexando outros territórios. Depois da Revolução Francesa, passaram a ser leais à pátria, ao primeiro-ministro. Beto, no entanto, tinha uma visão mais pragmática: Lealdade o caralho. É uma legenda de aluguel. Quem pagar mais, leva. Não são inocentes úteis. Aliam-se aos civis canalhas e levam o seu. Querem grana, sim senhor, como qualquer mortal. Mas não querem o poder, pois não sabem administrar. Fazem o serviço sujo, limpam a área e entregam de mão beijada o país ao bando de ocasião. Fingem que são isentos. Outra coisa: esse negócio de destreza bélica e táticas de guerra é balela. Qualquer um pode chefiar um exército. Até uma camponesa como Joana d'Arc transformou-se do dia para a noite num eficiente general que quase expulsou os ingleses da França. Bastou ouvir umas vozes e partiu pro campo de batalha. Depois, assou na fogueira, mas esta já é uma outra história.

É verdade que, de tempos em tempos, há levantes, cizânias, dissidências internas e os caras resolvem virar o jogo por conta própria, mas eu sabia que eram casos isolados. Na maior parte das vezes, estão a serviço de alguém, não necessariamente do supremo mandatário da Nação. Raul, por exemplo, acreditava numa terceira hipótese: achava que essa movimentação esporádica tinha uma outra razão: a ociosidade irritante que reina nos quartéis durante o tempo de paz. Os caras ficam lá, jogando basquete, desmontando as carabinas, lustrando as botas, lavando latrinas, Sim, senhor, Não, senhor, a maior pasmaceira. De repente, dá uma louca e resolvem barbarizar.

Enquanto isso, os verdadeiros mentores do golpe — a elite, os empresários, industriais, latifundiários e demais corruptos de plantão — ficam na sombra, mexendo os pauzinhos. Antes de mais nada, a desestabilização (econômica e moral): qualquer marcha pela família, greve de caminhoneiros ou um panelaço bem orquestrado resolve isso. Depois de constituída a junta militar que derrubou o governo legitimamente eleito, no primeiro vacilo, os cagões são substituídos um por um. No caso do Brasil, optaram por colocar na linha de frente do primeiro mandato o Castello Branco, considerado um moderado, pois ninguém imaginava que a coisa fosse durar muito tempo. Tanto que assumiram o poder sem dar um tiro. O país não é sério, o povo é alienado, a esquerda não tem estrutura, as entidades de classe estão desaparelhadas e a mídia está do nosso lado. Não vai haver problemas. Umas bordoadas bem dadas aqui & acolá e tudo volta ao normal. Não foi bem assim. Nada que preocupasse, mas, sei lá, esses estudantes andam fazendo muitas arruaças. Pois bem, o moderado resolveu cassar 116 mandatos, suspender os direitos políticos de 547 parlamentares e demitiu 2.147 profissionais de várias áreas. Do outro lado, a coisa se dá mais ou menos da seguinte maneira: a reação revolucionária procura equilibrar a ação reacionária. Afinal, depois de três meses de arbitrariedades, a resistência começa a se articular. Já não é mais nem uma questão de patriotismo ou de dignidade ferida, é que ninguém suporta um invasor ou usurpador barbarizando impunemente dentro de nossa própria casa. No mínimo, neguinho vai deixar o sabonete molhado no meio do caminho pro filhodaputa escorregar. Mas há discussões no alto comando. Divididos, os militares resolvem dar um golpe dentro do golpe e obrigam o Castello a entregar o poder a um marechal menos moderado: Costa & Silva assume o segundo mandato. Mesmo estando tudo sob controle, por via das dúvidas, o helicóptero do Castello caiu no meio da mata. A guerrilha urbana começa a fazer estragos sérios. Operários entram em greve. Intelectuais armam passeatas de 100 mil manifestantes. Estudantes invadem centros acadêmicos e reitorias. Há revolta no campo. Músicos compõem letras que incomodam e são cantaroladas pelas ruas até por inofensivas donas de casa. E começam a aparecer as primeiras vítimas: estudantes e operários assassinados em confronto com a polícia. Novamente por via das dúvidas, Costa e Silva morre em circunstâncias não muito bem esclarecidas. Há quem diga que viu uma foto do corpo dele num jornal estrangeiro com dois furos no abdômen. Mas é boato, imagina! Deve ter sido um aneurisma, diverticulite, AVC, sei lá. Assume o Médici, e a coisa pega fogo. Em todas as épocas mais delicadas da história do Brasil, é sempre convocado um gaúcho para pôr ordem na casa. É uma tradição. Ele é alto, elegante, olhos azuis, sobrenome italiano. E muito macho, tchê! Devidamente financiado pelo capital americano, ele arma toda uma superestrutura de repressão, com direito a estágios de policiais em países mais civilizados, no intuito de se especializarem em novos e mais eficazes tipos de tortura. É um assunto complexo. Requer muita pesquisa histórica, riqueza nos detalhes & refinamento. O limite da dor. A fronteira última da resistência humana. Como destruir o caráter do inimigo através da humilhação? São temas de profunda reflexão. Apenas um espírito muito atento consegue perceber a eficácia do bambu debaixo das unhas sobre o choque elétrico nos testículos, por exemplo. Num teste simples de delação de companheiros, será o afogamento mais eficiente que o pau de arara? Fico imaginando um encontro desses num hotel cinco estrelas de Miami ou Las Vegas, com break para cafezinho, suco de goiaba e bolachas de água e sal.

PRIMEIRO FÓRUM INTERNACIONAL DA TORTURA:
NOVOS RUMOS, NOVAS TENDÊNCIAS
Dinâmica operacional.
Produtos & serviços. Planejamento.

Secretárias poliglotas fazem a tradução simultânea, que chega aos microfoninhos de ouvido da plateia lotada por cadetes recém-formados, sargentos e tenentes, provenientes de vários países. Além de médicos legistas e psicólogos, claro. Conferências, mesas-redondas, debates, workshops, dossiês, demonstrações ao vivo, exemplos históricos, planilhas, gráficos, slides. (*O processo é simples: são dois cavaletes de madeira, com cerca de 1,5 metro de altura e uma ranhura na parte superior, onde se encaixa um cano de ferro. A vítima, geralmente nua, tem os pulsos e tornozelos envoltos em tiras de...*) Os temas são sugestivos, com abordagens modernas & instigantes: Cadeira do dragão — uma visão holística. A tortura psicológica & outras nuanças retóricas. Novas técnicas de sodomia em prisioneiras grávidas. Sevícias, tratamento degradante, violações, suplícios, maus tratos & outras especulações semânticas. A importância do empalamento para aumentar a autoestima do carrasco. Escoriações, contusões, lesões, fraturas: como fazer o serviço direito sem deixar rastros de nenhum tipo. Fala-se muito em tecnologia, know-how, equipamentos de ponta. Citam Beccaria, Sun Tzu, Calígula, Filinto Müller. Uma coisa séria. De primeiro mundo.

Coincidência ou não, Médici é o primeiro milico que não morre na ativa e completa o mandato. Cumpriu com mérito tudo o que a elite tinha programado para se perpetuar no poder pelos cinquenta anos seguintes. Foi eficaz: a resistência interna estava dizimada. Ou exilada. Ou calada. Ou sob vigilância. Alguns membros inclusive literalmente castrados. Dizem que torturaram uma criança de seis anos na frente da mãe para que ela delatasse companheiros. Mas deve ser boato, imagina! Propaganda da esquerda. Protestos internacionais pipocam. Era hora de voltar à democracia. Por via das dúvidas, assume um alemão que, como se sabe, de democracia entende muito pouco. Ernesto Geisel, o quarto militar a presidir o país, é uma incógnita. Será um elemento de transição? Continuará a barbárie? Fará com que o país retorne ao estado de direito? Promoverá a tão sonhada abertura? Será pelo menos um déspota esclarecido? Possibilitará a volta dos exilados? Terminará com a censura prévia aos órgãos de imprensa? Levantará a intervenção nos sindicatos? Mais ou menos. Ainda não era hora. As elites estavam receosas. Devemos pensar nas salvaguardas. Por salvaguardas, ele entendeu que tinha antes de assassinar toda a cúpula local do PCB. E assim foi feito. Por desencargo de consciência, antes de passar o bastão, ele embolsou a propina de 20% da KWU, a empresa alemã que construiu a usina de Angra, garantindo um plus à sua aposentadoria.

Geisel não morreu na ativa, também completou o mandato. Segurou o estado de exceção o quanto pôde (ou quanto lhe foi sugerido, digamos assim). Foi um títere à altura. Do Figueiredo, o quinto e último general que presidiu a junta militar, não vou falar nada. Era um idiota. Não ficaria dois dias como bedel de uma escola ou como vendedor numa loja de sapatos. Quando a lama baixou, argumentaram que, perto das ditaduras do Chile ou da Argentina, a brasileira foi uma brincadeira. Um passeio. Uma bobagem. Argumento dúbio: a supressão do estado de direito de um país dificilmente pode ser medido numericamente. Na verdade, nunca vamos saber com certeza se a grande maioria do povo brasileiro conseguiu sobreviver à ditadura militar porque é muito forte ou simplesmente porque não tomou conhecimento dela.

Lealdade. Legenda de aluguel. Ociosidade nos quartéis. Na realidade, todas essas teorias nunca me satisfizeram. Essa fidelidade cega à hierarquia ou a uma causa me era irreal e insuportável. Me dá medo. Sempre tive verdadeiro pavor de alguém que acredita piamente em alguma ideologia ou credo. Tanto lá, quanto cá. São os piores. São os mais perigosos. Se são capazes de morrer, são também capazes de matar, torturar. São capazes de explodir o próprio corpo, junto às granadas, numa discoteca, mesquita ou shopping, levando para o além centenas de civis. A tropa (tanto do exército quanto da guerrilha) é constituída de elementos suicidas, bombas-relógio ambulantes, lemingues humanos a serviço de uma ideia, seja ela humanitária ou escrota. Progressista ou retrógrada. Revolucionária ou reformista. Liberal ou conservadora. Fascista ou comunista. Lá pelo meio do campeonato, ela se perde, cai no vazio, vira um dogma, fica reduzida à guerra pela guerra. Olho por olho etc. Toda boa ideia, com o tempo, vira um código de Hamurabi, não tem por onde.

Anular-me. Ter orgulho de fazer parte de uma guarnição invisível. Ser batizado com um codinome sugestivo. Colocar meu espírito a serviço de uma causa maior. Ela está acima de mim. Está acima de todos. Ela foi forjada a ferro & fogo. A causa é feita do suor, da humilhação, das lágrimas e do sangue do povo oprimido. Obedecer. Acatar, sabotar, infiltrar-me. Agir. Não tenho identidade, sou um número, um mero estafeta no exército de libertação nacional. Estudo, me aprofundo, faço o dever de casa. Sei que sozinho nada sou. Somos centenas, somos milhares, somos o futuro. Juntos, temos força; juntos, venceremos. Não discordo, não discuto, não critico, não tergiverso. Minha vontade é dirigida para a finalidade suprema. Marcho. Sou um grão de areia, um mísero elo nesta corrente sebastianista que trará de volta nosso messias. Sacrifício. Entrega. Renúncia. Virtude. Não tenho mulher, não tenho filhos, não tenho bens, não tenho ambições próprias. Tudo é coletivo. Amoldo-me à massa. A massa necessita de uma direção. Meu dever. Meu objetivo. Minha sina. Meu rito. A massa necessita de ordem para alcançar o poder. O poder nunca é delegado, é conquistado. Sou um soldado. Sou um missionário das Terras do Bem-Virá. Trago alento. Trago esperanças. Venho para evangelizar. Sou um monge. Vou jejuar durante quarenta dias & quarenta noites antes que meu míssil exploda o quartel general. Ou a vila onde aqueles camponeses ignorantes e reacionários insistem em apoiar o governo. Mulheres, velhos e crianças irão pelos ares. Mas é necessário. Os fins justificam os meios. Nada muda sem derramamento de sangue.

Voltando. Nessa época, eu estava morando numa pensão. Começava o meu aprendizado de emoções fortes. Era um quartinho de dois metros por dois, com um armário e uma cama de ferro. Uma lâmpada anêmica pendia do teto através de um fio enrolado cheio de musgo esverdeado. O banheiro era no fim do corredor. Havia mais quatro hóspedes: um senhor aposentado, completamente grisalho, que sofria de gota e adorava ópera italiana. Seu quarto era colado ao meu. Podia ouvi-lo toda noite solfejar árias de Verdi e se masturbar ao mesmo tempo. Depois, tinha um nordestino jovem e bem-apessoado que se vestia com roupas sóbrias. Não confraternizava com ninguém. Dava bom-dia, boa-tarde, boa-noite e sumia. No quarto em frente ao meu, havia uma senhora enorme, de idade indefinida e rosto bonito, que trabalhava fora e só chegava depois das dez. Por fim, uma bicha. Engraçada, irônica, sempre com uma tirada ferina na ponta da língua. Minha janela dava para o pátio interno. Eu tinha uma magnífica vista dos varais com roupas secando, o tanque, as latas de lixo e dois ou três pneus encostados na parede do fundo, com certeza gestando larvas do mosquito da dengue. Com um pouco de sorte, aos sábados à tarde, podia flagrar as maravilhosas coxas da filha ninfeta de Ivone, a dona do muquifo. Mônica tinha treze anos e um corpo de vinte. Para suas tarefas caseiras (lavar e passar roupa e varrer os corredores), ela vestia um shortinho minúsculo e apertado, que lhe deixava de fora a base das nádegas. Camiseta branca sem sutiã, barriga e umbigo de fora, chinelo de dedo. Meu roteiro estava traçado com uma precisão irritante. Acordava às oito, tomava café, ia trabalhar. Almoçava um pf no boteco perto do trampo. Voltava às sete e meia e jantava na pensão. Às vezes, ficava no quarto lendo. Outras, ia pra sala e ficava assistindo TV ou conversando com Ivone e alguns hóspedes. Raramente saía. Eu estava chegando aos quarenta e não era aquilo que tinha planejado para minha vida madura.

Eu tinha ficado casado o quê? Oito, nove anos? Não importa. Afinal, como todos sabem, o casamento é uma instituição inventada na Idade Média e programado para durar, no máximo, dez anos. Os pequenos varões eram treinados nas artes bélicas e mandados para a guerra aos quinze anos. Só voltavam (quando voltavam) para se casar com as meninas de doze ou treze anos. Os casais tinham um filho por ano para renovar as forças do exército e os homens morriam aos quarenta. Não havia tempo para o ócio ou o marasmo. As uniões jamais caíam no vazio, elas tinham uma finalidade clara. As viúvas cuidavam da prole, teciam & cerziam. As poucas ainda férteis eram convocadas para outro casamento, onde botavam o útero para funcionar mais quatro ou cinco vezes, aumentando a tribo. Na Renascença, surgiram duas coisas ao mesmo tempo: o amor e o tédio. E tudo foi pro brejo. Como a idade média dos homens subiu para cinquenta (em casos especiais, até os sessenta) anos, os casamentos passaram a durar duas ou três décadas, abrindo a perigosa vertente da discussão do relacionamento.

Minha antiga turma estava sumindo. Uns tinham viajado para o interior do Brasil com as finalidades das mais variadas: trabalho, lazer ou mesmo fuga das grandes metrópoles, cada vez mais inóspitas e violentas. Outros davam uma banana para os antigos ideais e se engajavam em profissões ordinárias. Por vergonha ou discrição, não me procuravam mais. O resto simplesmente morria de cirrose no fígado ou no baço. Nos últimos tempos, a gente estava se encontrando mais em cemitérios ou velórios do que em festas ou bares. Eu tinha ainda quatro ou cinco amigos, se tanto. Visitava Beto e Mitiko de vez em quando, mas percebi que, apesar da hospitalidade, o ambiente ficava pesado depois das dez horas e duas ou três rodadas de bebida. Conversas entre um casal sólido e um celibatário nunca deram muito certo. Uma, porque a solidez não é assim tão sólida, ela vacila; outra porque, sem querer, há uma certa ostentação de liberdade de ir & vir do solteiro, que constrange o macho do casal e alimenta a fragilidade da fêmea, que faz o possível para se ver livre do intruso libertino. Se Beto e Mitiko soubessem que eu trocaria toda aquela merda de liberdade por uma casa para chegar à noite, eles possivelmente não entenderiam. E isso não iria resolver a situação. Abandonado. Perdido. Sem expediente. Uma geração massacrada. Sozinho que nem um cachorro. *Dead man walking*. Aqui se faz, aqui se paga.

Andando pelas ruas e olhando as pessoas, ficava imaginando o que as motivava a continuarem vivas. Afinal, o que mantém um homem vivo? A fé? A esperança? As lembranças? A certeza de que conseguirá perpetuar a espécie, como os coelhos ou os hipopótamos? Ou a eterna dúvida de sempre: o que estamos fazendo aqui? Viver para resolver esse enigma. Pesquisar. Garimpar indícios. Descobrir respostas nas mínimas coisas. Nas gramíneas, nas flores, nos rouxinóis, na meticulosidade das abelhas, na persistência das formigas. A sabedoria alimenta a alma, mas a modéstia é uma virtude. Só sei que nada sei. Muito bem. Não tinha tido um filho. Não plantara uma árvore. Não tinha escrito um livro. Era hora de reciclar os parâmetros. Ir para o Tibete, cortar os cabelos, me envolver num manto alaranjado e meditar na montanha mais alta. Ou ter uma atitude nobre: cuidar das criancinhas pobres de Kuala Lumpur, evitando que elas morressem de inanição. Mergulhar no olho do furacão. Ter emoções fortes, cuidar de leprosos. Apostar no acaso: ser esfaqueado por um mendigo, por exemplo, ficar na fronteira da morte, no limiar entre dois mundos, talvez em coma na necrosada enfermaria de um hospital público e voltar refeito, um novo homem, cheio de energia, assumir compromissos, seguir em frente, cabeça erguida, peito estufado, ombros eretos, olhar para o horizonte e dizer, alto e bom som: Para ser feliz, preciso me anular. Sei que sou apenas um minúsculo grão de pólen e faço parte do todo.

Destino, oh, destino cruel, por que me renegastes à lucidez?

Foi por essa época que comecei a falar sozinho pelas ruas. Perambulava à noite por avenidas iluminadas, cheias de gente, parava em vitrines. A solidão tem nuanças que até a nossa imaginação duvida. No início, eram apenas balbucios, curtas interjeições. Depois, passei a armar raciocínios lógicos intricados, quase teses. Protagonista & antagonista dialogavam em altos brados para uma plateia invisível. A coisa ficou perigosa quando comecei a gesticular, no intuito de tornar tudo mais verossímil: o rosto se contorcia, os braços enfatizavam, o corpo tinha virado uma persona. Me lembro que um dia fui abordado pela Lei, mais para saber se eu estava bem do que para me incriminar.

Não me lembro das palavras exatas, mas posso reconstruir a ideia. Eu disse:

Não, seu guarda, posso assegurar pro senhor que não bebi, não cheirei, não fumei. Meu jeito é esse mesmo, ando falando comigo pelas ruas faz um tempo. Afinal, em quem mais poderia confiar? Eu sei, a sua pessoa tem deveres de proteger a sociedade de elementos nocivos, mas não sou louco nem alucinado. Aliás, se me permite uma sugestão, o senhor deveria desconfiar justamente das pessoas que *não* falam sozinhas pelas ruas: são as piores, a coisa fica fermentando dentro delas, podem aprontar a qualquer hora sem prévio aviso, são caladas demais, um perigo, excelentes candidatas a um crime sexual. Quando os testículos estão cheios, o cérebro está vazio. Conheço gente muito quieta, acima de qualquer suspeita, que seria capaz de abusar de uma criança de seis anos, esquartejá-la e mandar os pedacinhos à mãe com bilhetes de arrepiar. Depois de ser devidamente enrabado, tem muito gerente de banco e empresário de terno e gravata que castra travestis com estiletes enferrujados na maior competência. E são calmos, pacatos, calados, são religiosos, têm família, samambaias na sala, alimentam seus poodles com muito carinho, moram em condomínios fechados, na maior dignidade. Tem muito velhinho de cabelo branco, pensionista do Banco do Brasil, que daria tudo para passar umas horas num quarto com garotinhos que saem do colégio; tem padeiro que se masturba na massa de pão; tem deputado em Brasília que arma as maiores orgias com menores de idade. Esses, seu guarda, com certeza, não falam sozinhos nas ruas, são discretos, eles escondem seus crimes no interior de suas almas.

Você não vai crescer nunca?, perguntou-me Helena um dia, no meio de uma discussão qualquer.

Pra quê?, eu disse. Pra ser um senhor maduro, com o rosto escanhoado, ter duas contas no banco, plano de saúde, um emprego sólido, distribuir tarefas, comprar um terreninho no mato para construir uma casa de campo?

Te parece uma ideia tão louca assim?

Entrar para um clube fechado, talvez, onde privaríamos da companhia de outros casais sólidos, com empregos sólidos e discutiríamos as tendências do mercado. Isso é crescer? É isso que você planeja para teu futuro?

E você, o que planeja para teu futuro?

Eu não planejo nada. Quem planeja o futuro são os esquilos, que fazem estoque de nozes. Quero simplesmente continuar vivendo.

Sem eira nem beira.

Se for necessário.

Necessário pra quê?

Para que pelo menos a minha mente seja livre.

Tua mente pode continuar sendo livre o quanto você quiser, mas o corpo precisa sobreviver.

Não estamos sobrevivendo?

Mal e porcamente.

Helena, supliquei, minha verdadeira casa não teria porta-copos ou um jogo de toalhas de rosto que combinassem com as de banho, teria um boneco em tamanho natural do Groucho Marx fazendo aquele passo engraçado de ganso louco; minha verdadeira casa não teria luminárias que custam uma fortuna, mas um *tromp l'oeil* do prédio do filme *Janela indiscreta* pintado numa parede inteira. Você entende?

Meio assustada, ela meneou a cabeça na horizontal.

Por que vocês mulheres têm essa obsessão de que o homem tem que amadurecer, ser um cidadão respeitado. E por que isso só vem depois do casamento?

Como assim?

Ué, o que mais te cativou em mim no começo foi justamente esse desrespeito pelas instituições, pelo horário, o desapego crônico à obrigatoriedade de ser comportado, de não ceder nunca frente às arbitrariedades de uma sociedade estúpida e um sistema que nos corrói por dentro, que nos suga até o tutano. Não era esse meu grande carisma? Minha principal característica? A transgressão? Não foi você que disse às tuas amigas: Olha, ontem saí com um cara especial. Fomos jantar num restaurante magnífico; depois, fomos a um bar antigo e fechamos a noite numa boate, onde ficamos dançando até as três da manhã. E jamais — repito, jamais —, em momento algum, ele olhou para o relógio. Foi uma maratona! Quando chegamos ao apartamento dele, me convidou para subir, me preparou um drinque estupendo e ficamos trepando por horas. Foi simplesmente celestial! Divino!

Fiz uma pausa, recobrando o fôlego, e emendei: Por que isso tem que mudar? Me diz. Um mês depois, propus que reeditássemos a noite celestial e a maratona sexual e o que você me disse? Lembra?

Não. Não lembro. O que foi que eu disse?

Você não vai crescer nunca? Foi isso que você disse.

Eu tinha que trabalhar. Acordar cedo.

Todo mundo tem que acordar cedo, mas a gente dá um jeito, faz com que o mundo trabalhe a nosso favor. Não é porque as coisas são como são que temos de nos acomodar e engolir tudo até o talo. A vida é uma merda, você sabe disso, a gente troca o suor de nosso rosto pelo salário do fim do mês. Mas há outras possibilidades, outras alternativas. Nunca perdi emprego algum por me divertir até tarde. Foi isso que você mais gostou em mim.

Eu não sou assim.

Mas era. Por que mudou?

Tudo muda. Todos mudam.

Na essência?

Eu não mudei a minha essência. Sempre fui assim.

Então você blefou.

Não blefei.

Blefou sim. Deu a entender uma coisa, mas, no fundo, era outra. Por que isso acontece? Você me achou engraçadinho, um cara legal, louquinho, rebelde, que gostava de estuporar e avançar o sinal. Você vinha de um casamento de merda, o meliante te deixava sozinha em casa e partia pra farra. E ainda arrumava tempo de te dar uns tabefes de vez em quando. Apareci. Te respeitei. Te dei carinho. Gostei de você como você era. Isso foi conveniente durante um certo tempo. Mas você pensou: Ah, depois ele muda, vai cair na real. O tolinho vai crescer e será um homem maduro. Se isso não acontecer, eu dou um jeito. É isso?

Não é isso. Você está deturpando as coisas.

E as piadas, o bom humor, a ironia, você lembra o que me disse a esse respeito?

Não. Não lembro. O que eu disse?

A gente só se apaixona pelo homem que nos faz rir. Dois meses depois, quando fiz aquela imitação do teu chefe, você lembra o que me disse?

Ela não respondeu. Ficou esperando. Sabia que minhas perguntas eram apenas retóricas.

Você disse: A vida não pode ser sempre uma brincadeira.

Olhei para ela com imensa ternura e um pingo de tristeza. E disse:

Nós homens vamos ser os meninos de sempre, brincalhões e imaturos, temos uma necessidade absurda de manter essa pureza boba da infância. As mulheres gostam disso, é confortável, é até benéfico para elas. Isso poderia ser assimilado de outra forma, canalizado positivamente. Mas aí bate um sininho invisível na cabeça e começam, primeiro a tolerar, depois, a recriminar e, por fim, a boicotar tudo isso, sob a alegação de que são elas as provedoras ancestrais do lar, as lobas que alimentam a matilha, que cuidam para que o lar seja seguro, limpo e bem arrumado. Muito bem, o tolinho é intimado a se engajar na provedoria, se sente acuado e não vê outra saída: ele cresce e se torna um homem maduro. E infeliz. E começa a broxar.

Me lembro que, nessas alturas, Helena soltou uma gostosa gargalhada. E disse:

Olha, nunca vi alguém defender com tanta gana a teoria da infantilidade como você. Isso não é uma ideia, é uma tese. Você pesquisou isso em que livro, *Peter Pan*?

Não pesquisei, eu disse, eu vivi na pele, é sempre a mesma coisa.

A conversa parou por aí. Ela não arredou pé um milímetro. Nada mudou. Foi como se eu não tivesse falado nada. Poderia ainda ter aprofundado o assunto e ter dito a Helena que minha teoria da conveniência era ainda mais escrota: as mulheres gostam da nossa falta de maturidade porque lhes faz lembrar um filho pequeno que elas vão cevando desde tenra idade, com a vantagem de que elas trepam e gozam com esse filho. Com o tempo, isso vira uma agravante, bate a consciência, a ideia de incesto aflora, o pecado da carne, e as mulheres refluem. Por que você não cresce? É um paradoxo, pois elas sabem que, quando os filhos crescem, eles saem de casa e se aventuram pelo mundo, provavelmente na busca insensata de outra fêmea que diga que se apaixonará pelo homem que as faça rir.

O mais patético de tudo é que eu também articulava teses e teorias de acordo com a velocidade das marés e o curso das estrelas.

Eu preciso de equilíbrio.

O equilíbrio é a morte da alma, rebateu Ana, oito ou nove anos antes daquela conversa com Helena.

Minha metáfora tinha um objetivo: a sedução. Pequenos flertes, olhares, poses, silêncios gritantes, palavras estratégicas colocadas no discurso, o movimento dos cabelos, sorrisos. Ana sabia cativar o interlocutor, escravizando-o. Ficava imaginando se aquilo era inconsciente. Ela tinha construído uma persona que necessitava de satélites gravitando em sua órbita. Ana era centrípeta. Não pretendia apagar sua luz própria, apenas baixar um pouco a intensidade do foco. E talvez redirecioná-lo.

Ela me devolveu outras metáforas. Falou em vampiro, que suga a energia da amada até neutralizá-la; falou no parasita, que se alimenta do hospedeiro até o ponto limite, com o cuidado de não matá-lo; falou da galinha dos ovos de ouro. Convenhamos, não era nenhuma obra-prima literária, mas tinha sua eficácia. Ela defendia com unhas e dentes a sua maneira de ser, a sua intimidade. E aquilo não era inconsciente.

Vai me dizer que você não percebeu o Pedro babando na gravata.

Pedro é um amigo.

Você não tem amigos, eu disse, você tem amantes em período de latência. Você é como os esquilos, que fazem um estoque de nozes para o inverno.

Ela repetiu: Pedro é apenas um bom amigo.

Ana, eu disse, não posso mais ficar nessa situação de sobreaviso constante. Você é um perigo, uma bomba de efeito retardado, um míssil dirigido ao coração das pessoas.

Que bom, ela disse, terei sempre admiradores.

É isso o que você quer?

Quem não quer?

Na mosca, pensei. A mais pura e cristalina verdade. Todos querem ser queridos. Seu discurso era de uma lucidez espantosa.

Ana, continuei, já constrangido de estar esticando aquele assunto da forma mais patética, eu poderia fazer relatórios diários sobre tuas derrapadas em conversas e encontros, poderia enumerar um por um os dardos sedutores que você projeta sem direção alguma.

Pois é, ela argumentou, se não têm direção alguma, isso prova minha inocência.

Tua inocência é meio impostada, ela também tem seu encanto.

Mas do que é que eu estou me defendendo, afinal? De ter luz própria, de ser engraçadinha, de sorrir nas horas certas e nas horas erradas? Estou me defendendo de ser eu mesma? De possuir charme? O que você quer de mim? Que siga um script? Não foi justamente essa simpatia que te cativou quando me conheceu? Essa maneira aberta e franca de se relacionar com as pessoas? Não pense que eu não te via me olhando de longe na redação, acompanhando meus passos como um bebê apaixonado e chorão.

Eu e o resto da torcida do Flamengo.

Que seja. Agora, você quer que eu mude?

Tudo muda, eu falei, as pessoas mudam.

Na sua essência?

Não é isso, você está deturpando as coisas, eu disse.

O que você quis dizer quando falou em equilíbrio? Pretende um relacionamento dentro dos conformes, um lar estável, com samambaias na sala e geladeira de duas portas com freezer? Uma mulherzinha cordata na cozinha, dois pimpolhos com o sobrenome do pai? Nunca vou ser assim. Não é isso que eu quero pra minha maturidade.

Ela tinha razão. A insegurança era minha. Esses dois diálogos têm uma simetria absurda. Em cada um deles, no entanto, eu tomava posições diametralmente opostas. Atacava Ana por preservar uma pureza infantil de espontaneidade e questionava Helena por ela não me deixar preservar essa mesma pureza de criança brincalhona. Acusava Helena de ter blefado. Acusava Ana de não ter blefado. Uma contradição flagrante.

Em compensação, foi justamente em 1985 que eu tive a visão dos montes. Como não poderia deixar de ser, essa iluminação veio na forma de um livro. Dando continuidade a meu já arraigado autodidatismo, escolhendo aleatoriamente os títulos que mais me chamavam a atenção, li *Las Vegas na cabeça*. Na medida do possível, tentei esquecer tudo o que a faculdade de comunicação havia me colocado goela abaixo e botei em prática o que tinha aprendido com Hunter Thompson. Misturei jornalismo com ficção, humor e alucinações de vários graus & calibres. Foi um bom laboratório. A primeira regra a ir pro espaço foi a objetividade. Regra número 2: jornalismo informativo, interpretativo e opinativo se mesclaram num cavernoso caldeirão de frases e ênfases, títulos e entretítulos. A linguagem formal explodiu em dissertações e narrações de caráter coloquial. Erudição e o cotidiano mais rasteiro começaram a fazer parte do mesmo diapasão.

Em alguns tabloides mais alternativos, perdeu-se toda a vergonha e pudor: perceberam que a subjetividade poderia sim fazer parte dos artigos sem que necessariamente aquilo se transformasse num altar do ego. A gíria brotou no intestino das matérias como a erva do diabo. Não tínhamos mais escolha, o rebu estava armado, era uma viagem sem volta, a nova vertente tinha escancarado o bom-mocismo informativo de matérias com começo, meio & desfecho. Lide e sublide deram lugar a um ensandecido jorro de palavras que vibravam como os doze compassos de um blues de Robert Johnson.

Escrevia-se no mesmo ritmo dos shows ao vivo do Grateful Dead ou Jefferson Airplane. Hunter Thompson inventara a antimatéria: o rock e a física nuclear tinham definitivamente vendido a alma para o Diabo numa improvável encruzilhada entre os becos fétidos do Bronx e as quebradas de Madureira, marcando o ritmo e a cadência da leitura.

Na realidade, muita gente bebeu na sua fonte. A ideia de dessacralizar o intocável mercado de consumo, mexer com a mitologia da classe média, ridicularizar o gosto perverso do público letrado, tocar no tabu das drogas e do alcoolismo, brincar com o nonsense da vida, tudo isso sempre fez parte da escala de valores invertida do autor. O estilo gonzo (por ele mesmo assim denominado) de escrever teve mais influência sobre a liberdade de encararmos a vida estúpida e autofágica nas grandes cidades do que propriamente na maneira de redigir matérias jornalísticas. E ninguém saiu ileso, pois, afinal, a luta continuava. Era leitura obrigatória para todos os que, assim como eu, ainda não tinham jogado a toalha.

Mas os anos 80 terminaram de forma lastimável. E eu não tinha indício algum de que a nova década que nascia seria melhor. Muito provavelmente, engrenaria a derrocada final: minha e do mundo. A década de 90 estreou sob o signo da modernidade. Elegemos nosso primeiro presidente por vias legais depois de amargar uma ditadura por vinte anos. Era jovem, bonito, tinha comido algumas atrizes, andava de jet-ski e aviões supersônicos. Entre outras coisas, injetava supositórios de cocaína no rabo. Durou dois anos. A elite já se refugiava em furgões de cabine dupla, trazendo para a cidade necessidades só pertinentes ao campo. Era símbolo de status, objeto do desejo, sonho de consumo. A publicidade criava uma demanda artificial. Mas todos estavam felizes, tomavam suas pílulas de alegria todo dia, defecavam suas angústias e receios nos consultórios de psicanalistas canalhas, engoliam remédios contra o estresse, contra a depressão, contra fobias, contra surtos, contra síndromes. Pastilhas verdes para dormir, pastilhas azuis para acordar, pastilhas rosa para relaxar, para gozar, para cagar. O corpo tinha virado o templo da química mais abjeta. Em virtude da peste, o sexo entrou em ponto morto: o adolescente administrou seu pavor da melhor maneira possível:

esfriou. Não havia mais aquela fissura da geração anterior, ele pegava leve. Em sua infinita sabedoria ignorante, a juventude deu uma lição de maturidade histórica. Aceitou de mão beijada toda abertura sexual herdada da década de 60 e ainda inovou em cima. Aparentemente, não houve maiores traumas em começar uma vida sexual envolvendo o dito-cujo numa camisinha. O mesmo não aconteceu com os adultos, que entraram em pânico.

Me vejo na janela de meu quarto da pensão olhando as coxas de Mônica no pátio interno. Curto a modorra da tarde de um sábado qualquer. No quarto ao lado, o aposentado canta *La Gioconda* na maior estridência. A verdade é cristalina: é só na solidão que temos a exata dimensão da vida besta que construímos. E das poucas opções que nos restaram: como ser humano, como cidadão, como homem. Nada me prendia, tinha total liberdade de ir & vir, podia entrar em livrarias e sebos, comprar livros ou deixar de comprá-los, podia visitar amigos e amigas, viajar, jogar baralho no bar da esquina com bêbados de plantão, me exercitar na sinuca, podia encher a cara até de madrugada na companhia de colegas insuportáveis. E o que eu fazia? Nada. Alegamos para nós mesmos que morar com alguém tira as iniciativas. Quando somos senhores do nosso destino, porém, nada fazemos pois nos falta motivação. Eu não conseguia ficar com alguém, mas também não conseguia ficar sozinho. Esta vida é uma bosta.

Um quartinho de dois por dois, com uma lâmpada que desce do teto por um fio. Era a parte que me cabia naquele latifúndio. Se eu estivesse numa casa de três quartos faria diferença? Ou morando num apartamento de frente pro mar. Ou ainda num rústico chalé de madeira nas montanhas. Minha solidão era interior e imbatível. Ganharia um prêmio, se houvesse um concurso. Duas semanas antes, como jornalista freelancer, tinha ido fazer uma matéria no Iate Clube para uma revista de náutica. Falei com muita gente. Entrevistei um sujeito que tinha acabado de comprar um iate de 130 pés. O preço era astronômico. Perguntei como ele se sentia, se estava feliz. Ele disse que ainda não tinha navegado, não sabia como era o barco. Perguntei por quê. Ele respondeu: Meu vizinho comprou ontem um de 270 pés. Eu disse: E daí? Ele disse que iria vender o seu e comprar um tão grande quanto o do vizinho. Perguntei o que aconteceria se, no dia seguinte, o vizinho comprasse um de 330. Ele não respondeu. Achou que era provocação. Peguei todos aqueles depoimentos dos comodoros e acabei fazendo uma matéria sobre a solidão. Vendi para uma revista de psicologia.

Minhas baterias estavam acabando. Era hora de consultar o oráculo.

X

Muitas coisas podem ser ditas sobre minha origem italiana. Poucas coisas podem ser ditas sobre minha origem italiana. O estaleiro às margens do mar Adriático fica encravado na cidade de Monfalcone, no norte da Itália, a uma hora de Trieste e duas de Veneza. É um dos maiores da Europa. Tanto minha mãe quanto meu pai trabalharam lá, ele na seção de eletricidade, ela no departamento de pessoal. A cidade tem 28 mil habitantes e fazia fronteira com a antiga Iugoslávia, hoje Eslovênia. No mundo inteiro, a Segunda Guerra Mundial terminou em 1945. Mas não para Monfalcone e Trieste. Os eslavos deram um jeito de esticar as escaramuças até 1953, invadindo, anexando territórios e intimidando a população. Até hoje, muitas placas são bilíngues. Não que estivessem errados. Afinal, a grande patroa, a União Soviética, tinha sido a responsável pela derrota dos nazistas. É bem verdade que o frio ajudou bastante, mas oficialmente ficou assim, e ninguém resolveu contestar. Como prêmio, os aliados repartiram entre si os países perdedores: desmembraram a Alemanha, por exemplo. Uma parte ficou com os Estados Unidos e a outra com os russos. A Iugoslávia também recebeu seu quinhão: por decreto oficial, as fronteiras ficaram mais flexíveis, digamos assim.

O problema é que Trieste não acatou o novo Tratado de Tordesilhas europeu e resolveu fechar questão, criando o impasse.

É uma região linda, mas as pessoas são insuportáveis. Frias, mesquinhas, provincianas, hipócritas. Cultuam mais os mortos que os vivos. Vestem-se com muita pompa nos sábados pela manhã para se encontrarem no cemitério. Trocam as flores, fazem uma boa faxina nos túmulos, esfregam as lápides, varrem os arredores e ficam comparando o estado geral de cada um, assunto que será tema de inflamadas discussões no domingo e no resto da semana seguinte. Vivem assim. Em Monfalcone, há mais viúvas que viúvos. Elas são metódicas: guardam luto no primeiro ano, vestem roupas discretas e sustentam uma seriedade voraz nos dois anos seguintes e passam o resto da vida jogando baralho com as amigas, rindo, bebericando licores e fumando muito, quatro coisas que o finado, quando vivo, abominava. Em geral, o marido começa a morrer quando se aposenta. No primeiro ano, a liberdade o incomoda; no segundo, começa a beber vinho além da conta; no terceiro, faz exames médicos; no quarto, passa a dormir em excesso. No quinto, bate as botas e vira um santo. Todo mundo que morre na Itália vira santo. Em vida, podia ser o maior salafrário, um canalha da melhor estirpe, um filhodaputa de pai e mãe. Mas a morte nivela, redime e salva as almas de julgamentos mais rígidos. O italiano cultua a morte. Há avisos fúnebres, obituários e necrológios espalhados por todas as paredes mais nobres das cidades. Giuseppe Antani morreu ontem aos oitenta e quatro anos. Deixa mulher, onze filhos e vinte e seis netos. Saudades imensas etc. etc. Mas o italiano é também um autogozador. Além dos avisos individuais, havia também os coletivos, onde figuravam vários nomes de mortos recentes. Numa dessas, estava sentado placidamente na praça principal de Monfalcone, ruminando coisas, quando um velhote se aproxima de uma dessas listas grupais pregadas. E fica lá, só olhando. De repente, outro velhote vem chegando, vê o amigo e diz: Tudo bem? O primeiro responde: *Ed anche oggi non ci sono*. (E também hoje, meu nome não está aí.)

Não sei se posso dizer que essa cultura me influenciou. Vim pra cá com oito anos e sou brasileiro. Mas sempre tem um rabicho que fica. O ciúme, por exemplo, é a marca registrada do italiano, provavelmente herdada do antigo Império Romano, cujos exércitos estavam sempre em trânsito, invadindo & anexando outras terras e alastrando seu poder de dominação. As mulheres dos soldados ficavam em casa. Não me consta que passassem anos e anos apenas fiando, tecendo, plantando manjericão e fazendo pizzas. Quando os maridões voltavam da guerra, seus capacetes tinham mais chifres que o elmo dos vikings. Não é à toa que dois dos xingamentos mais populares dos italianos são *cornuto* e *bastardo*, atribuídos respectivamente ao agente passivo desta trama doméstica e ao fruto mais concreto do destino. Devia haver muitos deles espalhados pelas comunidades. Sempre tinha um filho de olhos negros numa família de olhos azuis. E vice-versa. Em termos de miscigenação, foi o máximo que a Itália conseguiu. Possivelmente, o alto grau de preconceito étnico deles provenha disso. Não apoio. Mas entendo.

Outra coisa: esse povo altamente civilizado, que já resolveu todos os problemas mais básicos de sobrevivência, mergulhou numa ociosidade revoltante, pois, como se sabe, a estabilidade econômica de uma nação traz sequelas embutidas. O estudante que se forma já sabe onde irá trabalhar. É uma questão apenas de tempo. Pode ser daqui a um ano, três, dez, mas está com a vida ganha, resolvida, estruturada pelo Estado nos seus mínimos detalhes. A vaga é dele. (Aliás, sabe disso desde que nasceu.) Ele trabalha onze meses, tem um salário compatível com as necessidades sociais, compra todos os bens de consumo que a modernidade colocou em circulação e curte o mês de férias também de acordo com os pressupostos já estabelecidos. Exemplo disso é o meu primo (filho da irmã de minha mãe). Muito provavelmente para se penitenciar desse preconceito étnico enraizado na carne, ele e sua doce esposinha estudam os catálogos das empresas de turismo com uma precisão exemplar e sempre optam por países exóticos: Egito, Nigéria, Ilhas Maui. Compram cópias porcas de pergaminhos antigos, planejam safáris, voltam com colares de conchas. Perguntem se meu primo conhece Verona, que fica a uma viagem de trem de Monfalcone. Sim, foi lá uma vez, quando tinha oito anos. Ou Florença. Ou mesmo Roma. Que nada! O italiano de classe média não conhece a Itália. Nem quer saber. Acha coisa pouca. Meu primo só conhece Pisa porque a doce esposinha nasceu lá. O sul da Itália, nem pensar: são grosseiros & rudes. Como se sabe, a unificação do país (de todo país, aliás) foi feita de forma arbitrária e à revelia dos inúmeros povos que já tinham se organizado em cidades-estado (Veneza, Toscana, Milão) e também as ilhas da Sardenha e da Sicília, que tinham lá (de uma forma ou outra) sua autonomia. E todos se odiavam mutuamente. Afinal, toda unificação (apesar de ser justificada de forma nobre e prática: a expulsão do inimigo comum & genericamente classificado por bárbaro) não deixa de ser uma artificialidade geográfica e um casuísmo político. Geralmente, a graduação & intensidade desse ódio segue à risca a macrodivisão da bússola: Norte-Sul, Leste-Oeste. Na Itália, porém, a coisa vai mais longe: as pessoas têm birra de quem mora no bairro contíguo, na outra rua, é só virar a esquina que lá está instalado um gueto de cidadãos com características completamente diferentes. E a diferença inibe, dá medo. No mundo inteiro é assim, mas os italianos incrementaram essa discórdia de maneira muito mais sofisticada. Entre o Norte e o Sul, por exemplo, a briga é milenar e o parâmetro é étnico: os do Sul são mais escurinhos, resultado da miscigenação com os mouros (retaliação mais do que justificada dos muçulmanos, em resposta às cruzadas empreendidas pelos povos europeus na retomada das cidades santas, que eram árabes). Na Espanha, é igual. Ao que me consta, a linha do Equador é a principal responsável por isso, tacitamente ilustrado pelos inclementes raios do sol. No hemisfério norte, os povos odeiam quem mora no sul do país. No hemisfério sul, é o contrário, eles odeiam os do norte, justamente os que moram na faixa de maior calor. (Sabe-se lá por quais razões, ficou decretado universalmente que os climas temperados são os mais civilizados.) O Brasil é um exemplo claro. O preconceito em relação aos nordestinos é gritante. Além da cor da pele, são considerados indolentes, vagabundos, lentos, avessos ao trabalho duro. O abate sistemático do crioléu no Alabama, Geórgia e outros estados do sul dos Estados Unidos cortados pelo rio Mississipi só confirma essa tese. Várias teorias já foram levantadas quanto a isso, nenhuma concreta o suficiente para explicar a diferença de progresso das regiões. Como virou um círculo vicioso, a ideia se perpetuou e ninguém sabe exatamente quem nasceu primeiro: o ovo ou a galinha.

Visitei minha cidade natal duas vezes. A primeira quando minha avó morreu. Pagaram a passagem e tudo mais. Fui com minha mãe, que foi olhada de esguelha. Era uma mulher largada, segundo a denominação corrente na época. Curti a paisagem e os museus. Vi Cristo crucificado de trezentas e oito maneiras diferentes: de frente, de costas, de cima, de baixo, de lado, de cabeça pra baixo, sangrando, sofrendo, de olhos abertos, de olhos fechados, com a boca babando orvalho. No Vaticano, vi esculturas de anjos, arcanjos e querubins de todos os tamanhos e formatos. Em mármore, em cera, em madeira. Vi quadros onde pequenos seres róseos e gordinhos pairavam nas nuvens e tentavam salvar homens e mulheres, todos sofredores empedernidos e sorumbáticos, com o rosto visivelmente marcado pelo pecado e pela dor. Um espetáculo grandioso, mórbido. De deixar qualquer ateu com o pé atrás. Amei a comida. Peixe, carne, massas. *Primo piatto*, *secondo piatto*, queijo, *tiramisù*, *putizza*, *strudel* de maçã, frutas. Bistecas à fiorentina de tirar o fôlego. Fígado à veneziana. Filé à parmeggiana. Muito vinho. Muita grappa. Muito spumante. Licores a rodo. Mas a cerveja é ruim. Me dei mal nos dias quentes. A música italiana é uma bosta, cantores sentimentais, pássaros canoros que emitem trinados convulsos sem o menor critério. Letras babacas. Melodias açucaradas. Isso, no geral. Mas garimpei, evidentemente, fui atrás. Encontrei pérolas que nem mesmo os italianos conheciam direito. Abnegados que remavam contra a corrente na maior competência. Angelo Branduardi é um caso isolado: compõe, resgata, toca e canta músicas medievais. Paolo Conte é outro exemplo: compõe e canta jazz da melhor qualidade. É um cabaretista, desses que se encontram nos bares da beira do cais. Tem também o Túlio de Piscopo, um baterista do sul da Itália que usa *backing vocals* negras, belíssimas e afinadas. Tem ginga, tem molho, a música é negra, uma coisa de New Orleans. Por último, Zucchero, um cara delirante que canta os blues mais mediterrâneos do pedaço. Somando tudo, no entanto, o saldo ainda é positivo. Na época que fui lá, os sindicatos dos trabalhadores tinham conseguido vitórias retumbantes. A esquerda nunca esteve efetivamente no poder na Itália, mas sempre trabalhou em surdina. Metade do enorme contingente de católicos votava no PCI. Rezava para Deus na igreja, mas, quando tinha que resolver algum problema de ordem prática, não pensava duas vezes, ia direto na sede do partido comunista. Depois, veio o Berlusconi, e deu no que deu. Depois, veio a integração da Itália na União Europeia, e deu no que deu. Mas durante um certo tempo o país viveu momentos de glória e fartura. Artística, cultural, econômica. Houve um fenômeno intrigante no povo de Monfalcone: saltou do estágio agrário direto para um capitalismo feroz, pulando a fase da industrialização. Senhoras que, até poucas décadas antes, viviam roçando a terra de quatro, podiam ser vistas nos *caffès*, ostentando caras *pelicce* de marta nos ombros. Muito pintadas, cabelos azuis, modelitos de grifes famosas. Liam jornais, discutiam política, fumavam. Deliciavam-se com suculentos *tramezzini di prosciutto crudo* di Parma. Pediam *macchiati, gocciati, cappuccini*. Recebiam gordas pensões, principalmente as que tinham tido a sorte de o finado ter lutado na guerra. Se tivesse voltado com alguma sequela, então, era a glória. Sem uma perna, por exemplo, ou mesmo uma mísera surdez num ouvido. A coisa dobrava.

A Itália é um país peculiar. Com certeza, é lá que está instalado o maior e mais abrangente matriarcado da história da humanidade, onde todo italiano quer mesmo comer a mãe, quer de fato matar o pai etc. Aliás, não é à toa que o símbolo de Roma e, por extensão, de toda a nação, é uma loba com as tetonas sendo devidamente chupadas por dois *fanciulli* taradaços, sedentos de leite & sexo. A história é boa: tudo começou com Rea Silvia, longínqua descendente de Eneias, um dos poucos sobreviventes ilustres do massacre que Ulisses infringiu a Troia. Botando em prática aquela lambança generalizada de mitologia e realidade, com o intuito de deixar propositadamente uma folga entre o fato e a interpretação, contam os antigos que ela foi fecundada pelo deus Marte e gerou dois gêmeos: Rômulo & Remo. Houve conflito de interesses, intrigas palacianas, choque de poderes, vaidades feridas. E receio. Um grande receio de que as coisas tomassem um rumo possivelmente não premeditado pelos governantes. Para evitar que os gêmeos herdassem o trono, foram colocados num cesto à deriva no rio Tibre. Com certeza, morreriam afogados a caminho do mar. Mas bateu um vento e a pequena embarcação encalhou nas margens. O choro convulso dos pequenos atraiu a atenção de uma loba, que os recolheu, amamentou e protegeu. A outra versão me parece mais verossímil: na verdade, a tal loba não era um animal, mas Aca Larencia, uma mulher dissoluta e sexualmente insaciável, que se deitava com os muitos efebos das redondezas, corneando diariamente seu marido, um humilde pastor da região. Por conta de seu caráter selvagem e sua infidelidade latente, era apelidada de A Loba. Resumindo: os gêmeos cresceram e fundaram a cidade de Roma, reinando em dobradinha. (Isso aconteceu em 21 de abril de 753 antes de Cristo.) Mas se desentenderam e Rômulo matou Remo a golpes de pá. Ou seja: além de seus fundadores serem (literalmente) filhos de uma puta (adotados, ainda por cima), a cidade de Roma nasceu sob a égide de um fratricídio. Os mais céticos poderiam argumentar que, afinal, o mundo todo também tinha tido um fratricídio em sua origem (Caim & Abel), mas a criatividade dos romanos me parece inegável: afinal, os caras eram gêmeos. Não é pouco. Matar um irmão gêmeo tem uma simbologia descarada. Tem um jogo de espelhos na parada, um reflexo, uma similitude brutal. No fundo, equivale a matar a si mesmo. Ou aniquilar a própria descendência. Por isso, o exagero sempre fez parte do caráter do italiano. (Um exemplo: na minha infância, quando eu aprontava alguma traquinagem, minha mãe me chamava de delinquente. É forte. Excede qualquer parâmetro de medição do bom senso retórico. Na Espanha, quando acontece algo no gênero, a mãe berra: *Voy a matarte.*) O italiano adora uma bufonaria. Ele é grandiloquente, fanfarrão, teatral.

Eis uma boa história de rodapé: numa dessas crises retroativas de ciúmes, estávamos, eu e Ana, pleno sabadão à tarde, num desses centros culturais enormes, onde acontece de tudo: peças infantis, mostras temáticas de fotografias, exposições de artes gráficas, oficinas de encadernação. Há intervenções periódicas de palhaços, mágicos e bruxas, que interagem com a molecada pelos corredores. Há uma choperia, um restaurante a preços módicos, uma biblioteca, uma área de lazer. Geralmente, são instalações arquitetônicas futuristas (à base de madeira, compensados e acrílico) em velhas fábricas adaptadas em bairros exóticos ou galpões da zona portuária. Quando a briga estava no auge, percebi que, para incrementar ainda mais minha indignação, seria necessária uma encenação um pouco mais convincente. Caso contrário, aquilo não surtiria o efeito desejado. Arrebanhando mentalmente toda uma série de informações técnicas pertinentes ao assunto, simulei uma síncope cardíaca: o rosto se contraiu, botei a mão crispada no lado esquerdo do peito e arfei com dificuldade. Emiti ruídos peculiares com a boca, sofri dores inimagináveis, coloquei em prática toda sorte de subterfúgios e procurei fazer com que aquilo parecesse natural. Como ato final, recostei-me, agonizando, nas poltronas da área de lazer do centro cultural, as pessoas se aglomerando em volta, um fuzuê danado. Descolada, Ana não embarcou na pantomima. Enquanto eu estrebuchava, justificando aquela atroz embolia sanguínea, ela, calmíssima, me disse para não me preocupar, parar de besteiras e tomar um antiácido. Com certeza, era um peido preso.

Mas o italiano tem consciência do exagero em seu temperamento. No intuito de contrabalançar essa característica, ele possui um humor que inclui a autoironia. Para se ter uma leve ideia da extensão disso tudo, aí vai uma anedota: certo dia, perguntaram ao Garibaldi por que ele vestia sempre uma camisa vermelha. Ele aprumou-se, encheu o peito, assumiu ares de grande herói que se imola pela pátria e disse: Suponhamos que, no calor da batalha, exercendo com garbo a liderança da tropa, eu tome um tiro no peito. Automaticamente, o sangue se confundiria com a cor rubra da camisa. Desta maneira, meus comandados não perceberiam, continuando com o moral alto e isso não comprometeria nosso avanço em direção ao inimigo. Depois de um silêncio, a pessoa perguntou se aquele mesmo raciocínio de mimetismo poderia ser feito em relação às suas calças marrom.

Mas eu não fiquei só no turismo. Visitei as duas famílias (a de meu pai, a de minha mãe). Queria tirar a limpo algumas coisas, preencher lapsos de memória e refazer a trajetória à minha maneira. A família de meu pai era de Trieste, onde fui concebido, a de minha mãe, de Monfalcone, onde nasci. Minha avó materna fez o parto. Ambas as famílias me acolheram como um parente exótico que vinha de um país selvagem. Perguntaram se havia cobras pelas ruas, como eu me dava com os negros, por que a gente matava criancinhas, por que as mulheres brasileiras se vestiam como putas. Entrevistas e apresentações aqui e ali, visitas, alguns almoços, cafés e chás mais tarde, eu já tinha conseguido informações suficientes para chegar à conclusão que meu avô (pai de meu pai) havia tiranizado a esposa e minado irremediavelmente a harmonia e o relacionamento familiar; que tinha sido, não exatamente nesta ordem, infiel, cínico, zombeteiro, arrogante, grosseiro e preconceituoso; que meu avô não passara de um dândi filho da puta que obrigava minha vó a ir visitar todo sábado de manhã o túmulo de sua (dele) amante. Isso tudo tinha uma explicação: meu avô deve ter sido provavelmente o primeiro hippie da história. Por volta de 1935, ele largou a família (meu pai tinha apenas quinze anos) e foi morar numa comunidade de artistas. Era um casarão enorme no miolo de Trieste onde conviviam um violinista, duas atrizes de teatro, um artesão que trabalhava madeira e a amante de meu avô, uma bela secretária do Lloyd italiano, onde ele próprio tinha um cargo importante. Muito provavelmente, para dissipação geral e muito ao gosto dos anos 30, fumavam ópio nas horas vagas. Aquilo durou uns cinco anos, até que ela morreu de câncer e teve início a romaria surrealista ao cemitério. Resumindo a conversa: eu tinha um passado negro. Herdara de meus ancestrais um currículo adúltero de causar inveja ao libertino mais devasso. Aquilo estava entranhado em meus genes. Eu tinha sangue ruim. Não foi só isso: fiquei sabendo que minha tia (irmã de minha mãe) era racista, ignorante e ideologicamente ingênua. E o principal: me disseram que eu não podia ser imprudente, irresponsável e inconsequente de embarcar na retórica de meu pai — o grande mentor e vilão daquela história toda. Tinha engambelado a inocência daquela santa com pele de porcelana e rosto de anjo barroco. Imagina, ela só tinha dezesseis anos! Aqui em Monfalcone, não lhe faltavam pretendentes. Podia ter casado com quem ela quisesse. Tinha que ser logo com um triestino? Percebi que havia uma rivalidade muito forte entre as duas cidades. O estaleiro de Monfalcone podia até construir os navios, mas era o porto de Trieste que capitalizava a fama. Era uma cidade grande e cosmopolita, considerada por muitos como a mais internacional das cidades. Os escritores Italo Svevo e Umberto Sabba haviam repetido isso inúmeras vezes. Teste valendo cinco pontos: Para onde foi James Joyce terminar seu *Ulisses*? Trieste tinha um teatro enorme, livrarias, cafés renomados e conhecidos no mundo inteiro. Trieste era a capital mundial da física nuclear. Trieste tinha o museu de Ciência mais importante da Itália (o Revoltella). Trieste tinha uma cadeia de montanhas (Il Carso) quase tão famosa quanto os Pirineus. Tinha escavado relíquias arqueológicas da época do Império Romano (um anfiteatro ao ar livre). Trieste tinha até um vento próprio (La Bora). (Coincidência ou não, a ostentação de possuir um vento local é típico de regiões e cidades separatistas e megalômanas. O Minuano dos gaúchos é um exemplo clássico.) Trieste tinha um passado de lutas heroicas. Não é à toa que a cidade foi alvo de acirradas disputas. Uma hora, era italiana; noutra, pertencia ao Império Austro-Húngaro. Trieste resistiu bravamente até a três invasões de Napoleão: uma no fim do século XVIII e duas no começo do século XIX. E os eslavos viviam tirando uma lasquinha sempre que podiam. A cidade amargou esse pingue-pongue durante trezentos anos. Sanados esses atropelos bélicos, a cidade floresceu e colheu os frutos. Monfalcone era o primo pobre. O quintal da metrópole. E o pessoal se ressentia disso. Afinal, se Trieste era tão boa, por que vinham trabalhar no estaleiro? Os triestinos eram imponentes, amorais & conquistadores. De tempos em tempos, davam uma passadinha no quintal para escolher uma beldade virgem para casar. Dois materiais em franca extinção por lá: as beldades e as virgens. Onde ele está agora?, me perguntaram, referindo-se a meu pai. Sei lá, eu disse. A última informação que tenho é de muito tempo atrás. Parece que está morando em Natal, uma cidade ao norte do Brasil. Ele está sozinho? Acho difícil, eu disse.

A segunda vez que visitei a Itália foi por conta própria. Economizei uma grana e aproveitei as férias, dando uma geral por várias cidades e regiões: Duino, Aquileia, Abruzzi, Pisa, Verona, Udine, Florença, Veneza, Treviso. Em Roma, vi de relance uma das mulheres mais lindas de toda a minha vida. Estava montada na garupa de uma moto. Vestia um blusão de couro negro, saia curtíssima com meias negras. Cabelos longos e bem escuros. Rosto duro, de um branco curtido, traços levemente germânicos, uma escultura para ser canonizada. Foi um instante, um milésimo de segundo que me disse tudo: se eu tivesse continuado na Itália, eu seria outro. Nem melhor nem pior. Mas outro. Diferente. Provavelmente, estaria dirigindo aquela moto. Provavelmente, teria outras ideias em relação ao vestuário. (Os italianos se vestem muito bem. Todos eles. Qualquer um.) Provavelmente, seria alguma coisa na puta da minha vida. É quase impossível avaliar o que representa transplantar um garoto de oito anos de uma cultura para outra, de um país para outro. No começo, a coisa desanda. Depois, a gente pega no tranco. Mas demora, e possivelmente o processo jamais se completa. Principalmente quando temos um pai que fica o tempo todo buzinando no nosso ouvido que o Brasil é um país de merda, cuja população é ignorante, covarde e submissa. Que a Itália sim é que é ducaralho: tem gênios, tem arte, tem um passado, tem cultura. Isso atrapalhou um bocado e atrasou sensivelmente minha integração. Tudo o que consegui nesse sentido foi por conta própria. Fico imaginando hoje por que meu pai fez aquilo. E com qual intuito. Ele não sabia que eu teria que viver o resto da minha vida aqui? Não tinha sido ele que resolvera emigrar? Não tinha sido o Brasil o país generoso que acolhera de braços abertos um cidadão sem diploma, técnico industrial, e que tinha colocado sob suas asas uma equipe de engenheiros para ele dar ordens? Não seria de agradecer? Ele não fez isso. Ele simplesmente inverteu o raciocínio e chegou a uma conclusão brutal: se um simples técnico consegue capitanear dez engenheiros formados é porque o país não vale nada. Um silogismo de deixar Sócrates ruborizado e chamar Xantipa de meu louro.

Esse transplante forçado é uma crueldade. Sem juízo de valores. Nem a Itália era tudo aquilo nem o Brasil era a merda que ele apregoava. Todos os países são iguais. É verdade que uns são mais iguais que outros, mas isso já é uma outra história. Desde que você pegue o ritmo, todos eles se equivalem; desde que você consiga captar as informações subterrâneas provenientes do caldeirão cultural, é bem possível que a gente consiga substituir a escala de valores com um pé nas costas. Mas isso não é fácil. Requer uma persistência de formiguinha. E tempo. Eu corria contra o relógio. Tinha uma tarefa extra para resolver. Meus amigos, bem ou mal, já haviam nascido diretamente num berço pré-determinado pelo destino, o que lhes quebrava o maior galho. Confesso que sentia uma certa inveja deles. Depois, veio a medicina e tudo desmoronou. Outra arbitrariedade de meu pai. Na melhor das intenções, como é de praxe. Os pais querem sempre o melhor para seus filhos. Desejam lhes proporcionar o que eles não tiveram. Etc. Eu tinha dezessete anos. Fiquei na faculdade exatos doze meses. Findos os quais, me mandei. Trancou a matrícula?, perguntou meu pai. Não, eu falei, agradeci os professores, disse que eles tinham sido ótimos, mas aquilo não era pra mim. Desisti. Ele ficou sem conversar comigo durante seis meses. Mas sobre isso não quero dizer mais nada. Só adianto que, a partir desse episódio lamentável, o ritmo de minha vida desandou: eu fazia tudo o que meus amigos faziam com quatro ou cinco anos de atraso. Passou a ser uma marca registrada no meu processo.

Meu aprendizado foi severo. Quando cheguei ao Brasil, em 1958, estava com oito anos e pacientemente comecei a galgar as escarpas íngremes da infância & adolescência no indefectível bairro da Penha, de São Paulo. E percebi logo de cara que determinadas regras subterrâneas norteavam o relacionamento entre as pessoas. Meus amiguinhos, que formavam uma simpática tribo de cro-magnons mirins, tinham instituído como parâmetro de ascensão social a força bruta. Numa lista de quinze, peguei o terceiro lugar de baixo pra cima, desde que considerássemos aquele rapaz que não tinha uma perna e o gaguinho. Brincávamos na linha do trem, amarrando gatos e cachorros e às vezes também o gaguinho.

Minha infância foi uma merda. No futebol, sempre jogava no gol e só fui promovido a ponta-esquerda quando, num jogo contra o time de outro bairro, tomei onze gols no primeiro tempo. Passei todo o resto da partida gritando "vai", "vai", "vai", até que espirrou uma bola prensada para o meu lado. Ao tentar avançar com ela rumo à área adversária, tomei uma chinelada que me fez subir e descer uns três metros e me mostrou pela primeira vez na vida todo o esplendor da Nebulosa de Órion em plenas três horas da tarde.

Quando cheguei em casa, minha mãe me perguntou como tinha sido a partida. Numa atitude que demonstrava um certo descaso, eu disse:

— Ganhamos de doze a onze.

A escola também foi um porre. Ao fazer, certa vez, uma analogia que me pareceu óbvia entre a aula de Ciências e a de Religião, perguntei ao mestre, que já me olhava com ar suspeito:

— Quer dizer, então, que Adão e Eva eram aminoácidos?

Depois do silêncio constrangedor que se abateu sobre a classe, ganhei o adjetivo que, com algumas inflexões menos simpáticas, me acompanharia pelo resto da vida:

— Ih, esse cara é estranho!

Arquitetura e urbanismo eram dois pontos fortes da Penha. Geralmente, os pilares que ladeavam o portão de entrada das casas sustentavam dois graciosos leõezinhos esculpidos em gesso. Os jardins eram amplos, ostentando no fundo aqueles maravilhosos murais ladrilhados da Yara; ou do Coração de Jesus — o da impressionante chaga aberta. Outras residências optavam pela tradicional carruagem preta que subia na oblíqua, algo bastante gótico.

Era uma época brejeira. As mulheres em 1958 usavam o Regulador Gesteira, segundo o texto do anúncio, um medicamento valioso que exerce ação duplamente benéfica — sedativa e tônica — sobre os órgãos uterovarianos. E também Antisardina que, em todas as estações do ano, defende a pele das ardências do sol nas praias e dos ventos frígidos da estação invernal, pois as mudanças bruscas de temperatura são os eternos conspiradores do frescor e delicadeza da cútis feminina.

Foram anos longos e escaldantes. Ainda corriam rumores sobre a separação do casal Anselmo Duarte e Ilka Soares, ele acusado da desdita de uma adolescente de dezessete anos, objeto inclusive de inquérito policial em São Paulo. O fato imputado ao esposo teria ocorrido após o casamento realizado no Uruguai entre Anselmo e a atriz de *Echarpe de seda*. Em sua residência, porém, a intérprete de *Esquina das ilusões* recebeu os repórteres de *A Noite* para dizer que os casos atribuídos a Anselmo eram despidos de verdade. Na qualidade de sua esposa, a atriz de *Maior que o ódio* recebeu com desagravo qualquer aleivosia assacada contra o marido.

Estranho bairro, a Penha. Adentrou o novo milênio sem possuir nenhuma livraria. E biblioteca, só infantil. Talvez por isso, penso agora, abundassem neologismos de toda espécie, criando uma língua viva e extremamente colorida. Usávamos palavras e expressões como biscate, mocorongo, picirico, fresco, mixô o carbureto e morei na jogada. As pessoas daquela época atendiam pelos nomes de Maristela, Ismália, Áurea, Cármine, Gino, Savério, Aladim, Mércia, e pelos apelidos de None, Pezão, Delei, Gonha, Duda e Bodão.

Algumas brincadeiras de médico mais tarde, cavalguei rumo à adolescência. Desdenhando os insistentes apelos da musa de Dante, que me sussurrava ao ouvido o clássico *Lasciate ogni speranza voi ch'entrate*, comecei a escrever. E foi o meu fim.

Naquele dia, peguei minha mãe num momento ruim. Estava chateada com alguma coisa sobre a qual não quis se estender. Citando Shakespeare, disse apenas que a vida é uma história contada por um débil mental em pleno surto psicótico. Mesmo sem saber a que ela se referia, concordei. Ela ficou calada, me olhando. Provavelmente, esperava saber em breve o motivo de minha visita. Fazia bem uns quatro meses que eu não ia vê-la, e um leve toque de recriminação sublinhava aquele olhar. Sem ser duro, devolvi-lhe o mesmo tipo de olhar. Ficamos assim, como duas múmias paralíticas, sentados na sala. Ela sabia que eu tinha mágoas guardadas dela. Eu sabia que não tinha sido o melhor dos filhos. Estávamos empatados. Naquele incidente da medicina, por exemplo, ela se calou, não levantou um dedo para me defender, não fez a menor tentativa de dissuadir meu pai de seu delírio de grandeza, me usando como bode expiatório para seus fracassos. Mas não cabe a mim julgá-la. Ela idolatrava o sujeito, achava aquela patética imitação de Vittorio Gassman o máximo, eles tinham lá os seus pactos secretos de amor & de morte. A vida não é mais do que isso.

Como vai o emprego?

Saí do emprego.

Da revista?

Da revista.

Onde você está trabalhando?

Num boletim.

De quê?

Máquinas.

Um boletim de máquinas?

Uma espécie de catálogo.

Como é o serviço?

Eu vou na fábrica, pego as especificações e volto para escrever.

Que espécie de máquinas?

Todo tipo.

Só isso?

Foi o que arranjei. É humilhante.

Por que é humilhante?

Porque, enquanto estou conversando com o engenheiro, na outra sala, o contato está vendendo espaço no boletim.

Que espaço?

Anúncio.

Só sai a especificação da máquina no boletim se a empresa anuncia?

É tudo consentido.

Minha mãe passou as duas mãos no rosto, suspirou fundo e disse:

Por que você saiu do outro emprego?

Me mandaram embora.

Por quê?

Mãe, na ditadura, você é demitido quando fala mal dos militares. Na democracia, você é demitido quando fala mal dos anunciantes. Na ditadura, além de demitido, você pode ser preso e torturado, mas, pelo menos, não passa fome. Na prisão, o Estado te alimenta. Na democracia, quando você é demitido, tem a tortura moral e pode morrer de fome.

Teoria interessante, ironizou minha mãe. E mudou de assunto:

E a pensão?

Vai bem.

Você não gostaria...?

Não, mãe. Não é o caso.

A gente poderia tentar.

Mudei de assunto: Uma vez, você disse que conhecia alguém num jornal.

Não conheço mais ninguém. Todo mundo saiu. Só tem molecada nas redações.

Ela me olhou. Tinha ternura, tinha tristeza, tinha resignação naquele olhar. Mas tinha algo mais que não pude discernir. Era uma espécie de cumplicidade misturada com reprovação. Como se ela entendesse perfeitamente a minha situação e, ao mesmo tempo, se recriminasse por entender. Percebi que minha mãe pretendia uma absolvição por sempre ter me aceitado como eu era. Deveria estar matutando onde e quando ela poderia ter contribuído com mais eficácia numa mudança de rota. Compreender e até incentivar meus projetos, minhas esquisitices, meus valores tinha dado naquilo. Eu fracassara. E ela, junto. Estávamos caindo. O deus do nada tinha vencido. Lá fora, jovens martirizavam a própria carne em espetáculos macabros: eram suspensos por ganchos presos à pele das costas, que esticava e sangrava. Ficavam balançando assim, enquanto uma galera enlouquecida aplaudia freneticamente. Tinham até uma filosofia que justificava aquilo tudo: o ódio ao próprio corpo. Era apenas uma carcaça delirante de ossos, cartilagens e veias sem o menor sentido ou utilidade. Uma espécie de seita subterrânea, com seus valores, pressupostos e regras intestinas. Vestiam-se todos de preto. Mas riam, eram alegres. É bem verdade que esse sorriso era pétreo, tinha um viés algo demoníaco, aleatório, que intimidava. De uma forma ou outra, sentiam-se superiores em alguma coisa. Ou apenas diferentes. Como diria o Jim Morrison, *strange days, man*. Tatuavam a bunda & o pau. Garotas metiam piercings no nariz, no umbigo e na xoxota. O mundo se dividia em tribos. Grunges, darks, carecas, góticos, neopunks, yuppies, retrôs, neonazis. E tinha os gays. O reduto dos gays. A febre dos gays. Estavam por toda parte: nas redações de jornais, nas autarquias, no ministério, nas associações de literatos, nas repartições públicas, na TV. Dominavam. Tinham poder. Detinham vagas. Tudo era repartido entre eles. Eram preconceituosos & delirantes, odiavam as mulheres e queriam refazer a história a seu modo. Quem não era gay, era malvisto. Logo, logo, haveria outro tipo de casamento de fachada: um hétero que finge ter um companheiro gay para ser aceito na sociedade, mas que, às escondidas, transa com mulher. O pior de tudo é que eu achava que eles tinham razão. Estavam certos na essência. O excesso é típico de qualquer mudança. E, afinal, todo mundo gostaria de reescrever a história a seu modo, fazendo justiça aos esquecidos e tripudiados. Se naquele vergonhoso julgamento de Oscar

Wilde houvesse pelo menos uma bicha no júri, garanto que o resultado seria diferente. Se Émile Zola tivesse demonstrado tanta coragem quanto no caso Dreyfus e colocasse seu nome no abaixo-assinado que alguns intelectuais europeus articularam para repudiar a condenação de Wilde, o episódio teria um outro desfecho. Se a história da caça às bruxas fosse contada pelas parteiras, teríamos uma versão completamente diferente. Se a Academia Brasileira de Letras tivesse sido fundada por um mulato de verdade como Lima Barreto e não por um mulato metido a francês como Machado de Assis, muito provavelmente ela teria mais negros sentados em suas cadeiras. Continuariam tomando chá e recebendo jetons, mas levantariam questões que os brancos jamais imaginaram.

É como se nada tivesse acontecido, eu disse.
Você está perdendo os cabelos, ela disse.
É como se tivessem apagado o passado.
Nada foi apagado!
Foi. Foi apagado. Tudo foi apagado. Não sobrou mais nada. Estão repetindo a época mais babaca do mundo. O pessoal se orgulha de ser medíocre, ignorante. Estão todos satisfeitos, mãe.
Eu sei. Você quer uma cerveja?
Não. Fico mais deprimido ainda.
Uma água?
Uma água.
Escuta, ela disse, voltando da cozinha com a água, não precisa responder agora. Você vai pra pensão e pensa. É simples. É só eu dar uma reformada no escritório e colocar uma cama. Não é muito grande, mas é confortável.
Não disse nada. Minha decisão já estava tomada. Mas agradeci assim mesmo. A história do mundo não estava sen-

do contada por um débil mental (uma ideia até certo ponto romântica e simpática), mas por um sacripanta odioso e mal-humorado que transformava sua fúria numa vingança sem paralelo contra a humanidade inteira. Já não via o menor sentido em continuar vivo.

Está escrevendo?

Não.

Por quê?

Sei lá. Porque estou perdendo os cabelos, talvez.

Vai me dizer que aquela menina continua assombrando a tua vida.

Qual delas?

A que publicou teu livro.

Não era meu livro.

Você tem razão: não era teu livro. Mas foi sacanagem do mesmo jeito.

Penso nela de vez em quando.

Você precisa contar a tua história.

Não tenho história, mãe.

Todo mundo tem.

Bem, eu não tenho. Ponto.

Olha só: quando você nega a tua vida está negando a minha também. E a de teu pai. E tudo o que passamos juntos. Mata todas as tuas lembranças, emoções e sentimentos. Não seja sovina. Joga pra fora. Técnica, você tem. Só falta ajustar os controles. Seria uma boa maneira de deixar tua marca.

Mãe, quem deixa marca é assassino amador.

Ela se enfureceu: Estou falando sério.

Escrever um livro não é a única forma de a gente deixar nossa marca.

Concordo. Mas a gente precisa aproveitar as ferramentas que sabemos manejar melhor.

Que ferramentas, mãe, do que você está falando?
Você sabe desenhar?
Não.
Toca piano?
Não.
Constrói prédios? Tem vocação pra monge?
Não respondi.

Pois é, você sabe escrever. Tenho certeza de que há uma porção de gente querendo ouvir a tua história. Ela é única, meu filho, só você pode contá-la. Com as tuas palavras. Outro dia, li um livro que me comoveu. Um enredo banal de sofrimento. Um amor impossível. Um amor não correspondido. Já li isso, eu disse, a princípio. E, no entanto, tudo era tão genuíno, tão autêntico, o autor se desnudava de uma forma bonita & corajosa, dava a cara pra bater, colocava todas as suas razões, receios e justificativas. Destilava fervor e fúria. Aquilo me deixou claro que cada vida tem um sentido próprio. Nada se repete. O episódio pode até ser o mesmo, as circunstâncias, as causas, mas cada autor vai contar de maneira diferente. Por quê? Porque até a história de tuas vísceras é pessoal e intransferível. O teu fígado e o teu baço destilam quantidades de suco não compatíveis com as minhas ou as de Kafka. Isso determina o estilo. Determina a intensidade das tuas emoções. Determina até a escolha das palavras numa frase. O que subverte completamente o espírito da coisa e o torna único.

Uma tese. Uma tese bonita e honesta. Ela botava a maior fé naquilo. Se eu acreditasse em teses, contudo, já teria colocado em prática alguma. As teorias me davam no saco. A teoria é posterior à prática. Depois de tudo pronto, neguinho vai lá, estuda, pesquisa, avalia e põe tudo em escaninhos pré-determinados, com análises semiológicas de arrepiar. Fica fácil. As histórias nunca terminam, pensei, pra que escrever mais uma para que ela faça parte de outra maior que também nunca vai terminar? Eu estava mal. Com certeza, meu baço estava destilando uma secreção pra lá de melancólica, a cujos efeitos Kafka não daria a menor atenção. Uma secreção inútil, desprezível. E Kafka precisava lá de suas vísceras? Ele já tinha o pai pra lhe infernizar a vida. E aquilo não era pouco. Despedi de minha mãe com um forte abraço bem apertado. Meu oráculo nunca negava fogo. Naquele dia, no entanto, de todos os personagens gregos, era Cassandra que dava as cartas. E o baralho estava viciado.

Na rua, andei por horas até que fui abordado por uma puta. Perguntou se eu queria foder. Disse que sim. Quanto é? Ela disse. OK, eu disse. E fomos para um hotelzinho de quinta. Mas tem o seguinte, eu disse, vou te foder sem camisinha. É mais caro. Quanto? Ela disse o preço. Era o dobro. OK, eu disse. Fodi sem tesão, evidentemente. Ela não tinha dois dentes da frente, mas tinha um hematoma azul no lábio inferior. OK, eu disse. Que a peste me pegue. Assim, vou virar mais um número. Vou engrossar as estatísticas dessa pantomima de merda. Estava muito cansado. Mas era um cansaço diferente. Era como se a vida estivesse me puxando para trás. Na melhor das intenções. Senti que aquilo era uma coisa maternal. Ela queria me proteger de alguma coisa. Mas tinha chegado atrasada.

Já era muito tarde. Na pensão, dei de cara na porta. Fucei todos os bolsos e não encontrei a chave. Como estava devendo pra Ivone dois meses de aluguel, não arrisquei tocar a campainha. Pulei a mureta e peguei o corredor lateral que dava para o pátio interno. A noite era de um negrume assustador. Pequenos ruídos, gotas de água pingando, grilos, cães ladravam ao longe. Forcei a porta de serviço, mas ela não cedeu. Estava trancada por dentro com o ferrolho.

Uma enrascada. Voltei e tentei adivinhar a minha janela. A veneziana, hermeticamente intransponível, me dava a exata dimensão do que o resto da noite me reservava. Fui até a lavanderia e procurei uma ferramenta qualquer. Encontrei uma chave de fenda enferrujada. Meti a ponta no vão entre as duas folhas de madeira. Ouvi um creck. Depois, um nheck. Mas nada aconteceu. Bati na janela do aposentado. Silêncio total. Bati de novo. Ele se remexeu no sono, barulho de lençóis e cobertores. Tornei a bater, agora com mais força. Desisti. Fui até a lavanderia de novo para ver se havia um cantinho para passar a noite. Estava entulhada de apetrechos e cacarecos. Não havia nem um mísero espaço vazio no chão. E era muito úmido. Quando saí, vi que a luz do quarto de Mônica acendeu-se. Ela abriu uma fresta da janela. É você?, ela sibilou. Sou. O que aconteceu? Perdi a chave. Minha mãe vai ficar puta. Eu sei. Me abre a porta, eu disse. Não aguento o ferrolho, ela disse. Deixa entrar por aqui. Pega de surpresa, ela concordou. Me joguei por cima do parapeito de sua janela e caí estatelado dentro do quarto. E agora?, ela perguntou. Sei lá, deve haver algum jeito. Porra, tio, você só apronta! São quatro horas da manhã. Não tem outra chave do meu quarto?, perguntei. Tem. Minha mãe guarda no quarto dela. Mesmo sonolenta, com remelas nos olhos e irritada por ter sido acordada fora de hora, Mônica estava linda em sua camisola de cetim azul. E cheirava bem. Bati o olho em suas coxas e tive uma ereção instantânea. Treze anos, pensei, estou virando um monstro. Olhei bem para ela e comecei a chorar. Qué isso, tio! Também não é nenhuma tragédia. Atrapalhado, sugeri: Eu posso dormir no sofá da sala. E minha mãe te pegar amanhã de manhã às cinco e meia, que é quando ela acorda? De jeito nenhum. Vai sobrar pra mim. Te garanto. Tudo sobra pra mim nesta casa. Ela pensou um pouco e disse: Dorme aqui.

Onde? Minha cama é grande. E amanhã, como vai ser? Dou um jeito de pegar a chave do teu quarto sem ela perceber, você tira uma cópia aqui na esquina e fica tudo resolvido. E se ela entrar aqui no quarto e me flagrar?, perguntei. Ela não entra. Deitei de roupa, virado pra parede. Bunda com bunda. Nunca na minha vida passei uma noite tão turbulenta e tão casta. Nada aconteceu. Juro. Mônica dormiu logo e roncou. Eu fiquei olhando pra parede. Acompanhei cada filete de estuque, todas as marcas do tempo, tentando intuir se a vida poderia me dar algum sinal através daquela cartografia caseira. Mas não cheguei a conclusão alguma.

XI

O futuro e o passado entraram juntos no meu quarto de pensão. Foi quando a era da informática se encontrou com a idade das trevas. E nunca saberei se aquilo foi fruto de puro acaso ou se Deus me mandava por linhas tortas uma sutil mensagem metafórica. No mesmo dia que instalei o computador, flagrei um rato debaixo da cama. Foi meu primeiro contato com o tenebroso reino dos esgotos. Um *mouse* se digladiava com o outro para ver qual deles ganharia minha atenção. Entrei em pânico. Enquanto o rato — provavelmente mais assustado do que eu — percorria um circuito bastante aleatório pelas tábuas do assoalho, soltei um grito, chamando pelo nome a dona da pensão. Ivone veio com uma vassoura e, como se reencontrasse um velho conhecido que não via há três anos, disse: Ah, você está aí, seu malandrinho? O malandrinho era uma ratazana de dois palmos de comprimento por um de largura que parecia estar se divertindo muito com aquela perseguição. Seu pelo era de um cinza podre, sujo, tinha olhos vermelhos, um horror. É um mamífero, pensei, não é burro. Herdou de toda uma legião de antepassados a manha de fugir, se safar. Sabe tudo. Mas Ivone também era mamífera. Tinha aprendido a técnica da sobrevivência na porrada. Nas quebradas da vida. Era puta velha. Possuía a sabedoria das ruas. O duelo estava pau a pau. Possivelmente intuindo o método do adversário, o rato passou a correr em zigue-zague, fazendo umas evoluções magistrais. Ivone não se intimidou. Parou, esperou, engatilhou a vassoura e, no primeiro vacilo, emendou uma cacetada exemplar na cabeça do roedor, que cambaleou a princípio, mas assimilou o golpe. Mesmo grogue, levantou a cabeça na maior dignidade e nos mandou um aviso: Vou morrer lutando. Tomou outra. E mais duas. E foi o fim. O malandrinho ainda soltou uma baba esbranquiçada nojenta pela boca e estrebuchou seus últimos momentos. Pegando o bicho pelo rabo, Ivone me olhou e disse: Ele gostou de você.

Não disse nada. Fiquei uns dois dias com aquela cena na cabeça. Sonhei com ela. Acordava de noite, acendia a luz e olhava ao redor da cama. Espalhei ratoeiras pelo quarto. Fazia a maior barulheira quando entrava. Batia os pés, batia palmas, urrava, soltava guinchos. E esperava pelo efeito. Quando percebi que tudo havia passado e aquilo não iria se repetir, relaxei. Agora, era outro mouse que eu precisava domar. Explico: Beto tinha comprado um computador de última geração, com megabéis suficientes para guardar a história do mundo na memória. E aposentou o seu. Passou o micro caduco pra mim. Resisti no começo, mas depois gostei. Os originais de meus textos escritos à máquina eram semelhantes a um palimpsesto egípcio. Tinha tantas emendas, rasuras & complementos que se parecia com uma obra de arte tridimensional. Cortava, colava, juntava uma folha na outra, deslocava parágrafos. Usava a tesoura, a régua, a Pritt, o grampeador. Uma coisa medieval. Um inferno de Dante. O micro resolveu tudo isso com vantagens. Encostei a velha Remington.

Já estava entrando em meu terceiro ano na pensão, que estava bastante modificada. O velho do quarto ao lado tinha morrido dormindo num belo dia de primavera. Em seu lugar, entrou outro velho que não gostava de ópera, mas que também se masturbava à noite. O nordestino sumiu nas brumas da mesma forma que apareceu. Ninguém preencheu a sua vaga. A mulher gorda com rosto bonito parece que abriu uma casa de massagem, ganhou uma grana e comprou um apartamento de quarto e sala em outro bairro. Pra contar a história, ficou a bicha. E eu. Antes que a bicha subisse nas tamancas e tomasse ares de literato, me adiantei e resolvi contar tudo à minha maneira. Desta vez, porém, nada de apontamentos ou sinopses, parti pra briga e mergulhei direto no episódio do rato. Que pode não ter sido uma edificante lição de vida ou uma grande iluminação filosófica, mas, afinal, cada um tem o rito de passagem que merece. O resto fluiu de maneira agradável. Não tive maiores dificuldades em me adaptar à nova modalidade cibernética. Afinal, o micro não passa de um teclado com uma televisãozinha em cima. Algumas coisas sumiam, claro. Esquecia de salvar e tudo ia pro espaço. Mas até aquilo capitalizei em proveito próprio: reescrevia. Botei em prática tudo o que eu sabia. Tudo o que eu havia acumulado em trinta anos de leitura, pesquisa e curiosidade. Não tinham sido em vão as duas ou três idas diárias às livrarias e sebos. A garimpagem desenfreada de autores difíceis e geniais. Meus mestres literários me espreitavam pelas costas. Percebia quando eles torciam o nariz diante de uma frase falsa, de uma palavra mal colocada, de advérbios forçados, do excesso de estilo. Tomando o cuidado de não ser nostálgico, eu dava voz a um mundo esquecido por todos. Personagens ressurgiam das cinzas e aqueciam um motor quase sem gasolina, mas que ainda conseguia me levar bem longe. Fazia uma terceira coisa, nem ficção nem autobiografia. Uma mistureba danada de lembranças, emoções & adversidades. Não reescrevia minha história pura e simplesmente, pegava aquela matéria-prima gosmenta, dava uma leve mexida e colocava fermento. Se a fórmula estivesse correta, aquilo cresceria naturalmente. Se não, paciência, começaria tudo de novo. Foi o que fiz umas duzentas vezes, num trabalho de formiguinha. Persistência, fervor, devoção, fúria.

Havia assuntos delicados para tocar, havia lacunas, cavernas escuras, episódios que me deixavam desnorteado. Mas não me intimidei: caí de boca, enfrentei tudo de cabeça erguida. Como o rato, morreria lutando. Não me esquivei um milímetro da minha maldição. Mas não tirei conclusões, apenas relatei. Para os temas que me atormentavam, abri arquivos onde ficaram decantando. Retomaria aquilo quando estivessem mais maduros. Antes de voar, diziam os livros de autoajuda, é necessário aprender a caminhar. O capítulo do rato bifurcou-se e puxou outras cenas da infância. Esfomeado, prolífico e noturno como o coelho, o rato é também uma criatura terrível. Ou seja: galante e infernal ao mesmo tempo. Tem o duplo poder de trazer a peste e de curá-la. A tônica está em sua fecundidade. Segundo Freud (como tudo, aliás, depois de Freud), o rato tem uma conotação fálica & anal, que o liga à noção de riqueza, de dinheiro, de prosperidade. Mas é também a imagem da avareza, da cupidez, da atividade noturna e clandestina. Como a peste não tinha me pegado, apesar de ter trepado sem camisinha com a puta sem dentes numa imolação quase bíblica, achei que era hora de aproveitar a fecundidade e partir para a segunda metade de minha vida.

Ataquei traumas antigos. Procurei tirar lições. Sem truques. Por exemplo: só tinha feito duas coisas boas na Medicina: um jornalzinho e (literalmente) soltei os cachorros. Explico: como achava os alunos da minha turma muito babacas e deslumbrados, comecei a me aproximar do pessoal do terceiro ano. Fiz amizades. De tempos em tempos, eles me convidavam para assistir a algumas aulas de matérias que eu não tinha. Fisiologia, por exemplo. No primeiro ano, existe a Anatomia, o mapa morto do corpo humano, ou seja, dissecam-se cadáveres para que se aprenda a localização exata dos órgãos. Mas tudo é parado. Não corre sangue, as coisas não pulsam, o rim não filtra, o coração não bate etc. No terceiro ano, aprende-se o mapa vivo, ou seja, com tudo funcionando. Como é impossível dissecar um ser humano em plena atividade, cortam-se cachorros. Os professores dão uma dose cavalar de anestésico e os bugres se deleitam em abri-los com bisturis e pinças. Depois de tudo, sacrificam-se os animais, pois nem Cristo conseguiria costurar aquela catástrofe sanguinolenta de peles, pelos & carótidas seccionadas, para que os cães voltassem à vida normal. Não chega a ser propriamente uma aula, é uma carnificina. A farra do boi. Na minha primeira experiência daquele tipo, ia tudo bem até que ouvi um uivo tenebroso vindo do fundo do laboratório. O que é isso?, perguntei para um colega. Ah, deve ser o anestésico que está acabando. Relaxa. Como, relaxa?, eu disse. Precisa dar mais desse negócio ou matar o bicho de uma vez, caralho. Eles estão sofrendo. Depois de alguns minutos, quase todos os cães estavam uivando de dor. Cada um num tom diferente. Uma sinfonia do terror. Procurei o professor. Expus o que achava. Ele disse: Porra, nem deste ano você é. Vem aqui, não pergunta nada, nem quer saber de aprender e fica aí, agora, posando de humanista. São apenas cachorros! E você é um filhodaputa, berrei, um merda. Ele me botou porta afora do laboratório. No dia seguinte, quando cheguei na faculdade, os cães da futura aula de Fisiologia já estavam nas suas jaulas, à espera do abate. Exalavam toxinas de longe. Estariam cientes do que lhes ocorreria? Pressentiriam o fim? A sessão de tortura, a agonia e a morte inevitável? Não pensei duas vezes: ante os olhares estupefatos de meus colegas, abri a portinha dos três cárceres e toquei-os pra longe. Uns voltavam. Atirei pedras, enxotei-os, dei chutes. Não teve aula naquele dia.

Depois disso, veio o jornalismo. Para minha sorte, peguei a faculdade em franca decadência. Para se ter uma vaga ideia, tínhamos aula de taquigrafia, pois os professores ignoravam solenemente os avanços da tecnologia moderna, como o gravador, por exemplo. Havia vantagens: o curso durava apenas três anos e a idade média dos professores beirava os sessenta. Eram velhos remanescentes da gloriosa época em que o jornalismo tinha glamour e que haviam desempenhado suas funções nos jornais por mérito próprio, sem a obrigatoriedade do diploma. Ou seja: um escritor, um poeta, um diplomata ou um sociólogo podiam virar cronistas, repórteres e comentaristas políticos apenas pelo fato de possuírem uma escrita brilhante e serem bons observadores. Não havia objetividade, mas havia paixão. Aquilo, para mim, tinha um romantismo que não conseguia encontrar nos professores jovens, mais preocupados com seus salários que com a informação propriamente dita. Esses provectos não seguiam o currículo, falavam, lembravam de fatos picantes, dissertavam, davam dicas de texto, comentavam a mediocridade que imperava nas redações de então, em contraposição ao virtuosismo da época deles. Eram saudosistas, eram fofoqueiros. Para mim, era um bálsamo ouvir o Fernando Góes (uma espécie de João do Rio menor) se debulhar em lágrimas na frente da classe ao contar seu emocionado encontro com o Guimarães Rosa. Ou o Graciliano Ramos. Desnecessário dizer que o resto da classe debandava rumo ao corredor para medir o rabo das alunas. Ficávamos dois ou três, se tanto. Sorvíamos as palavras desses velhos profissionais com atenção redobrada, pois era importante ouvir nas entrelinhas. Tinha também o Péricles Eugênio da Silva Ramos, um poeta helenista da geração de 45 que tinha acabado de traduzir o *Moby Dick* com uma precisão quase matemática. Um dia, ele adentrou o recinto e disse: Hoje, vamos falar do *Ulisses* de Joyce. A reação dos alunos foi brutal: fiquei sozinho na classe, acuado & constrangido em minha carteira. Valeu a pena: ele se concentrou numa cena só: a das mijadas de Bloom e Dédalo. Nunca em minha vida captei tanta poesia & lirismo em dois jatos de urina que se alternavam nas paredes de um mictório de pub irlandês. Enquanto uma subia em espiral, a outra criava arabescos barrocos de deixar o pintor Klimt com os cabelos em pé.

Mas impagáveis mesmo eram as aulas do Teixeira (troco o nome do cidadão para não ferir suscetibilidades), um romancista prolífico mas pouco conhecido, com uma vida tão desregrada e pagã que faria corar de vergonha o mais transgressivo dos escritores de hoje. Estava com 81 anos. Quase surdo. Andava com dificuldade, alquebrado e corcunda, mas nunca faltou a uma aula sequer. Tinha sido radiologista. Em virtude disso, vinha com os dedos enfaixados, como uma múmia. A contínua exposição aos raios durante a vida toda fora fatal. Os dedos simplesmente caíam. Já tinha perdido três deles pelo caminho. Apesar do humor inglês, gostava mesmo dos americanos, principalmente os dramaturgos: O'Neill, Arthur Miller, Albee.

Numa dessas manhãs de chuva braba, ele começa a contar sobre uma festa a que fora convidado na década de 50 em Paris. Teixeira tinha sido muito bonito na juventude, vivia viajando, tinha grana de família na parada e papara todas as melindrosas de plantão. No seu estilo calmo e metódico, ele disse que essa festa era especial: uma homenagem qualquer ao Tennessee Williams, que tinha acabado de ganhar um prêmio importante. Muita bebida rolando, cocaína, glamour, bandalheira generalizada. Começaram a conversar, trocaram ideias, Williams quis saber como andava o teatro no Brasil, como era o país etc. Depois de elogiar a cultura, o agudo senso crítico e o porte atlético do americano, Teixeira foi enfático: Poucas pessoas naquela sala não sucumbiram ao seu charme. Fez um suspense maroto, para emendar, com um risinho: E eu não fui exceção.

A classe (ou melhor, o pouco que restava dela) ficou literalmente pasmada. Houve um silêncio estranho. A eternidade abriu-se à nossa frente em todas as suas configurações menos pragmáticas. Musgos verdes nasceram nas paredes. Uma mosca cristalizou seu voo. Partículas de antimônio pairaram no ar denso da classe. Para falar a verdade, havia um pouco de medo. Havia tensão. O que aquilo queria dizer? Fizemos as contas mentalmente: naquela época, Teixeira devia estar com 50 e o americano com 45, no máximo 46. Dois homens maduros, portanto. A homenagem tinha sua razão: Tennessee Williams tinha acabado de estrear sua peça *Um bonde chamado desejo* nos Estados Unidos e feito o maior sucesso. Muito provável que o texto tivesse sido montado também na França. A cronologia batia. Depois de recobrados da surpresa, eu falei: O que aconteceu, mestre?

Aconteceu o que tinha de acontecer, ele disse.

Uma manhã memorável! Uma história para ser repassada aos filhos, netos e bisnetos. Afinal, quantos podem contar que ouviram de um senhor de 81 anos que tinha comido o Tennessee Williams numa festa em Paris, provavelmente no banheiro da mansão? Hein? Quantos? Mais exatamente quatro, estávamos em quatro na classe. Teixeira despediu-se na maior elegância, desejou boa sorte a todos e saiu pela porta da mesma maneira que tinha entrado: delicadamente. Sem alvoroço. Meio distraído. Discreto. Segurando o que lhe sobrava dos dedos mumificados.

A faculdade até podia ser decadente. Mas só nas faculdades decadentes é que temos a oportunidade de saber de coisas que não vão figurar jamais em livros, biografias ou compêndios de literatura. Só esse episódio já teria valido a matrícula.

Foi com o Nicola, outro jornalista desenganado, que eu tive o privilégio de me meter na maior enrascada de minha vida, e isso precisava ficar registrado nos anais. Plena época de transição (o Sarney caçando boi gordo a laço nos pastos), depois dos militares já terem fritado testículos, arrebentado rabos, engravidado prisioneiras e incendiado bancas de jornais. Era hora de procurar bicos para incrementar o minguado salário oficial. Só sei que a TV Cultura estava no auge — nunca estivera tão boa: programas de entrevistas ousados, musicais de vanguarda, documentários sérios, debates inteligentes sobre cinema e teatro, enfim, o que se pretende de uma instituição sustentada por nossos impostos.

Fomos procurados, Nicola e eu, por uma empresa de vídeos independente para escrevermos pilotos de programas que seriam submetidos (e vendidos) à TV Cultura, que tinha aberto recentemente um núcleo para incentivo etc. etc. — aquela coisa de escoamento de verbas.

E a grana era boa.

Depois de imensas bobagens, acertamos o passo: criamos um personagem impagável, Nhá Sinhá, numa corrosiva paródia do Sítio do Pica-Pau Amarelo. Toda uma detalhada mitologia sustentava o projeto e era apresentada no piloto da série: Nhá Sinhá, na realidade Etelvina de Moraes Rego, tinha sido uma das primeiras mulheres a ingressar numa escola de Sociologia no Brasil, onde ganhara consciência política e uma visão crítica da realidade nacional.

Na infância, Nhá Sinhá tinha sido amiga íntima de tia Nastácia e dona Benta. Mais tarde, já adolescentes, as três — o script não dizia se todas ao mesmo tempo — tinham se tornado amantes de Monteiro Lobato. Por sua insubmissão e ideias próprias, contudo, Nhá Sinhá foi perseguida pelo famoso escritor, sendo a única a não figurar como personagem do Sítio, do que, aliás, ela se orgulhava muito, pois, como dizia numa entrevista do episódio de abertura, "aqueles causos foram tão distorcidos e maquiados que viraram histórias de branco, além de serem chupados do Lewis Carroll" e assegurava que o problema estava no clima, "aquela coisa toda fantástica, meio vitoriana, inspirada num protestantismo irlandês".

Na verdade, contava o primeiro programa, era ela a principal autora das histórias, tiradas todas da realidade. Lobato, num gesto supremo de mau-caratismo, havia se apropriado dos casos, escamoteando-lhes toda a profundidade psicológica.

Nhá Sinhá, sessenta anos depois, propunha-se a recontar tudo sob a ótica original para uma plateia de criancinhas ávidas e curiosas. O programa tinha o título genérico de *Conversas ao pé do fogo* e contava com uma cenografia requintada e surpreendente para a época. Era gravado todo em estúdio, com umas poucas externas rodadas num sítio de um amigo nosso.

Apesar da linguagem um pouco transgressiva, o projeto, com dez programas curtos de vinte minutos cada, foi aprovado pela direção do núcleo e iria ao ar toda segunda-feira às 19h40, pouco antes do telejornal da emissora.

Em geral, os causos tinham o mesmo esquema. Começavam com uma descrição em off do tempo, nuvens, crepúsculo, sol, um ventinho, enfim, uma introdução pseudo-literária, meio escrota e literalmente paródica de histórias infantis.

A câmera perambulava por objetos de cena, janelas, baús, lareiras, rostos de criancinhas peraltas etc. A molecada intercalava os monólogos de Nhá Sinhá com frases do tipo:

— Todos esses casos aconteceram mesmo?

Cabelos brancos, rosto meio gretado pelos anos, gestos pausados e sábios, ela dizia:

— Alguns. Outros é só de ouvir dizer.

O leitmotiv vinha em seguida:

— Como assim, Nhá Sinhá?

Ao que ela replicava:

— Eu explico.

E aí dava início à história.

As caçadas de Narizinho e as histórias da Emília eram pelo lado erótico e, invariavelmente, começavam assim:

Narizinho, extremamente serelepe e traquinas, vivia metendo o seu onde não era chamada. Mas só obteve mesmo sucesso com as meninas das redondezas no dia em que resolveu telefonar para o Pinóquio e perguntar-lhe qual era seu segredo.

Ou:

A princípio, Emília tomou o maior susto ao se deparar com o Saci no meio daquele matagal. Dava a impressão de que ele tinha recuperado a segunda perna. Mas, não, que perna, que nada! O Saci estava em um de seus melhores dias.

Uma pândega! Nem tudo foi aprovado, porém, houve cortes, houve censura. Acatamos. Cada caso terminava com um gancho, uma chamada para o episódio seguinte.

Mas — e sempre tinha um "mas" naquelas nossas empreitadas —, não conseguimos aprontar todos os dez casos.

Entregamos mais da metade e ficamos de completar à medida em que as histórias fossem para o ar.

Foram cinco episódios hilariantes. Com uma ironia sutil, Nhá Sinhá intercalava a mitologia típica de Lobato com casos da história do Brasil e da atualidade da época.

Tínhamos um relacionamento ótimo com a emissora e livre trânsito pelos estúdios, ilhas de edição etc. Foi lá pelo mês de outubro, no entanto, que a barra pesou. Nicola teve uma ideia genial, mas polêmica: contar a história do surgimento da TV Globo sob outras tintas, aliás, as verdadeiras.

Foram dias de discussões, brigas, rompimentos e reatamentos com a empresa de vídeo, que se mostrou reticente, a princípio. Resolvido o impasse, episódio pronto e editado, fizemos cu doce até o último minuto, para não melarmos o impacto. O diretor de produção da Cultura desesperado, arrancando os cabelos, vinheta de abertura entrando no ar, aquelas coisas. Nicola e eu chegamos na hora — ou seja, os caras não sabiam o que estávamos entregando. Pelo retrospecto positivo, contudo — tínhamos um Ibope de dois pontos e meio, uma glória! — e pelos episódios que já tinham rolado na série, confiaram na gente e botaram o programa no escuro.

Sentamos quietinhos e acompanhamos pelo monitor.

A tela mostrava uma cozinha, a lenha crepitando no forno de barro, enquanto a petizada ia aprumando seus corpinhos ingênuos e excitados para mais um caso de Nhá Sinhá. A câmera deu um close num gato que, lá fora, cochilava ao sol da modorra da tarde. Um dos meninos, encarapitado numa canastra, disse:

— Ô, Nhá Sinhá, não tem história hoje não?

Nhá Sinhá, a branca-velha, ajeitou as alvas cãs e começou:

— Hoje, meus queridos netinhos, vou contar pra vocês a maravilhosa história da Rede Globo de Televisão.

— Oba — gritaram todos, num coro desafinado que voou como uma indócil borboleta através do silêncio verde que reinava naquela imensidão de alqueires, pomares e varandas que apareciam pela janela num telão pintado o mais realisticamente possível.

— Corria o ano de 1966 e o Brasil ainda não sabia o que poderia acontecer com o seu futuro. Os militares que haviam tomado o poder dois anos antes queriam um canal de televisão.

Com um sorriso benevolente, mas ambíguo nos lábios, o diretor de produção lançou um alerta à sua intuição.

— Ah, eu também queria ter um canal só pra mim, Nhá Sinhá — gritou Emília — ia passar desenho animado o dia inteiro. — Parou, pensativa e completou: — E de noite também.

— Pois é, eles queriam mais ou menos isso. Mas, antes — a câmera fechou um close estupendo no rosto de Nhá Sinhá, cujo suspense deixou a molecada com a respiração presa — antes, eles tinham que fazer um servicinho: dar um jeito no canal que, na época, fazia o maior sucesso, a TV Record.

Rugas multiplicaram-se na testa do diretor, que me olhou vacilante. Eu podia ver a seu lado uma diáfana silhueta de um maligno Iago, que lhe sussurrava ao ouvido pérfidas suposições. Logo, logo, o mouro da Água Branca estaria percebendo a sutil metamorfose das rugas em cornos.

— Não brinca, Nhá Sinhá, a Record fazia muito sucesso na época?

— Fazia, caros netinhos, muito sucesso. Tinha shows musicais e humorísticos, muito esporte, os maiores cantores e artistas do momento, passava filmes e seriados da maior categoria. Enfim, era uma potência. Como a Globo é hoje.

— E aí?

Nisso, soou o gongo, ou seja, um telefone interno chamou o produtor pra resolver não sei que pepino. Nos entreolhamos — Nicola e eu — e rimos. Estávamos salvos.

— Desculpe — disse o cara — já volto.

No monitor, Nhá Sinhá continuou:

— Aí, na calada da noite, um grupo de três ou quatro pessoas mal encaradas botou fogo no teatro da TV Record, ali na rua da Consolação.

— Não acredito, Nhá Sinhá, eles fizeram isso?

— Fizeram. E muito bem feito.

— E quem eram eles?

— Ah, bom, é difícil dizer. Mas provavelmente foram bandidos pagos pelos militares brasileiros, pela futura direção da Rede Globo e pela Time-Life, o grupo americano que injetou grana no projeto e era especializado em fazer mutretas no terceiro mundo.

Percebemos um leve tremor na imagem e nossa respiração ficou suspensa.

A cena ficou congelada por um décimo de segundo, mas continuou logo em seguida com a fala esganiçada de Pedrinho:

— E por que esse grupo entrou nessa, Nhá Sinhá?

— Bom, eles tinham interesse econômico em botar na nossa telinha coisas lá deles... Todas essas reportagens, músicas americanas, coisas pra gente comprar... Mesma coisa que os jesuítas quando traziam espelhinhos e pentes pros índios em 1500...

— E os shows da Record, Nhá Sinhá, acabaram, então?

— Não. A Record deu um jeito de fazê-los em outro teatro. E assim conseguiu dar a volta por cima.

— Êba — gritou a gurizada, satisfeita.

O diretor de produção voltou nesse instante, justamente quando entrava no ar o intervalo. Vinha com um sorriso nos lábios, seguramente por ter conseguido resolver o tal problema.

— E aí, tudo bem?

— Tudo — respondemos em coro, meio ressabiados. Pois era evidente que ele não havia acompanhado o episódio. Estava realmente fora do ar e a gente explodindo por dentro.

Para nosso alívio, contudo, outro telefonema tirou-o da sala. E percebemos que aquele já era um trinado um pouco mais nervoso.

A mesma musiquinha e a vinheta explodem no vídeo e o programa volta numa fala de Nhá Sinhá:

— Mas, aí, meus caros, outro incêndio abalou seriamente a TV Record.

— Outro incêndio? Eles botaram fogo de novo?

— Botaram. E desta vez foi pra valer. Queimou tudo: os estúdios, os aparelhos de videotape, os arquivos de notícias, as câmeras, os refletores, tudo. Apagaram mais da metade da memória nacional, anúncios da época, telejornais, inclusive centenas dos mil gols do Pelé que estavam registrados em fita etc.

— Sacanagem — disse, entre dentes, uma menininha de seus oito anos.

— É, a coisa foi séria. A Record tentou se reerguer, mas foi em vão, nada adiantou. Como tiro de misericórdia, os capangas deram fogo mais uma vez no outro teatro.

— E a Xuxa sabia disso, Nhá Sinhá?

— Ah, ah, ah, a Xuxa, meus queridos, nem tinha nascido nessa época. E mesmo que tivesse, ia dar uma mão pra enterrar de vez a Record.

— Uma coisa eu não consigo entender, Nhá Sinhá — perguntou uma menina — pra quê que os militares queriam um canal de televisão?

— Pra contar mentiras, Verônica Maria, pra que eles chegassem na TV e dissessem que a inflação baixou, que não tinha seca no Nordeste, que vivíamos no milagre brasileiro, que a poliomielite havia acabado no país, que nasceu mais um gracioso filhote de chimpanzé no zoológico de Palmeiras dos Índios, essas besteiras.

— Já sei: pra deixar a gente mais burra, né, Nhá Sinhá?

— E o pior é que conseguiram.

Uma música então subiu do fundo da cena, enquanto a câmera dava uma panorâmica dos rostinhos desolados da molecada, passeando também pelos objetos rústicos que ornamentavam o estúdio de gravação.

— Que maravilhosa história, Nhá Sinhá — disse outra menininha bastante sardenta. A gurizada aplaudiu entusiasmada, não se contendo de alegria.

— Outra, Nhá Sinhá, vai, conta outra — insistiram todos.

— Não. Por hoje, é só. Acabou-se a história, morreu a vitória, entrou por uma porta, saiu pela outra, entrou de novo pela janela, foi pro banheiro e derrubou o penico cheio no tapete e quem quiser que conte outra. No próximo episódio, eu vou contar *A maravilhosa história do assassinato de Juscelino Kubitscheck na via Dutra*.

Rebu armado, desceram os créditos e uma chuva de porradas em cima da gente. Poucos instantes antes, o diretor de produção entrara na salinha com alguns seguranças, mais um assistente do mantenedor da Fundação e fomos enxotados para o limbo que nos acompanharia por um bom tempo.

Nunca mais pisamos na TV Cultura e a empresa de

vídeo tomou um processo que ainda tramita por alguma obscura salinha do Fórum. Por sermos primários (em todos os sentidos), saímos mais ou menos ilesos do episódio, mas com a certeza do dever cumprido e um futuro bastante nebuloso em termos profissionais.

Essa febril atividade literária espantou um pouco a crise. Enquanto isso, completamente alheio e ostentando uma arrogância atroz, o mundo completava seu ciclo. Ao longo da década de 90, a Internet popularizou-se, vieram os CDs, os games, o celular. A sociedade se divertia e se infantilizava. Adultos liam livros juvenis. Adolescentes praticavam artes marciais, arrebentando discotecas e casas de entretenimento. Com o advento do feng shui, a dona de casa e o executivo passaram a diagramar o espaço caseiro e profissional de acordo com regras que levavam em conta o efeito cósmico dos objetos na vida diária. Aromaterapia, cromoterapia, talassoterapia, gaiamancia. Anjos cabalísticos, dietas energéticas, massagem tailandesa, fisioterapia, pilates, ayurveda. tai-chi, RPG, yoga tântrica, chacras, florais de Bach, acupuntura, quiropraxia. Cristais, poções homeopáticas, incensos orientais, sais importados do Ceilão, música *new age*. Academias proliferaram da noite para o dia como coelhos no cio. Mulheres faziam lipoaspiração de manhã, plástica de tarde e botavam botox à noite. A humanidade cuidava da alma, do espírito e do corpo como se quisesse burlar o tempo. Pelas ruas, monstrinhos bombados com vitaminas de cavalos e hormônios de vacas exibiam impunemente músculos e veias saltadas nos braços. A batata da perna cresceu. O pescoço virou um rígido cupim de búfalo. O tórax era desenhado e dividido em quatro partes. Os peitorais masculinos nada ficavam a dever às mamas de Mae

West. O mundo tinha virado uma caricatura de si mesmo. Era grafitado por um desenhista de histórias em quadrinhos de ficção científica barata. A realidade tinha virado sua própria paródia.

Ouço o rádio de Mônica. Uma massa sonora sai lá de dentro. Uma voz dobrada emite um discurso monocórdio articulado em frases agressivas. Percebo que o cantor está puto com alguma coisa. Vou até a janela e a vejo lavando roupa no tanque. No pátio, de shortinho jeans, a bicha coreografa uma dança frenética & lasciva, provavelmente tentando dar um sentido lógico àquela massa sonora. Até que ele tinha uma bundinha legal. Batem à porta do quarto. É o velho substituto do outro velho que morreu.

Tudo bem?

Tudo.

Ele rodeia. Tem o rosto muito vermelho e barba de dois dias. Aquilo me lembra um livro do John Fante. Pediria dinheiro? Pediria para eu roubar garrafas de leite?

Escrevendo?

É.

O quê?

Um romance.

Tem sacanagem?

Tem.

Tem internet?

Hein?

O teu computador, ele disse. Tem internet?

Não.

Pena.

Por quê?

Me disseram que tem muita mulher pelada na internet.

Não retruquei. Sabia que tinha sexo à vontade do freguês. *À la carte*. Foi a primeira tentativa séria dos empresários ganharem dinheiro com a internet. Antes do Google, tinham inventado os sites pornôs. A putaria estava *on line*. Adolescentes, adultos, executivos, homens casados, separados & solteiros, todos com as calças arriadas, escolhendo ninfetas, modelos, lésbicas, mulheres grávidas, freiras, gays. Com a mão direita, manuseavam o mouse, clicando em cima de fotos, ampliando aberrações de todo tipo e calibre. Com a esquerda, manuseavam o possante. Nostradamus tinha razão. Ele escreveu: No futuro, vamos ficar olhando para uma luzinha na parede.

Estamos num sábado à tarde. O sol racha mamonas lá fora. O rapper já vai pela segunda meia hora de insultos contínuos. É jovem, deve ter lá suas razões. Não entendo nada do que diz, mas apoio, dou a maior força. Se está reclamando, é porque está insatisfeito. Alguma coisa o está incomodando. Espero que seja o capitalismo selvagem, o fim da polaridade ideológica, os crimes de colarinho branco, assaltos aos bens públicos, a futilidade, a mediocridade, o acúmulo de riqueza, a mortalidade infantil, a elite canalha, a exclusão social, o mundo fashion, a pedofilia. Que mais poderia ser?

Não sinto falta de meus amigos. Pra falar a verdade, só sinto falta mesmo do mesticinho filho do Beto. Que já está com quatro anos e me devota a mesma ternura de sempre.

Tesão, né?

Quem?

Porra, essa menina aí lavando roupa.

É uma criança, falei, tem apenas quinze anos.

E coxas de vinte e dois.

E daí?, perguntei, já puto.

Você não percebe como ela olha pra gente? Fica atiçando.

Não aguentei: Atiçando, porra nenhuma, ela está brincando, ela fica imitando os adultos. É um jogo. Faz pose. Está no momento dela. A gente tem que respeitar, caralho! Mônica não está pronta pra nada. Se alguém avançar o sinal e forçar a barra, vai ser uma merda. Mesmo que ela consinta por simples curiosidade, vai continuar sendo um estupro.

Garanto que já perdeu o cabaço, ele disse, lançando um olhar sujo pra fora da janela e começando a mexer no bilau.

Perdi as estribeiras e toquei o velho pra fora do quarto, ameaçando contar tudo pra Ivone.

Ele reclamou com veemência: Qué isso, meu camarada! Sua senhoria parece que não tem sangue nas veias.

Tranquei a porta e voltei para o computador. Não tinha salvado nada. Dois parágrafos inteiros tinham ido pro espaço. Reescrevi tudo, colocando um molho novo nos diálogos. Saí.

A primeira vez em que tomei LSD na vida, vi um edifício rachando ao meio — suas duas metades vibrando intensamente e desfolhando-se como duas cascas de banana, cujas partes negras da ponta tocavam gentilmente o chão. Como Alice, atravessei o espelho e fiquei embasbacado por uma eternidade no quarto amarelo de Van Gogh. Vi, senti & assimilei toda a dramática beleza dos girassóis, das luzes da avenida e dos passantes que passavam embalsamados. Vi, senti & assimilei as fagulhas de uma lua partida, dos lábios frios de uma dama, de manequins sem ovário. Vi velhos asilados, monstros inconcebíveis a olho nu, vi uma criança que me propunha estranhos jogos na escadaria do correio central. Neguei três vezes ter visto a seriedade, a distância, a pureza. O mundo me esfregou na cara a poesia da derrota pela primeira vez. O deus do nada me piscou o olho zombeteiro pela primeira vez. Pela primeira vez, me vi agachado, submerso num canteiro de obras, procurando uma moeda, olhos injetados, as nódoas dos dedos latejando, enquanto um blues tocava em surdina seus doze compassos de dor. Eu vi uma desordenada & linda cidade de fogo na urgência de ser destruída. Em sua infinita piedade, a cidade carregava dentro dela o grito de seu próprio parto. Era outono. Completamente chapado, chupava a lâmina da faca que iria me esfaquear num beco escuro lá pelas duas horas da madrugada. A noite era interminável, narcotizada. Suplicante & bêbada. Me vi careca, corcunda & simiesco, rosto sulcado, pele enrugada, uma perna bamba, aos 59 anos de idade, correndo atrás de uma garotinha pelos labirintos da cidade. Me ouvi orando em voz alta: o cão nosso de cada dia, nos daí hoje. Quando tomei LSD pela primeira vez na minha vida, voei no tempo, adiantei o tempo e cheguei até hoje. Hoje, percebo que meus olhos não têm idade. Não acompanharam a deterioração do resto do corpo. São jovens e virgens como há trinta e cinco anos. Eles flertam com as menininhas como se eu tivesse a idade delas. Mas elas não correspondem ao meu olhar. A beleza branca, negra & mulata de seus corpos tem idade definida, tem origem e destino, tem uma finalidade clara: amar, gozar e procriar. Uma cartomante me disse certa vez que eu teria uma morte trágica. Isso estava em meus olhos. Nesses mesmos olhos sem idade que desejam bolinar as menininhas com idade. Será isso a velhice? Olhar para o mundo e não enxergá-lo em todas as suas dimensões clássicas? Sou um estrangeiro numa terra de palmeiras onde canta o sabiá. Vivo num quilombo de brancos. Mas seria um estrangeiro em qualquer terra, em qualquer esquina, em qualquer lugar, tanto na Itália quanto na Argélia.

No começo, até curti essa situação. Sou um apátrida, eu disse, com orgulho. Um menino, um jovem, um homem sem raízes. Criaria minhas próprias ligações. Um ser do mundo. Mercenário. Sozinho. Um indivíduo que não quer ser cidadão. Sem bandeira, sem hino, sem rótulo. Um bandalho. Um renegado pela própria natureza. Poderia traficar armas para os dois lados, escravas brancas, bebês. Se fosse necessário, subornaria o funcionário da alfândega para poder passar pela fronteira com remédios adulterados. Faria barganhas com ditadores e déspotas. Compraria sangue humano e venderia pelo dobro do preço à Cruz Vermelha. Me engajaria em milícias particulares, enfrentaria tanto os latifundiários quanto os camponeses. Mataria por dinheiro. Calaria heróis populares. Seria um messiânico delirante & barbudo com uma legião de seguidores pelas matas ou pelo sertão e fundaria minha própria igreja do diabo. Criaria um exército para me defender. Teria um harém de jovens virgens, caçadas a laço nas tribos vizinhas. (Sou a tempestade depois do arco-íris.) Ficaria toda noite me lamentando para dois ou três fiéis escudeiros, inventando histórias de arrepiar. Eles me adorariam como a um deus. Falaria com eles em latim. Recitaria versos de Dylan Thomas. Contaria dos horrores da civilização. Aplicaria martírios exemplares, torturaria, deceparia cabeças, crucificaria os que não concordassem com meus métodos de reeducação. Eu seria assim. Implacável. Fui assim durante um certo tempo. Depois, veio o vácuo. Perguntas flutuaram. Percebi que todas as mais genuínas manifestações de alegria e felicidade estavam, de uma forma ou outra, ligadas a lembranças e sentimentos oficiais: família, pátria, infância, a terra, a fé, a crença, uma canção. Mas eu resisti. As pessoas, os amigos eram o meu país; a arte era minha religião; e minha crença estava baseada na abstração da realidade. Mas é sabido que o que mais incomoda um solitário são as gargalhadas que vêm do apartamento vizinho. O caminho do estrangeiro é longo e não leva a parte alguma. Como não tem origem, também não tem destino. Como ele se nutre apenas da seiva do presente, fica difícil fazer previsões. Abrir mão delas é que é o grande negócio. A lucidez me escancarava que só tinha uma coisa boa no passado: ele ser passado. E o futuro, como se sabe, só interessa aos apostadores do turfe. Fui levando. Vou levando. As perguntas que flutuavam no ar, porém, de uns tempos pra cá, começam a praticar uma espécie de exercício nervoso. Questionam, por exemplo, se esse ser brutalmente teatral, concebido na base da encomenda, consegue realmente ter uma unicidade, uma identidade própria capaz de fazer frente a todas as questões metafísicas que a vida nos reserva.

Mas vamos voltar àquele dia. Quando saí da pensão, não havia nenhum vento, La Bora de Trieste era apenas um elemento exógeno que me cutucava as partes menos nobres da memória. Reclinava-me sobre o berço de um recém-nascido só para saber se ele ainda respirava. Minha perambulação foi didática. Vi dois adolescentes, cada qual ouvindo seu *walkman*, que andavam lado a lado. Vi um casal de meia-idade que falava cada um em seu celular. Vi um executivo que se comunicava com sua empresa através de um microfoninho adaptado a sua cabeça. Nem toda a fé do mundo poderia resgatar o ser humano das novas modalidades de comportamento que surgiam. A tecnologia uniformizou tudo e passou uma pátina antisséptica sobre o passado. Posso estar enganado, mas, depois do surgimento do CD, nenhuma outra banda fez um disco equivalente ao *Electric Ladyland*. Em todos os sentidos: imaginação, pureza, concepção, qualidade, experiências sonoras, genialidade, improvisos, equalização, mixagem, produção, edição final. Uma obra concebida, escrita & composta por James Marshall Hendrix. Isso tudo em apenas quatro canais. Depois que a técnica digital aposentou de vez a analógica, e os velhos bolachões foram pro beleléu, perdemos várias coisas. Em primeiro lugar, as capas. Nunca mais pudemos nos deleitar com as obras-primas de artistas, desenhistas, fotógrafos e designers do porte de Milton Glaser, Loring Euteney, Jerry Smokler, Linda Eastman, Sam Antupit, Robert Crumb, Martin Sharp, David King, Roger Law e Peter Blake. Em segundo lugar, o som. Quem teve acesso a bons picapes, com braço balanceado e agulha de cristal, sabe que o resultado final do CD deixa muito a desejar. Sob a alegação de filtrar chiados e possíveis imperfeições, a nova técnica levou de cambulhada os efeitos de estúdio e pequenas nuanças, deixando o som limpo mas homogêneo demais. Ficou uma coisa quadrada. Perdeu a autenticidade, perdeu a sujeira, perdeu a arte simples e toda a alegria de uma *jam session*. Ignorar isso é não entender de música. Mas foi só o começo. Ao reciclar seus parâmetros, o mundo passou a digitalizar conceitos & ideias, colocando pra funcionar um rolo compressor que enquadrou a vida num escaninho virtual e confortável. Tudo se comprimia. Tudo era prático. O homem passou a ser uma realidade de fachada. Não havia mais aventura, não havia mais tesão, não havia mais riscos. Entendi isso perfeitamente quando dei de presente ao filho do Beto um minibumbo com baquetas. Ele olhou aquilo como se estivesse vendo uma figura rupestre desenhada há milhares de anos nas cavernas do Piauí. Soltou uma risadinha irônica e foi pro seu quarto. Fiquei de boca aberta. Beto não disse nada. Mitiko, impassível. O maior clima. Depois de meio minuto, volta o mesticinho com um ursinho de pelúcia nas mãos. Ele colocou o bicho no chão e o brinquedo mágico começou a andar pela sala tocando sozinho, fazendo evoluções, dando piruetas e plantando bananeira entre cambalhotas de vários tipos. Mais: não era só um bumbo que o filhodaputa tocava, era uma bateria inteira: pratos, chimbau, caixa e dois tambores com afinações diferentes. Um urso-orquestra. Entendi. Se a porra do ursinho fazia tudo aquilo, pra que que ele tinha que perder tempo e gastar energia para tocar? Não me dei por vencido. Dois dias depois, voltei com um reco-reco. Fiquei apreensivo por um segundo. Mas o mesticinho adorou e saiu recorrecando pelo corredor, foi pro quarto, pro banheiro, pra área de serviço, voltou pra sala, entrou na cozinha e só parou quando dormiu, para alegria geral da nação. Embarcou para a terra dos sonhos com dois passaportes: uma mão alisava os cabelos encaracolados de Morfeu e a outra segurava o reco-reco. Para minhas futuras visitas à casa de meus amigos, fiquei pensando numa cuíca, mas descartei. Mitiko e Beto iriam me trucidar.

Quando voltei para o meu quarto da pensão, depois de perambular pela cidade de fogo na urgência de ser destruída, tive a iluminação: reescrever tudo de outra maneira. O que o mundo precisava era de vida, não de literatura. Uma flagrante contradição. Eu tinha que buscar a pureza, o gozo na sua forma mais simples & primitiva, o instante imediato antes da consciência do ato e tentar subverter aquilo tudo, numa espécie de xamanismo platônico urbano. A vanguarda estava na retaguarda. Te faltam extremos, me disse Helena naquele famoso discurso arrasa-quarteirão. Você é um cara morno, não tem fogo. Ninguém te odeia, mas, em compensação, ninguém te ama. Ninguém pode amar uma larva. A literatura precisava reaprender a engatinhar para enfrentar aqueles dias remasterizados pelo processo digital. O bosque primevo tinha que fazer frente à frieza da modernidade científica. Tinha que buscar a inconsciência, a antiliteratura. A flauta de Pã. A humanidade precisava voltar a fazer comida em fogão de lenha.

Foi em março de 1968: o supergrupo Cream subiu ao palco do Fillmore, um famoso teatro de San Francisco, para uma apresentação especial. A gravação da performance entraria no segundo LP do *Wheels of Fire*. Quatro petardos foram selecionados para o disco. Abria com uma interpretação definitiva & antológica de Clapton para o clássico "Crossroads". Os orixás britânicos não se fizeram de rogados e baixaram tudo que tinham de baixar para que ele navalhasse cada estrofe com sua guitarra. O sujeito ficava de joelhos na encruzilhada e pedia misericórdia. *You can run, you can run,* dizia seu amigo Willie Brown, mas o negrão nem dava pelota, *staying at the crossroads* até que as coisas tomassem um rumo qualquer. Muita coisa pode ser dita sobre a letra da música. Johnson não usou nem uma vez a palavra *soul,* mas estava claro que iria vendê-la por um preço que satisfizesse ambas as partes. Johnson não usou nem uma vez a palavra *devil.* Pelo contrário, botou Lord, aumentando ainda mais a confusão. Não ficou muito claro o que ele pedia em troca, mas a lenda se encarregou de perpetuar a negociação, que deu até um belo filme. Os caminhos de Robert Johnson e os meus se encontravam na encruzilhada pela primeira vez na minha vida. Em março de 1968, o médium Eric Clapton não sabia, mas estava me mandando uma mensagem cifrada através do oceano e abrindo uma ferida que custou um tempão para cicatrizar. *I believe I'm sinking down.*

XII

O amor é um distúrbio endócrino, disse Beto, mais ou menos transtornado depois do terceiro uísque, olhando com uma fome mais ou menos dissimulada para Bel, que parecia estar mais ou menos à vontade. Tinha sido escolhida a dedo pelo casal para que meu celibato chegasse ao fim. Ou mais ou menos isso. O clima na mesa ficou pesado. Isso ficou evidente quando as duas sobrancelhas de Mitiko entraram em flagrante distonia. Digo mesa por força do hábito, pois estávamos quase deitados num sofá e duas poltronas ao redor de um minúsculo suporte para copos em forma de piscina infantil. Chamavam aquilo de *lounge*, um bar metido a besta que procurava imitar a sala de estar de um apartamento de frente para o Central Park de Nova York. Eu estava na cerveja, Mitiko na água mineral e Bel bebia um drinque muito colorido, mas sem o guarda-chuvinha em cima. Dez horas da noite de uma quarta-feira qualquer. Mitiko e Beto tinham arrumado uma babá para tomar conta dos pimpolhos. Bel era uma falsa magra. Lábios carnudos, enormes olhos negros, peitinhos discretos, quadris perfeitos, pernas bonitas. O discurso de Beto tinha uma finalidade inconsciente: procurava descaracterizar seu interesse pela moça através do artifício retórico, que lhe emprestava ares de cafajeste urbano. Aquilo descartaria qualquer recíproca, o flerte cairia no vazio e ele conseguiria uma isenção exemplar, numa espécie de absolvição do pecado da gula.

Percebi isso claramente quando ele disse que queria morar na Holanda.

Por que Holanda?, perguntei, assumindo minha posição de escada para o clown.

Porque lá eles não precisam de mulheres, eles têm bicicletas.

Uma tirada de efeito retardado, típica do Beto. Em seguida, o meliante chamou a garçonete e pediu outro uísque. A garçonete vestia um short vermelho bem agarrado na bunda, era loira, bonita, simpática à sua maneira. A parte de cima era composta de uma intrigante faixa amarela que dava a volta no pescoço, cobria sensualmente os seios e amarrava-se atrás num laço em cruz, que lhe deixava as belas costas completamente nuas.

Pelo que entendi, a escolha da Bel tinha sido feita por Mitiko, provavelmente uma amiga de trabalho, algo assim. O bar fervia. Pessoas iam e vinham, confraternizavam-se efusivamente, soltavam gritinhos histéricos de emoção. Sentavam-se ou saltavam de suas poltronas como se as molas as ejetassem para compromissos urgentes. O clima era descontraído. Abraços apertados que duravam uma eternidade. Homens beijavam homens na boca, mulheres beijavam mulheres na boca. Mas não havia desejo, era pura afeição, carinho extremado, amizade eterna, o encanto do encontro. Um terno & casto roçar de lábios. De cinco em cinco segundos, tocava um celular. Havia uma mesa em que os seus quatro ocupantes estavam cada qual falando no seu ao mesmo tempo. Digitavam, acessavam, tiravam fotografias. Filmavam com minicâmeras. Trocavam informações. As musiquinhas evocavam as mais disparatadas concepções: a sétima de Beethoven, um riff batido de uma banda da década de 70, um refrão da melô que tocava no elevador. Mediam a capacidade de armazenamento de dados, *downloads*, a definição em *megapixels*, a memória em gigas; as telas eram de LCD e algumas não só eram turbinadas como tinham leitores de cartões *powerdrive*. A vanguarda. Perfumes e fragrâncias de oitocentos dólares confundiam-se no ar. Uma música leve de fundo como que pedia perdão por estar tocando. Até aquele momento, só tínhamos trocado amenidades, tipo: Me contaram que vai estrear um canal na TV paga só com anúncios. Beleza. Vai estourar: audiência de 100%.

Então, disse Bel, tentando começar alguma coisa, não se dirigindo propriamente a mim.

Beto cortou: Ele é escritor.

Ah.

Tem uma tese interessante: pretende salvar a humanidade do demônio através da antiliteratura.

Ah.

Fiquei na minha. Beto estava em seu momento. Qualquer tentativa de colocar as coisas num estágio menos abstrato seria rechaçada impiedosamente. Não havia nada a fazer. Só esperar. A garçonete trouxe mais um uísque e pressenti que tudo iria degringolar pra lá das barrancas do rio Gavião.

É alguma coisa mística?, perguntou Bel, muito apropriadamente.

Não, eu disse, estou tentando resgatar alguns valores que se perderam.

Ah.

Mitiko: A pureza, por exemplo.

Ah.

E o tesão, complementei.

Pureza e tesão, emitiu Bel, com um fio de voz. Interessante. É um romance?

É.

Fala sobre o quê?

Conta a história de um homem que está na encruzilhada da vida. Parece que paira uma certa maldição sobre sua cabeça. Sabe que nunca vai ser amado, sabe que nunca vai amar. Abriu mão disso num pacto com o diabo. A merda é que ele não sabe o que barganhou em troca. E passa a vida inteira procurando.

Triste, disse Bel.

É triste, mas também é uma ótima oportunidade para passar a limpo alguns conceitos que foram negligenciados pela urgência e futilidade em que vivemos.

E como termina? Ele acaba descobrindo?

Não sei, eu disse, é só uma ideia. O romance apenas começou.

Besteira, cortou Beto, você sabe como termina. Não vem com essa!

Não sei.

Sabe, ele insistiu, você sabe muito bem. Provavelmente, teu personagem vai acabar num sanatório, desiludido e puto, onde conhece uma enfermeira ruiva que vai lhe trazer de volta a alegria de viver.

Não deixa de ser uma busca mística, deturpou Bel, numa típica manobra para aproximar a brasa de sua sardinha.

É, eu disse, pode ser.

Adoro o lado místico das coisas.

Bel deveria ter seus trinta e poucos anos. Arrisquei um perfil: separada recente, formada, provavelmente publicitária ou lotada em algum departamento de marketing. Ou psicóloga. Selecionava candidatos para uma grande empresa. Perguntava pros caras se eles tinham espírito de liderança. Ganhava bem. Era independente. Analisada. Um carrão, dois celulares, casa própria de três quartos. Uma filha pequena. Mês sim, mês não, recebia pensão do marido, que ela botava numa poupança fechada. Adorava o lado místico das coisas. Aquilo não iria dar em nada.

Qual linha você segue?, perguntei, detonando a conversa. Madame Blavatsky, Roso de Luna ou Emanuel Swedenborg?

Hein?

Beto gargalhou alto.

A linha mística, eu disse, com qual delas você se identifica mais?

Ela embatucou.

Eu gosto do Angelus Silesius, disse Beto, com a língua já completamente enrolada. É fera! Entende tudo de alquimia.

Bel percebeu a tramoia, enrubesceu, mas não ficou ressentida. Virando-se para Mitiko, abriu um sorriso de condescendência universal e disse:

Homens!

Em seguida, pediu licença e levantou-se para ir ao banheiro.

Beto: Não volta mais.

Eu: Vai encontrar com algum gay conhecido no caminho.

Beto: E todos vão barbarizar numa rave animal.

Mitiko: Ela volta.

Beto estava num momento de transição. Tinha acabado de assumir um cargo importante no banco: estava gerenciando a área de informática. Largara o setor agrário e ganhava um salário de nababo. Vendera o Landau e estava dirigindo um Range Rover, a tão sonhada picape de cabine dupla e vidros blindados. Possivelmente, ao ser abordado por mendigos e pivetes nos cruzamentos, ele levantava o vidro fumê.

Olhei em torno. Se eu fosse fazer um compêndio de tudo que não gostava no mundo, aquele ambiente me daria pelo menos quarenta e sete verbetes e alguns bônus para colocar no final, como apêndice. Havia um pouco de tudo: frivolidade, hipocrisia, mediocridade, ostentação, sorrisos falsos, estupidez, ignorância. Garotas imitavam poses de modelos famosas e armavam no alto da cabeça estupendas catedrais com os cabelos; enfiavam longos palitos coloridos para prendê-los, ficavam desfiando, alisando ou desembaraçando nós indesejáveis. Sempre com um sorriso bovino estampado no rosto. Mas havia uma parcela de artistas também. Atrizes, basicamente. A rigor, não é difícil identificar uma atriz de teatro. Ela fala como se estivesse articulando sílabas pré-estabelecidas para uma classe de alunos autistas. Tem um riso nervoso um milésimo de segundo fora de hora e contexto. A atriz de teatro respira a intervalos regulares, possivelmente seguindo um ritmo metódico fixado por uma escala harmônica de um monastério budista. Ela usa uma camiseta com a inscrição *Carpe Diem*. A atriz de teatro é assim, meio tensa. Mas faz questão de passar a ideia de que está sempre bem à vontade. Seu andar é malicioso, brejeiro. Está sempre gingando o corpo como um pêndulo. Articula as juntas, flexiona o pescoço, estrala os dedos, mexe o maxilar, faz clocks com a boca, estala a língua. Parece estar em constante contato com seu corpo, numa comunhão quase litúrgica. Fala muito em trabalho (*Você precisa ver meu novo trabalho*). Cita Eugenio Barba (*O Barba é seminal*). Fala em composição (*A composição da minha personagem é autorreferente*). O olhar da atriz de teatro é fixo e cintilante, olho no olho, pupilas brilhando. Nunca pisca. Seja qual for o teor da conversa, ela olha para o interlocutor como se estivesse num colóquio muito importante com algum enviado da ONU para assuntos especiais.

Havia publicitários, artistas plásticos e designers. A identificação também é simples: todos usam rabinho de cavalo. Ou são carecas, tipo máquina zero. Já os que não têm cabelo em cima mas deixam cair pelas costas um longo rabicho todo trabalhado, como os chineses, são cineastas ou videomakers ou fazem curtas.

Resumindo a conversa: eu era (de acordo com a concepção de minha mãe) um chato de galochas, (segundo meu pai) *uno stronzo*, (seguindo a denominação corrente) um cara insuportável, um caso perdido, um dinossauro precoce. Pegava os estereótipos, agrupava-os, desenvolvia suas características e pairava acima da carne seca, petulante, impávido & solerte. Os pressupostos lombrosianos ainda latejavam em minhas veias: as raízes italianas me delatavam. Ninguém me aguentava mais. Lá vem ele, vai dizer que na época dele tudo era melhor. Eu era um Quixote cujo Sancho Pança amotinou-se.

Mitiko conhecia o seu eleitorado. Bel voltou. E me disse:

Quer dizer que você pretende resgatar valores esquecidos.

Pelo tom de voz, percebi que vinha um míssil dirigido. Me preparei.

É uma forma de resistência, eu disse.

Entendi. O humanismo seria um deles?

Sem dúvida.

A cordialidade.

Também.

Você acha que o relacionamento entre as pessoas está frio e sem graça.

Você não acha?

Acho. Mas acho também que os que pretendem mudar isso deveriam saber que a porrada não é o melhor método.

Quem está dando porrada?

A ironia é uma porrada. Apenas troca o porrete pela sutileza.

Escuta, eu falei, mas ela continuou de onde tinha parado.

Esse tom messiânico que você usa é um risco: pode não surtir efeito algum. Porque é prepotente. Erra o alvo. É uma metralhadora giratória sem mira. Se eu me ligo em coisas místicas, isso não quer dizer que tenha de me aprofundar no assunto. Da mesma forma que curto quadros mas não tenho a mínima ideia que tipo de processo ou técnica o Renoir usava. Olho, me emociono, gosto ou não gosto. Leio livros mas não tenho obrigação de fazer uma análise semiológica do estilo do camarada. Não importa muito o que você come, o que importa é o que a gente assimila e no que aquilo vai se transformar. Os corvos, por exemplo, se alimentam de carniça o tempo todo. E têm um porte altivo, andar orgulhoso e um rufar de asas negras maravilhoso. A carne do camarão é deliciosa. Mas não queira saber o que eles ingerem. É de vomitar. Você deve convir que fazer uma sabatina cultural não é a melhor maneira de se conhecer uma pessoa.

Desculpa, eu disse.

Desculpas aceitas, ela disse. E sorriu.

Hmmm, grunhiu Beto, a noite vai ser longa.

Longa e agradável, disse Bel, alargando mais ainda seu lindo sorriso e cruzando suas maravilhosas pernas. E completou: Principalmente se vocês não resolverem expulsar os vendilhões do templo a chicotadas.

Beto pediu mais um uísque, eu pedi outra cerveja, Mitiko continuou na água mineral e Bel variou: pediu uma garrafa de vinho tinto. Cancelei meu pedido.

Você também acha que o amor é uma perturbação metabólica?, cutucou Bel.

Não respondi.

Seria uma contradição a quem deseja supostamente humanizar o mundo, ela disse. E emendou com a epígrafe da noite:

Afinal, em terra de cego, quem tem um olho deve fazer com que os outros voltem a enxergar.

Xeque mate. Bel tinha encaçapado minha bola sete.

By the way, ela disse, adoro o Swedenborg. Aquele conto em que os anjos resolvem brincar com o camarada que morreu e reconstroem seu quarto igualzinho a quando ele era vivo é brilhante.

Olhei para Bel. Bel olhou pra mim. Mitiko olhou para Bel. Eu olhei pro Beto. E Beto fechou o circuito, olhando para seu copo vazio.

Quantos pontos eu fiz?, perguntou Bel.

Eu poderia colocar ali, naquele exato momento, para Bel, para a atenta Bel que eu acabara de conhecer e me olhava com curiosidade, que, afinal, tudo poderia ser diferente, que havia uma maneira alternativa de dispor as peças no tabuleiro, que todo escritor mediano sabe que um enredo sem antagonista está fadado ao fracasso, um protagonista só não faz verão; eu poderia colocar ali, naquele exato momento toda a minha vida e lhe dizer que o capitalismo tinha vencido e reinava sozinho no palco e que aquilo não configurava uma trama, pois não havia tensão, a História tinha acabado, mas poderia lhe dizer também que as histórias nunca acabam, elas apenas fazem parte de uma história maior que nunca irá terminar. E Bel entenderia, a atenta e curiosa Bel saberia do que eu estaria falando. E é bem provável que Beto também concordasse, e entendesse do que se tratava. E também Mitiko, que age como se um *haikai* fosse um poema épico e fala por monossílabos, mas sempre acerta na veia, sangrando a jugular, comunicando-se por suas premonitórias sobrancelhas em cruz. Posso colocar aqui, neste exato momento, para Bel, que aquelas quatro letras mágicas que todos vivem repetindo a todo momento pelos cantos do mundo não significam nada se não vierem precedidas de pureza & tesão e que a pureza foi ejetada de nosso vocabulário e que o tesão foi devidamente domado por um bando de marqueteiros e canalizado para o sexo mecânico. Que todas estas pessoas que nos rodeiam nunca terão a mínima ideia do que representam essas quatro letras mágicas & abstratas pois elas simplesmente não querem saber, não precisam delas nem de nenhuma outra letra ou palavra. Te falta fogo. Te falta risco. Ninguém ama uma larva. A gente pode até dar certo, Bel, eu sei, você sabe, ter grandes projetos juntos: detonar a central de energia, por exemplo, e tirar todas as TVs do ar por dois dias; fazer o serviço completo: alugar um helicóptero e atirar lá de cima Sonrisal nas piscinas dos bacanas; jogar uma tonelada de Viagra na caixa d'água da cidade. Sessão nostalgia: matar a saudade e assistir um vídeo da *Família Trapo*, ver o Zeloni e o Golias; sapatear com o Lane Dale no *Fino da Bossa*, cavar fundo e tirar o cadáver da Elis Regina do túmulo, completamente decomposto, e sair por aí com ela nos braços; arrumar um financiamento e reerguer o cine Oásis e ver velhos clássicos japoneses. Mas não ia adiantar nada. Você sabe. Eu sei. Escrever panfletos, rodá-los no mimeógrafo, editar livros de poesia no linotipo, mandar vírus letais para todos os computadores do mundo que substituiriam os sites pornôs por filmes do Jacques Tati. Sequestrar todos os editores de jornais e obrigá-los a ler a coleção completa da revista *Realidade* (e da *Senhor* da primeira fase). E esperar que se matassem. Ler todos os artigos do Cláudio Abramo encarapitado em cima de um caixote na maior e mais famosa praça da cidade. Ficar um dia inteiro lá, só lendo, sem me alimentar, nem beber água, dois dias, três, uma semana, até desmaiar. E repetir tudo em outra praça. Mas não adiantaria nada. No máximo, teríamos uma casa com um boneco em tamanho natural do Groucho Marx fazendo aquele passinho de ganso louco. No máximo, ouviríamos o Tom Waits e diríamos Uau. Seria pouco, Bel, seria inútil. Pois já é tarde. Foda-se, eu diria, desisto, passo o bastão, não tenho mais forças. Pau na elite, pau no povo, pau na juventude. Impossível tomar qualquer atitude para modificar essa merda toda. Não somos anjos nem demônios. Perdemos o bonde. Destruíram Pasárgada. Incendiaram o Museu de Arte Moderna. Enlouqueceram o Vandré. Mataram o Plínio Marcos. Ninguém mais ouve a Patti Smith ou Helena Meirelles. Alguém ainda lê Monteiro Lobato? Quem de vocês conhece o maravilhoso romance de Robert Penn Warren? Presunçoso é o caralho! Sou um ser humano, tenho sentimentos, exijo respeito. Tirar a roupa em revistas masculinas nunca foi ensaio fotográfico, é material pra punheta e ponto. Puta é puta, aqui ou na China. Vamos colocar as coisas como são. Não se pode chamar de mundo um lugar onde uma bailarina rebolante leiloa o rabo para um bando de velhos fazendeiros milionários do Mato Grosso. Todos sabem: depois que saiu do grupo de pagode, vendeu as imagens do parto da filha para uma emissora de TV. Abriu as pernas pra câmera e a pequena já nasceu vadia profissional. Isso foi considerado um ousado lance de marketing. Não se pode chamar de mundo uma cloaca onde um cantor decano, com cabelinhos de jovem e rosto de múmia, vende os direitos do enterro da mulher para passar com exclusividade no horário nobre. E eu poderia dizer para Bel, com uma premeditação de alguns anos: Eu assumo: sou do tempo em que arroba era uma medida de peso e Big Brother, a banda de apoio da Janis Joplin, uma negra.

Eis uma história bonita e dramática de contrastes & confronto: um italianinho de seus doze ou treze anos entra em sua casa trazendo um amigo. E apresenta pros pais. A mãe vai preparar um suco. Ficam os três (eles dois e o pai) na sala vendo TV. Mas algo não vai bem: o pai fica esfregando o nariz de maneira acintosa. Cafunga. Tapa uma narina, respira pela outra. Depois, inverte o processo. E se mexe muito na cadeira, visivelmente incomodado. É um clima ruim. Uma espécie de entreato. O pai não diz nada. O amigo fala sem parar, como se quisesse provar alguma coisa: conta sua vida de privação, enumera cada um de seus sete irmãos, o tipo de relacionamento que tinha com o mundo. Já trabalhava. Acordava às cinco da manhã e enfrentava um trem de subúrbio por três horas. Ajudava no orçamento da família. O pai estava desempregado. Um irmão, preso. A irmã de quinze anos, grávida. A mãe costurava pra fora. E fazia coxinhas caseiras para vender na venda da esquina. O italianinho percebe que algo está para acontecer. O pai volta a cafungar. Alguma coisa cheira mal e compromete a hospitalidade. O amigo é dois ou três anos mais velho que o italianinho. Tem suas manhas. Aprendeu nas quebradas da vida a grande arte da sobrevivência. Já está acostumado. Tira aquilo de letra. Só depois que o amigo foi embora é que o italianinho se dá conta do que cheirava mal: era seu pai. Fedia a urina velha. Não tomava banho direito, dizia que aquilo era cultural. Que tirava as defesas do corpo. O cheiro de uma pessoa é sua identidade. Mas não foi bem isso que seu pai alegou: disse que o negro cheirava mal. É coisa lá deles. É por isso que eles usam tanto perfume. O italianinho se indigna provavelmente pela primeira vez em sua vida. Como assim, negro? Você é cego?, pergunta o pai. Me lembro bem desse dia. Era um sábado. O céu estava nublado. Choveria dali a instantes. Sou, eu disse, sou cego. Não consigo enxergar em você meu pai. Um pai deveria ser um cara legal e maduro, que ensina, orienta e educa seu filho para gostar do ser humano e não para odiá-lo. Gostaria que você respeitasse meus amigos como eu respeito os seus. Veja bem, ele disse, não tenho nada contra. Tem, eu disse, você deveria se envergonhar. E outra coisa: quem fede é você. Fede a mijo, fede a merda, fede porque é branco. Tem um suor azedo que a gente cheira de longe. Mas não ficou nisso. Eu disse: De hoje em diante, sou negro. Ao que eu tomei uma bofetada com as costas da mão que me virou do avesso. Meu rosto ficou completamente vermelho. Eu queimava. Meu nariz sangrava. Havia em mim uma quantidade de toxinas que daria para matar um boi. Pulei da poltrona como um canguru bêbado e levantei o braço para revidar. Mas minha mãe me segurou. Resisti. Ela resistiu. Ficou naquilo. Olhei bem para os olhos odientos de meu pai e percebi pela primeira e última vez na minha vida que ele estava com medo. Não pelo revide em si (estaria pouco ligando para o tapa de uma criança), mas pela afronta. Um filho nunca deveria levantar a mão para o pai. É pecado. Mortal ou venial, não sabia direito. Estava escrito em algum lugar. Como decretei que, daquele dia em diante, ele não era mais meu pai, ficava livre dos castigos da igreja ou de quem quer que fosse. A sociedade me dava razão. Mais da metade de meus amigos era negra. Passei a hostilizar abertamente. Em pouco menos de um ano, namorei duas meninas negras lindíssimas (uma delas tinha o cabelo black power igualzinho ao da Angela Davis) e fiz questão de apresentá-las a meu pai. Minha mãe continuou trazendo sucos.

A revitalização da música inglesa veio ao encontro do que eu vagamente intuía ser possível na área da arte. E na vida. Garotos como Alexis Korner, Cyril Davies, John Mayall, Peter Green, Joe Cocker, Eric Clapton e Keith Richards fizeram tábula rasa de seu folclore galês e da música celta e se aproximaram do blues americano, dando uma guinada de 180 graus e botando pra escanteio as baladas açucaradas que faziam a cabeça dos brancos letrados e babacas da época. Eles procuraram as raízes de outro país para dar molho a um novo movimento artístico. Fizeram pelo blues o mesmo que os franceses tinham feito pelo jazz ou os irlandeses fariam pelo soul. Acolheram os mais respeitados nomes do gênero com admiração e modéstia: queriam aprender. Jovens de catorze anos armavam grandes *jam sessions* com Bo Didley, John Lee Hooker e Howlin' Wolf (todos com mais de cinquenta anos) em teatros e estúdios de gravação, coisa impensável nos EUA, onde as pessoas eram hipócritas, decadentes e preconceituosas até a medula e não davam a menor pelota aos tesouros de seu cancioneiro popular. Mergulhei de cabeça. As músicas falavam da perda, de solidão e de muita tristeza. Pesquisei por conta própria e fiz o caminho inverso: fui pra trás. Conheci Robert Johnson, Bessie Smith e Blind Lemon Jefferson. E cheguei a Gershwin, o judeu branco mais negro de todos. E cheguei a Clementina de Jesus, Monsueto, Zé Kéti e João do Vale. Fiz a ligação das letras. Tudo para mim estava claro. Minha ânsia e curiosidade nada tinham a ver com tudo que queriam me impor. Da mesma forma que não escolhemos a família em que vamos nascer, a gente não deve aceitar de mão beijada a cultura que recebemos. Temos que procurar, espernear, duvidar, até que nos sintamos satisfeitos.

Mas ali naquele *lounge* nova-iorquino eu percebia que estava embranquecendo, perdia minha cor, como os negros que vão se miscigenando pouco a pouco: um filho negro casa com uma branca e tem filhos, estes casam com outra branca e assim por diante, até perderem por completo o referencial. Afinal, o que você é? Sei lá, eu poderia dizer para Bel, parece que a sociedade conspira, há um movimento subterrâneo de limpeza étnica. Estão alisando os cabelos. Fazem plástica para amenizar o nariz de batata. Havia até negros com olhos azuis. E isso era considerado exótico, bonito, o caldeirão de raças. *I'm black and I'm proud. Black is beautiful.* Neguinho veste roupas tunisinas com aquele chapeuzinho redondo, chato em cima, ou boinas jamaicanas. Dizem que estão procurando suas raízes. Tudo besteira, tudo merda no ventilador. Pura ilusão. Cadê o Brasil? Cadê o Benin? A África é grande. A verdade é que o pessoal não aceita e ponto final. Deu moleza, eles matam mesmo. Sem dó. Mas aquilo era mais sutil: estavam embranquecendo minha cor adquirida. E eu tinha que resistir. Era uma conspiração. Estava em curso todo um processo de disseminação de um vitiligo midiático. Eu tenho que resistir, Bel, tenho que espernear. Não sei onde começou isso, provavelmente na Segunda Guerra Mundial. Os italianos de Mussolini tomaram a Líbia, a Eritreia e a Somália. E se orgulhavam desse grande feito estratégico. Diziam isso de peito estufado: Tomamos a Líbia, a Eritreia e a Somália. Sei lá, os negros foram para a Itália? É isso? Eu não tinha informações. Os italianos se assustaram ao ver frente a frente um negro? Tiveram nojo? Entraram em pânico, achando que eles poderiam enrabar as suas mães, suas tias, as suas irmãs? Ficaram tão constrangidos como se vissem um camelo ou um elefante? (*Ha una faccia di scimmia, come tutti.*) Vejo meu pai cafungando na sala, tapando uma narina, depois a outra, respirando com dificuldade todo aquele ar que deveria ser reservado apenas aos brancos. Aos brancos como ele, que tinham tomado a Líbia, a Eritreia e a Somália num grande feito bélico. As pessoas falam demais. Desconfio que o ser humano inventou as palavras para se convencer de que as coisas existem.

Mas não disse nada disso para a Bel. Iria estragar uma noitada longa e agradável. Só sei que o vinho estava bom. Eu enchia o copo da Bel. Bel enchia o meu. Trocamos olhares. Ela quis saber:

O teu personagem vai encontrar com a ruiva no sanatório?

Não sei, eu disse, provavelmente vai acontecer uma desgraça que vai redimi-lo de alguma coisa. O rito da purificação só pode ser feito pelo fogo. Ou pelo desterro. Ou pela expiação do sangue pelo sangue.

Quem disse isso?

Sófocles.

Mas pensei comigo que poderia ter sido Antonin Artaud ou André Breton, Boris Vian, Jean Genet ou todos aqueles outros franceses que adoravam uma bandalheira explícita.

A noite chegou ao final quando um sininho invisível advertiu a distinta plateia que o lounge fecharia suas portas e que os vips virariam abóboras dali a instantes. Houve uma espécie de tumulto. Todos — literalmente todos — sacaram seus celulares dos coldres ao mesmo tempo, possivelmente para agendarem uma esticada de emergência em outro local do mesmo naipe. Não posso negar. O encontro tinha sido longo e agradável, como previra Bel. Dividimos a conta. Completamente bêbado, mas ainda lúcido, Beto manobrou o seguinte: Bel me daria carona até a pensão. Aceitei. Mitiko aprovou a atitude, alçando com firmeza a sobrancelha direita. Nos despedimos. Entramos no carro. Chovia. Ela ligou o som, que tocou uma canção antiga do Van Morrison logo de cara. Fiquei na minha. Adoro essa música, ela disse. Não retruquei. Ela guiava bem. Entrou em ruas e alamedas, contornou praças, acelerou, cantou pneus, costurou, fez o diabo. Estava tensa. Como eu. No meio do caminho, caiu a maior tempestade, com direito a granizo no para brisa. O que há?, ela perguntou. Nada, eu disse. Você ficou calado de repente. Não é nada. Foi alguma coisa que eu falei? Imagina, eu disse, você é ótima. Então? Então que não quero começar nada neste exato momento. Eu entendo. Ela parou o carro em frente a um prédio bacana. Eu moro aqui, ela disse. Terceiro andar. E ajuntou, de maneira polida & bastante precavida: Só pra você saber. Nem vou perguntar se você quer subir e tomar um café. Não pergunte, eu disse. Bel engrenou de novo e tocou pra pensão. Sabia onde era, me deixou na porta. Houve um beijo. Na boca. Sem sofreguidão nem falsas promessas. Desci.

Na madrugada, um telefone tocou com estridência na sala da pensão. Duas, três, quatro vezes. Ouvi sandálias se arrastando no corredor. Alguém atendeu. Houve um silêncio. Depois, batidas na minha porta. Abri. Pra você, disse Ivone. Fui. Do outro lado da linha, uma voz de homem disse que Ana estava no hospital. Pedia pra eu ir com urgência.

XIII

A segunda vez em que tomei LSD na vida foi com a Ana. Num sítio, numa chácara, numa fazenda, não me lembro bem; só sei que era nessas cidades mágicas que, de tempos em tempos, são eleitas como detentoras de muita energia, locais encantadores para um contato mais íntimo com a natureza e pouso de discos voadores. Foi nessa viagem que percebi que o lado prático de Ana engolia de longe sua eventual possibilidade de desprendimento. Para acentuar o clima agreste e rude, o anfitrião tinha bolado uma performance ousada: não havia luz elétrica. Por conseguinte, nada de geladeira (as garrafas de cerveja eram esfriadas no piscoso rio que cortava a fazenda, amarradas em cordinhas). Tochas embebidas em querosene bruxuleavam pelos cantos, os alimentos eram saudáveis, orgânicos, sem agrotóxicos, basicamente vegetais, legumes e verduras. Incrementadas pastas de soja, sucos de frutas e coquetéis à base de vodca fechavam o espírito da coisa. Havia violão e flauta doce. Havia poncho & conga. Havia barba & bolsa. Havia apocalípticos & integrados. Grupinhos se formavam aleatoriamente.

Dividimos os pingos dourados de forma fraternal: meio para cada um. Eram colocados debaixo da língua. Segundo um veterano no assunto, aquilo daria uma *trip* de doze horas sem escala rumo ao âmago do infinito.

A noite ia alta, tipo onze horas. Um maravilhoso cobertor de estrelas nos levava de volta ao princípio dos tempos. Grilos, cigarras e outros insetos da noite entoavam suas litanias. Havia uma expectativa no ar. Algo estava para acontecer. E aconteceu: uma luzinha lá em cima, no breu, começou a se mexer de maneira comprometedora. Ela pulsava e emitia fachos para todas as direções, destacava-se das demais. A ânsia era grande. Todos esperavam um evento transcendental. E aquilo não era um fenômeno qualquer, era um sinal, uma estrela-guia. Várias teorias e hipóteses foram levantadas, uma mais louca que a outra. Como todo mundo estava alterado quimicamente, a percepção dobrou sua intensidade e os nervos ficaram à flor da pele. Era uma curiosidade infantil. O efeito do LSD é bastante peculiar: conseguimos manter um lado do cérebro lúcido, enquanto o outro teima em desvendar os mistérios ocultos por trás das convenções. É como o médium, que recebe os espíritos mas sabe que ele é apenas o intermediário e consegue articular perguntas lógicas para a galera do além. Resumindo: neguinho tava lá curtindo as histórias mais absurdas de abduções e viagens interplanetárias, quando aparece Ana, fura a roda, coloca-se acima dos humildes mortais, e desfecha, sem dó nem piedade:

Porra, é Júpiter. Vocês não estão vendo?

Daquele dia em diante, fiquei de sobreaviso. É claro que era Júpiter, todos no fundo sabiam. Se não tinham a exata dimensão da coisa, intuíam, deduziam (esse era o lado lúcido do cérebro), mas queriam brincar, atuar como franco-atiradores, detonando de vez a concepção astronômica do universo e mergulhar no lado sombrio do ignoto. (Esse era o lado lúdico.) A ducha de água fria de Ana tinha transformado a lenha incandescente em brasas mortas. Um a um, todos foram saindo de fininho, como aquele bando de moleques travessos que fica aturdido quando o dono da bola a leva para casa. Ficamos Ana e eu. Sacanagem, eu disse, rindo. São todos umas bestas, ela disse.

Aquele episódio me lembrou do Raul. Acho que foi ele o primeiro — senão o único — de nossa turma a captar o *frisson* das forças da natureza a se debaterem histericamente contra o ceticismo de nossos rígidos padrões de pensamento.

Éramos um grupinho seleto, cínico e eclético e tínhamos alugado uma casa nas proximidades do aeroporto, com a finalidade precípua de cairmos na gandaia. Como se diz na literatura barata, corria o ano de 1973. Isso foi depois de Ana e antes de Helena. Naquela época, eu me lembro, os ardores e vapores se impregnavam em nossas veias e cartilagens, na pele, poros, no ambiente; escorria pelas paredes; estava tudo no ar, embora não soubéssemos definir com precisão esse tudo.

Um dia, enquanto um uruguaio surgido sabe-se lá de onde papava devidamente uma goiana muito morena no andar de cima, eu, Raul e outra nativa ouvíamos música e travávamos uma luta surda e subterrânea para saber quem ganharia a parada de ser o varão da segunda alcova. Representávamos uma comédia burlesca de enganos mútuos e danças lascivas, como dois engalanados faisões machos em torno da presa. O cio clássico e noturno tornava o ar irrespirável.

De repente, Raul se levanta, vai até a janela e fica olhando para fora com os olhos embaçados por alguns instantes. Quando volta, fita o nada e diz:

Tá a maior briga lá fora.

Não entendemos. A menina se sobressalta. Briga? Que briga? Alguém trocava tapas na noite, na rua? Fui até a janela e entendi tudo. Lá fora, as folhas das árvores travavam um embate com o vento e o tempo, galhos se retorciam irritados, como se quisessem manter a própria dignidade diante do assédio térmico, da erupção das profundezas; um redemoinho de papéis, sementes e folhagens secas corriam em círculos, ensandecidos, tentando abocanhar a própria cauda; larvas fermentavam cinzentas nas poças de água do jardim; tudo estava inquieto, incontido, um espírito telúrico procurava romper os limites, desarticulando uma unidade qualquer; a terra emitia sinais desencontrados.

Os diálogos com o Raul eram difíceis. Falávamos como se jogássemos pedrinhas num lago. A dele provocava ondas com vagas que se propagavam em círculos concêntricos. A minha, invariavelmente, afundava sem maiores consequências. Às vezes, duas cristas se encontravam e provocavam uma vaga duas vezes maior que cada uma delas isolada. Mas, na maior parte do tempo, uma crista coincidia com uma depressão e as vagas se anulavam.

Seu mundo era intrigante. Raul debatia-se num vácuo quântico. Seus bósons X desintegravam-se em quarks e léptons e suas ideias nasciam como Afrodite — as espumas das ondas sendo fecundadas pelo órgão sangrento de Urano. Para ele, um guarda-chuva pendurado no cabide era um morcego mortalmente ferido que pendia do galho de um sabugueiro; a mancha de graxa do assoalho era uma mensagem cifrada e premonitória deixada pelo antigo ocupante daquela casa; a chama azulácea do gás era a exuberante silhueta de uma dançarina tailandesa se desnudando dos sete véus.

Raul tinha estudado seu caso. Sabia mais ou menos do que se tratava. Os médicos tinham detectado uma espécie de ciclotimia estranha. Um dia, ele me disse: Está certo, tudo isso de neurônios, sinapses, dendritos, bainha de mielina, grânulos e organelas, ácidos nucleicos, oxidação da glicose...

Entendo até o livre intercâmbio de substâncias através da barreira hematoencefálica, acho que o espaço sináptico tem lá sua função, engulo até o ativador reticular ascendente e o sistema límbico, vá lá. Mas... o pensamento, como se origina o pensamento?

A história de Raul é bacana. Tínhamos sido amigos de infância. Lá pelos doze anos, percebi que os adultos não gostavam dele e eu não sabia por quê. Um dia, fomos à casa de outro colega de classe cuja mãe era um tesão. Ela veio atender a porta de shortinho branco e uma camisetinha meio molhada e colada ao corpo. Devia estar lavando o quintal e nosso amigo apareceu na sala para nos receber.

Embasbacado com aquele autêntico monumento de carne suada e molhada, Raul não se conteve e mandou:

Puta merda, cara, você nunca teve vontade de comer tua mãe?

Pasmo geral. Silêncio constrangedor, todo mundo se ruborizando, aquele clima. E foi o fim para Raul. Nunca mais pisou na casa de nosso amigo, nem nas outras. Ele era um inconveniente. E foi relegado ao ostracismo pelo resto de seus dias. Ciclotimia ou não, ele ia além das convenções sociais. Tateava os limites. Não se intimidava com nada. Transgredia. Júpiter ou não, aquele encontro bucólico na fazenda me tinha deixado claro que Ana não sabia voar. Só voa quem tem predisposição para isso, deixa uma porta aberta.

De qualquer forma, eu entendia por que ela não conseguia pegar a coisa direito. Tinha arquitetado durante a vida toda um universo mental rígido e coerente que não admitia eventuais deslizes pelos obscuros atalhos e veredas da razão. Sua retórica era fatal. Nem o álcool, nem a droga tinham a capacidade de quebrar a ortodoxia filosófica construída a duras penas no intuito de enfrentar um mundo que agonizava em praça pública, irreal e excêntrico. Fascinada pela razão rigorosa e pela lógica implacável, Ana desenvolvera uma dialética fechada, onde a hiper-racionalidade frequentemente fazia limite com a obsessão, deixando entrever uma vertente noir de um mundo organizado. Apesar de continuar cativante, aquela capacidade de Ana abortar qualquer devaneio agregou a sua pessoa um apelido maldoso e irônico: Lady Murphy.

Só pra fechar com o Raul. Chegou o dia em que ele foi internado. Não botando a menor fé naquele ritmo alucinado de subidas e descidas monitoradas por sais de lítio, administradas homeopaticamente por um psiquiatra de cavanhaquinho, resolvi agir por conta própria. Tomaria eu conta do Raul. Me pareceu a atitude mais sensata. Conhecia o sujeito, sabia sua história de trás pra frente, estava em boas mãos. Levando em conta tudo isso, numa operação fulminante e espetacular, com lances rocambolescos que fariam corar de vergonha o melhor dos romancistas de folhetim, consegui tirar o Raul do manicômio, até então considerado de segurança máxima.

Travestidos de médicos, nos esgueiramos pelos corredores madrugada adentro, nos escondendo em vestíbulos e quartinhos de vassouras, tropeçamos em baldes, encaixamos umas porradas bem dadas num auxiliar de enfermagem e, horas mais tarde, ganhamos a rua.

Deixamos para trás uma sirene tocando, luzes vermelhas piscando irritadas e um negrão estirado na ala 12.

Raul, meio dopado e delirando bastante, ainda não entendia do que se tratava. A dois quarteirões dali, fiz sinal a um táxi e empurrei-o para o banco de trás como um saco de batatas.

O carro, por dentro, era daqueles com revestimento de veludo roxo, franjas douradas na janela, pingentes e uma oncinha na traseira que luzia seus olhinhos quando o motorista brecava.

Opa, disse Raul, um tílburi.

Pra onde?, perguntou o motorista.

Pro Palácio de Buckingham, detonou o meliante, sem que eu tivesse tempo de responder.

Dando-lhe um safanão, sussurrei-lhe ao ouvido:

Agora, cala a boca, sua besta; se não, te arrebento.

Pela janela lateral, que começava a receber a primeira chuvinha negra da noite, vimos uma lua que parecia vir da Ásia.

Pois bem. O mundo não é organizado. Não é regido por uma razão implacável. Os homens não têm uma lógica rigorosa. O universo não é rígido nem coerente. Quem insiste nisso, chega uma hora que cai de bunda no chão. É necessário ter um bom jogo de cintura para enfrentar o caos. Nem todos conseguem. Cada um, no entanto, age à sua maneira. Uma minoria simplesmente desiste. Ana não tinha aguentado a barra. Sucumbira. Quando entrei no quarto, ela dormia. Seus dois pulsos estavam enfaixados. A bombinha de soro alimentava seu organismo debilitado. O homem perguntou se eu era eu mesmo. Balancei a cabeça afirmativamente. Ele me puxou pelo braço para fora do quarto.

Ela ficou repetindo teu nome, ele disse.

Quando? Como assim? A gente não se vê faz quinze anos.

Procurei teu telefone. Acabei encontrando numa das cadernetas dela. Desculpa a hora, mas achei que era do teu interesse.

Você é?

Um amigo, ele disse.

O que aconteceu?

Ela tentou o suicídio esta noite.

Isso, eu sei. Estou perguntando antes. O que aconteceu?

Ah, um montão de coisas.

Tipo?

Tipo desilusão. Tipo solidão. Tipo tudo. Ela estava perdida.

Desilusão amorosa?

Também.

Que mais?

Ana acordou nesse exato momento e me olhou. Sorriu. Tentou levantar um braço, mas não conseguiu. Me aproximei. Sentei na beirada da cama e peguei sua mão. Ela tentou dizer alguma coisa, mas também não conseguiu articular nada de concreto. Ana estava um trapo. Anêmica. Com olheiras. Os lábios completamente sem cor. Beijei-lhe a testa, lambendo três ou quatro gotas de suor que brotavam. Passei a língua em suas pálpebras. Afastei seus cabelos dos olhos e prendi-os atrás das orelhas. Com as duas mãos em concha peguei no seu rosto e fiz carinho. Todo meu corpo tremia. Por dentro e por fora. Meus olhos deviam ser duas enormes interrogações. Por quê? Por quê? Ana começou a chorar. Eu disse shhh, colocando dois dedos em seus lábios. Lambi suas lágrimas. Dei um beijo angustiado em sua boca. Ela correspondeu de forma tão intensa que me surpreendeu. Por fim, ela disse: Pensei muito em você durante esses anos todos. Pedi para que ela se calasse. Mas ela continuou: Você foi o único que... que... Não completou a frase. De qualquer maneira, era bom saber que eu era o único de alguma coisa.

Fiquei sabendo depois. O amigo de Ana me contou tudo. A desilusão amorosa tinha nome e sobrenome. E cor. Era negro. Um figurão muito respeitado da área de informática. Era casado, um casal de filhos e uma casa branca enorme de dois andares. Ficaram no chove não molha durante anos. Ela, apaixonadíssima. Ele, reticente, sempre prometendo a separação, fazendo um jogo sujo. Tudo rolou na minha cabeça como um filme às avessas. A tímida cor de jambo de Ana, o queixo proeminente, nariz de batata, sempre bronzeada, cabelos bem escuros, uma risada escancarada, duas covinhas nas bochechas. Sua família tinha ido para a África do Sul por volta de 1949 (o pai era um alto executivo de uma empreiteira). Ela nasceu em 1951. Era um ano mais nova que eu. Voltaram para o Brasil em 1963. Nos conhecemos seis anos depois, no jornal. Fiz uma varredura rápida na memória: o diretor de redação também era escurinho, o chefe da reportagem idem. Em pouco menos de três anos, nosso caso tinha tido nada menos que oito interrupções, onde ficamos, em média, quatro ou cinco meses separados em cada uma delas. Naqueles intervalos, ela tinha namorado outros caras, um deles era negro. Voltávamos. Brigávamos. Voltávamos de novo. Não podíamos ficar juntos. Mas nossas separações também não davam certo. Era uma predileção clara. Estava no sangue. Tive uma iluminação: a mãe de Ana tinha pulado a cerca lá nos cafundós da África. Ana era negra. Mestiça. Seus traços, os delineamentos do rosto, as curvas de seu corpo, as ancas, a bunda, os olhos, os bicos marrons dos seios, tudo. Tudo em Ana era negro, menos a pele. Naquelas andanças, ela inconscientemente procurava suas raízes. Eu tinha resolvido o caso: meu tesão por Ana tinha explicações mais profundas. Tudo começa na infância e se desenvolve na adolescência. Tudo começa no primeiro contato. No primeiro odor da libido. Minha predileção também era clara. Polos opostos se atraem, se completam. Procurava o contrário. Minha pele buscava o escurecimento, queria uma identidade (como os britânicos), provavelmente a redenção de todos os males e (sem erro) uma forma de me vingar de meu pai. O blues, o soul e toda a música negra americana apenas incrementavam aquela obsessão, criando uma trilha sonora mais coerente. Mas havia uma lacuna naquele raciocínio: comigo especificamente, ela procurava o quê? Uma ruptura em sua trajetória? Afinal, eu era o único que.

Fico imaginando o sufoco daquela gestação. A expectativa. A angústia da mãe de Ana vendo sua barriga crescer, no maior suspense. A batalha interna dos genes. A troca de linfas, a migração de fluidos, o embate silencioso dos gametas. Quem venceria? Naquela aventura, o rebento derrotaria o esperma intruso (mesmo que consentido) ou se vergaria diante da cor local? No começo da década de 50, o apartheid na África do Sul era feroz. Os brancos tinham todos os privilégios. Os negros ficavam com as sobras. Era o paraíso dos racistas. Que começou com os portugueses no início do século XV, mas foi oficializado pelos holandeses 150 anos depois. Havia escadas para brancos e escadas para pretos. Uma patroa branca poderia ser mandada para a cadeia pelo simples fato de ter deixado dormir no quarto dos fundos sua empregada negra, pois as leis de segregação proibiam a negros e brancos coabitarem. (Apesar de estar tudo mais ou menos sob controle, por via das dúvidas, prenderam o Mandela em 1966. Ficou 28 anos fora de circulação. As autoridades sabiam o que estavam fazendo: quando saiu da cadeia, em 1994, foi direto para a presidência do país e acabou com aquela putaria toda.) Havia regras claras: mesmo que resida legalmente numa cidade, nenhum africano possui o direito de ter consigo mulher, filhos, sobrinhos ou netos por um período superior a 72 horas. Sempre que julgar oportuno, o presidente de Estado pode declarar uma área propriedade do grupo branco, mesmo que até então ela tenha sido ocupada por não brancos. Nenhum africano pode ser membro de um júri formado para um processo penal, mesmo que o acusado seja um africano. Enquanto isso, os *afrikaaners* (denominação surrealista que designava os brancos colonizadores) tinham um dos mais altos padrões de vida do mundo: estradas repletas de Mercedes Benz e granjas sofisticadamente mecanizadas. Mesmo que 4/5 da população civil fosse de africanos, os cinemas, teatros, as praias, os hospitais, as escolas eram exclusivos para os brancos.

Para alívio de Capitu, a genética aceitou a negociação e Ana nasceu branca com um leve tempero local. O sol inclemente das pradarias africanas terminaria a obra. Não tenho informações sobre a eventual e hipotética desconfiança do pai, mas deduzo que tudo foi assimilado com o tempo. Todas as famílias têm segredos indevassáveis, dilemas e monstros no sótão e ninguém tem nada a ver com isso. Voltaram. Se integraram na vida brasileira. A mãe estudou psicologia e hoje trabalha como consultora de empresas, armando aqueles conclaves estúpidos de vivência com os gerentes de departamentos de marketing, insuflando autoconfiança em vendedores e verificando quem tem mais aptidão para ser o líder do grupo. Além disso, tem um consultório onde recebe vips de várias áreas (artistas, empresários, celebridades) para que vomitem suas angústias pequeno-burguesas e seu tédio nojento. Fico imaginando a manchete de um jornal sensacionalista sobre o episódio recente: FILHA DE PSICANALISTA CORTA OS PULSOS. Só não consigo imaginar como (e onde) deve ter sido aquela transa. E com quem. Um empregado da casa? Um funcionário da empreiteira do marido? Foi em cima dos lençóis de linho na indevassável cama do prazer conjugal? Foi na cozinha, no tampo da mesa de madeira? Um cio selvagem que nasceu do perigo e da curiosidade de se entregar a um lídimo representante da raça e se incrementou durante o enroscamento de dois corpos antagônicos em todos os sentidos? Preto. Branco. Preto. Branco. Um em cima. Outro em baixo. Dois suores se miscigenando na voracidade da iminência do flagra. O medo. O coito. A culpa. A brisa entrando pela janela e oxigenando aquela foda bestial. Caralho! Ana tinha a quem puxar. Seu sangue fervia. Sua história tinha um tom épico de arrepiar.

Dormi no quarto do hospital e sonhei com leões e girafas. Quando Ana acordou na manhã seguinte, libertou-se das cobertas e sentou-se na cama. Mesmo naquelas condições, seus 46 anos incompletos mostravam um corpo ainda muito desejável. Suas pernas morenas ficaram balançando no ar, como uma moleca travessa. Ela armou no rosto um sorriso lindo, acentuando as duas covinhas. Havia sol lá fora. Havia toda uma vida para viver. Mas algo deve ter-lhe passado pela cabeça pois percebi que Ana fechou a cara de repente. E disse: Foi uma besteira.

Teus pais estão sabendo?, perguntei, imaginando que ela estivesse se referindo ao tresloucado gesto.

Ela desviou o olhar para a janela. Disse que provavelmente não. Mais duas lágrimas lhe escorreram pelo rosto. Abracei-a. Um pouco depois, já refeita, Ana me disse:

Você tinha razão.
No quê?
Você sabe.
Não, eu disse, não sei.
Eu era muito imatura. Devia ter te respeitado mais.
Que é isso, eu disse, não é hora para...
Abusei. Fiz cagada.

Quando eu ia retrucar alguma coisa, ela me interrompeu:

E o pior de tudo é que eu não era nada daquilo.
Daquilo, o quê?
Aquela menina toda cheia de vida e alegria, espalhando charme pelas paredes. Era o maior blefe. Eu era insegura pra caralho. Carente. Não estava com aquela bola toda.
Eu sei, eu disse.
Ana me olhou bem fundo nos olhos e me confidenciou uma coisa que eu jamais poderia intuir nem nos meus surtos paranoicos mais delirantes. Ela disse:
Tive três orgasmos na minha vida. Dois foram com você.
Fiquei pasmo durante alguns segundos. Não lembro se sorri ou se fiz uma cara atônita. Em seguida, o mecanismo interno de autoflagelação psíquica remoeu a pergunta óbvia. Que não declinei em palavras. Ficou nas tripas. Ela entendeu e completou:
O terceiro, tive sozinha.

Foi na segunda metade da década de 90 que o mundo se tornou refém de si mesmo. Pode ter sido um pouco antes ou um pouco depois, vai saber. Eu, pelo menos, só percebi isso com clareza quando a tecnologia construiu uma superestrutura para se proteger. Ela é autossustentável, indestrutível e retroalimentável. Uma espécie de moto perpétuo do controle urbano global. Com o fim da polarização ideológica, houve o imediato desequilíbrio de forças e os países vencedores passaram a dar as cartas e monitorar a geopolítica do planeta. O tripé capital-consumo-lucro fica mais sólido que nunca. As pessoas são vivisseccionadas, catalogadas, arquivadas. Elas perdem a identidade própria. Anônimas, fazem parte de estatísticas. Termina a iniciativa privada, os grandes conglomerados se aliam e dominam o mercado. A competição é de fachada. Qualquer atitude contrária ao sistema é neutralizada & absorvida. A democracia, como na Grécia antiga, é um tapume que serve apenas para encobrir gestões arbitrárias & truculentas. A ciência está a serviço da manutenção do *status quo*. De tempos em tempos, reuniões de cúpula resolvem incrementar essa solidez e, eventualmente, mudar o rumo, mas tudo dentro de uma globalidade consentida. Tudo está previsto. Tudo está sob controle. Tá tudo dominado. Tanto faz se alguém protesta. Até a violência é assimilada. Passeatas, carros revirados, greves, lojas incendiadas, faixas nas ruas, marchas coletivas, invasões de terras. Sindicatos, entidades de classe, agremiações. Tudo fica sem sentido, à deriva. O sistema perdeu o amadorismo de antigamente. Agora, ele se profissionalizou. Lá se foi o tempo em que uma música de John Lennon contra a guerra do Vietnã conseguia intimidar o presidente Nixon, por exemplo, obrigando-o a sair da Casa Branca para dialogar com os estudantes amotinados. Ficou mais difícil criticar a realidade. Mesmo porque a rapidez com que ela se modifica criou um obstáculo intransponível. (O futuro foi ontem.) Tocar na realidade hoje é a mesma coisa que tentar determinar a posição exata de um elétron no átomo. Quando você se dá conta da sua presença, ele já se foi, saiu rodando, está em outro lugar. Estamos num mundo volátil. Vivemos no éter. Nossos sentimentos são teleguiados à distância e dirigidos para qualquer instância lucrativa. Até nossas lágrimas são virtuais. Nos tiraram a capacidade de influir no nosso destino. Tudo vem de cima. Nossos rumos são resolvidos nas amplas salas com ar-condicionado dos departamentos de marketing por engravatados executivos bissexuais. Demandas artificiais surgem: compramos coisas que não precisamos, trocamos bens de consumo que não nos serviam por modelos mais novos, vivemos uma vida que não é a nossa. A ausência de virtude, de ânsia, de vontade, de iniciativa é a tônica. A existência é tolerada. Todos podem emitir opiniões, mas ninguém apita mais nada.

Exercício de memória: qual a crítica mais popular ao comunismo, repetida à exaustão durante cinquenta anos, e que sensibilizou toda a população do mundo que prezava a liberdade? A perda da individualidade do cidadão. Ele viraria apenas um número, seria tragado para dentro de um Estado forte & burocrático, que se responsabilizaria pelos recursos materiais, em detrimento da liberdade de pensamento & ação. A direita se encarregou de divulgar essa ideia aos quatro cantos do mundo através da publicidade, da propaganda subliminar, de livros, de filmes. Pois bem, o capitalismo virou capitalismo selvagem que, por sua vez, virou neoliberalismo, que venceu a briga. Na verdade, o grande erro da esquerda não foi achar que o homem era apenas um cano que ia da boca ao cu. Foi dar, apesar dos pesares, educação & cultura a seu povo, mesmo que dirigida e dogmática. Foi um ato falho, um contrassenso. Não previu a catástrofe. Deixou uma brecha. Qual foi o grande acerto do neoliberalismo? Mumificar o povo. Dopá-lo. Dirigi-lo e dogmatizá-lo para que se tornasse apenas e tão somente um feroz consumidor, obsessivo e compulsivo. Ao não lhe dar educação & cultura suficientes para que percebesse essa manobra, fez com que o homem virasse um cano que vai da boca ao cu. Resumindo a conversa: não era crítica, era inveja. Enquanto a propaganda ideológica da esquerda minguava, a propaganda da direita se sofisticou de tal maneira que conseguiu enfim seu objetivo: dominar corações e mentes.

Se Ana levou em conta ou não tudo isso para fazer o que fizera, pouco importava. Nada mais importava, aliás. Ela tanto podia ter aceitado fazer parte de uma falcatrua vergonhosa ou atirar seu chefe do alto de um prédio ou cortar os pulsos ou abortar ou comprar uma bicicleta. Tanto fazia. Nos disseram que todo fim de milênio é assim mesmo, e nós acreditamos. De qualquer maneira, desconfio que a situação atual é bem mais grave. Ela detonou o ser humano. Em outras situações delicadas da História, o homem foi torturado numa roda, supliciaram mulheres com ferros quentes, decapitaram pessoas, esquartejaram seus corpos, aniquilaram grupos, ideias e nações inteiras, mas nunca houve uma total e tão grande falta de esperanças como agora.

Tanto no teatro, como na dança ou na música, e também na vida, o que dá o molho é o improviso. É o que nos distingue uns dos outros. Marina sabia disso como ninguém. Quando uma sociedade tira do cidadão a oportunidade do acaso, do movimento aleatório, ela mata o livre-arbítrio e destrói o sentido da vida. Ela nivela por baixo. Ninguém consegue ser feliz seguindo um script escrito pelo Estado. Entre outros fatores, foi o que contribuiu para desmoronar o império soviético. Foi o grande erro histórico. Por outro lado, ninguém consegue ser feliz seguindo um script escrito por empresas particulares. O que caracteriza o ser humano é a capacidade de dar a volta por cima em circunstâncias desfavoráveis. Adaptar-se e conseguir sobreviver numa região sem água como o deserto, por exemplo. Ou mascar folhas de coca para repor as energias em localidades altas e montanhosas, onde o oxigênio é rarefeito. O principal parâmetro para medir o QI de uma pessoa é esse. Só existe progresso na ruptura ou (contrariando Augusto Comte) na desordem, na mudança, na revolução de costumes, no corte profundo de uma sociedade que já cristalizou no tempo suas crenças, conceitos e teorias. Todas as grandes civilizações entraram em franca decadência quando sua estrutura de pensamento privilegiou a ociosidade depois de ter resolvido seus problemas materiais. Chegaram no topo, no ápice. Não havia mais nada para fazer ou tentar. Pensadores, filósofos e teólogos ficavam se punhetando com questões sem importância em grandes templos. Aconteceu com Bizâncio. Enquanto sacerdotes impecavelmente paramentados ficavam discutindo o sexo dos anjos, os turcos enrabavam o grande império de Constantino pela retaguarda. Aconteceu aos gregos com a invasão dos romanos. Eram considerados povos hereges ou infiéis ou incultos. A História se encarregou de desmentir esse equívoco. Como qualquer aprendiz de antropólogo pôde constatar, eles traziam sangue novo para irrigar o corpo e as ideias daquela nação que se achava o máximo em termos de civilização. A miscigenação sempre contribui para fortalecer os genes. Os bárbaros de hoje são os muçulmanos. E o Ocidente é a bola da vez. Preparai-vos, ó vítimas da soberba, que vem chumbo grosso por aí.

Só para incrementar, outra nota singela de rodapé. Foi como nas grandes tempestades: todas começam com um pequeno relâmpago. Por isso, quase ninguém prestou atenção. Fazia parte do cotidiano: uma modelo, que havia publicado um livro de poemas algumas semanas antes, estava sendo entrevistada pela maior revista de literatura da década de 80. O depoimento (ilustrado com muitas fotos sensuais da autora) pegava umas oito páginas, por baixo. Como se vê, substancialmente, muito pouca coisa mudou de lá pra cá: já naquela época, não era o conteúdo que importava, mas quem assinava, o nome da celebridade em questão. De qualquer forma, ainda era uma questão aritmética: pelo menos nas letras, havia poucos casos desse tipo. Hoje, eles são a totalidade. Também não seria sincero relembrar que ela tinha sido, durante boa parte de sua carreira, garota de programa, constando com nome, foto e preço em diversos catálogos de algumas agências especializadas nesse tipo de comércio. Seria moralismo barato. Afinal, o livro tinha sido prefaciado por um dos maiores poetas brasileiros, o que tinha dado uma certa credibilidade à coisa. E provavelmente tirado um pouco da própria credibilidade do dito cujo. Mas ele estava no fim da vida. Não tinha muita coisa a perder. Estava se divertindo. Todos entendemos essa parte.

Os poemas eram banais, nada mais do que circunstâncias envoltas numa aura de pseudolirismo caseiro. Mas tudo andou nos conformes: o livro chegou à terceira edição, nada mau para um conjunto despretensioso de versos.

A revista era conceituada no pedaço. Atenta, curiosa, reveladora. Séria. Tinha reputação. Tinha carisma. Atingia tanto intelectuais, quanto acadêmicos e leitores em geral. Mas o jornalista era um ser humano. A beleza da modelo (seu rosto, seus belos olhos verdes, suas coxas, sua bunda) transcendiam — digamos assim — seus interesses literários mais imediatos. E sucumbiu. Provavelmente como Arthur Miller diante dos peitões de Marilyn Monroe.

Foi uma entrevista eclética. Falaram um pouco de tudo: interesse por joias (a modelo tinha feito recentemente um anúncio de uma empresa tradicional); hobbies (além de colecionar bonecos de porcelana, ela gostava muito de andar de bicicleta); cinema (*Amo o cinema*); crianças (*Amo as crianças. E as flores*).

A certa altura, recobrando em parte a lucidez, ele perguntou o óbvio: quais eram os novos projetos da modelo-escritora-poeta. A resposta foi rápida e certeira: Pretendo escrever um romance, ela disse. Aliás, já comprei um computador.

Eram os primórdios. Naquela época, ainda não o chamávamos de micro. Não tratávamos esse amontoado de chips com a intimidade que hoje lhe é tão brejeira & peculiar. Eram máquinas obscuras, rudes, toscas. Os disquetes eram cartonados negros e maleáveis que armazenavam no máximo uma centena de páginas.

Em sua tumba milenar, Sócrates deve ter ficado constrangido diante do silogismo de causa e efeito: a questão estava clara: Pretendo escrever um romance; logo, comprei um micro. Ou talvez uma citação cartesiana clássica: Tenho um micro; logo, existo.

O lampejo não me passou despercebido, mas não pude no ato avaliar conscientemente toda sua extensão e desdobramentos posteriores. Sabia que era algum tipo de aviso, mas não sabia bem do quê. Afinal, não podia entender como que uma pessoa — mesmo uma modelo — pudesse achar que a simples troca do teclado da velha Olivetti por outro de um computador lhe traria a possibilidade de compor algo parecido com o *Guerra e paz*, por exemplo. Achei ingenuidade da parte dela. Hoje, percebo que a ingenuidade era minha.

Na época, ainda brincava. Quando meus amigos gabavam-se de ter comprado um micro com quatro trilhões de megabéis... que podiam armazenar duas centenas de tabelas algorítmicas em seus milhares de Gigabytes... que a memória RAM era hiperbólica ou logosófica e outras merdas no gênero, eu pegava uma caneta Bic e parodiava a narração de um anúncio. E dizia: Veja, esta caneta possui uma tecnologia de última geração: tem a capacidade de escrever duas mil palavras por minuto; a tinta é lavável; posso trocar a carga a cada trinta dias a um preço irrisório; tem um design moderno & sóbrio, ao mesmo tempo prático & elegante; além disso tudo, ainda é um instrumento palindrômico: consigo escrever tanto da esquerda para a direita quanto de cima para baixo. E vice-versa. E jamais — insisto — jamais eu perdi nada. Nunca coisa alguma sumiu ou foi tragada para o limbo desses escaninhos infernais.

Fazia uma pausa dramática, para continuar em seguida, arrematando o discurso de forma irônica: Mas se vou escrever como Tolstói, isso depende única e exclusivamente de minha sensibilidade e não da marca, do modelo ou do ano de fabricação da caneta.

Foi como nas grandes inundações: todas começam com uma prosaica torneira pingando num arrabalde qualquer da periferia. O que a modelo em questão queria dizer com aquela frase (mas ela ainda não sabia disso) era que, num futuro não tão distante, a tecnologia iria substituir a criatividade e a competência. Hoje, mais importante do que *o que* se faz é *como* se faz. É *com o que* se faz. Famílias inteiras se cotizam para comprarem TVs de plasma ou de alta definição para continuarem a assistir a merda das telenovelas ou os programas popularescos de baixíssima qualidade.

Hoje, qualquer DJ que consiga manipular com destreza uma série de batuques pré-gravados, alternando-os com *scratchs* nas ranhuras de discos em vinil, é considerado um músico.

Qualquer pangaré que tenha instalados no computador programas tridimensionais ou holográficos ou uma palheta com 50 mil efeitos especiais é considerado artista gráfico.

Qualquer...

Em 1999, data-limite em que Nostradamus previra o fim de tudo, estreava nos cinemas o filme *Matrix*, que escancarou sem meias-tintas a cruel incapacidade que temos de monitorar nossa própria existência. Quando eu era pequeno, achava que nunca iria chegar vivo ao ano 2000. Me parecia uma coisa inalcançável. Um número tão redondo que beirava a ficção científica. Pois bem, eu estava enganado. Não só cheguei lá, como ultrapassei minhas expectativas. Com um certo desapontamento, porém, percebi que o fim do mundo não viria com maremotos, cataclismos, trovões & relâmpagos, ciclones ou terremotos. Até entendo que essa iconografia pueril tenha ganhado espaço durante certo tempo na mais bizarra imaginação da humanidade, com certeza alimentada pelo livro mais sagrado que temos no Ocidente. O sol se torna negro, a lua se banha de sangue, línguas em brasa rutilantes e biformes aparecem nos céus. O grande dia da ira traz sete anjos batendo seus sete martelos nas sete bigornas dos sete castelos. Do chão, abrem-se grandes e insondáveis poços de abismos. Chuva de gafanhotos, chuva de escorpiões, chuva de enxofre, chuva de pedras. Dragões vermelhos com sete cabeças e sete diademas atocaiam-se pelas esquinas do mundo. A grande Besta, parecida com um leopardo, com pés de urso e boca de leão, afugenta os hereges, emitindo insolências & blasfêmias através de sua boca maligna.

Nada disso aconteceu. Tanto a Bíblia quanto Nostradamus erraram longe no seu ponto mais nevrálgico. Na passagem para o novo milênio, nem um mísero meteorito correu os céus. No réveillon daquele ano, o sol se pôs como sempre e a lua surgiu na hora habitual. O Apocalipse, porém, de uma forma ou outra, apareceu e revestiu-se da forma mais irônica: o nada. O mundo e os seres humanos se tornaram nada. O fim do mundo é o nada, o vácuo, a não existência, a dissolução total. Até certo ponto, a Bíblia foi otimista: com o Apocalipse, tudo acabaria. A realidade se encarregou de desmentir categoricamente essa previsão: o nada vai continuar.

Me lembro bem daquela manhã ensolarada de verão. Ana estava completamente rendida. Fizera uma contrição exemplar. O quarto do hospital estava ficando pequeno, as paredes quase se encostando. Havia um crucifixo atrás da cama. A bombinha de soro pingava a intervalos predeterminados o elixir que alimenta organismos desesperados. Quantas e quantas vezes não tinha sonhado com aquela situação? Eu era o senhor do castelo. Recebera enfim as informações que tinha procurado a vida inteira. Mesmo com um intervalo de tempo angustiante, afinal, a glória. Como amante, como companheiro, como amigo. Mas havia alguma coisa errada com a cena. De uma forma ou outra, ela não fazia justiça às minhas expectativas. Fiquei pensando o que poderia ser. Como se sabe, a insatisfação humana é a marca brutal que determina os rumos da história. *I'm a spy in the house of love.* Jim Morrison, mais uma vez. Olhei para Ana com muita ternura. Ela pedia compreensão. Eu lhe dava essa compreensão. Ela pedia colinho. Eu lhe dava colinho. Ela pedia outra chance. Isso era impossível. O tempo fizera seus estragos naturais e nos tinha separado de vez. Eu era outro. Ela era outra. O mundo era outro. O autor que escrevia nosso enredo mais uma vez vacilara e tinha chegado atrasado. Cai o pano. Episódio encerrado. Bola pra frente.

XIV

Apesar de toda aquela fortaleza externa que amoldava seu caráter, minha mãe era uma mulher fisicamente frágil. Qualquer ar encanado a derrubava. Vivia com febre. Um simples resfriado durava meses. Teve todas as doenças infantis na idade adulta: sarampo, catapora, rubéola, coqueluche. As amídalas estavam permanentemente inflamadas. O pior, no entanto, ainda estava por vir. Na década de 60 (tudo de seminal tem início na década de 60), começaram a aparecer umas feias manchas vermelhas nas juntas, basicamente cotovelos e joelhos. Como é praxe nesses casos, a perambulação por consultórios foi grande. Médicos dos mais variados tipos e categorias foram consultados, sem o menor sucesso. As manchas aumentaram e se alastraram pelas regiões vizinhas: braços e pernas. E começaram a soltar pedaços brancos de pele já seca. Cicatrizantes, pomadas, essências, lubrificantes. Sulfato de neomicina, salicilato de metila, digluconato de clorexidina. Nada. Enfim, houve um diagnóstico: psoríase. Uma coisa rara. Outros chamavam de eczema. Causa 1: deficiência de iodo. O organismo de minha mãe sentia a falta do mar. Tinha morado toda sua vida à beira do Adriático e aquilo era um sinal de alerta. Causa 2: minha mãe sentia falta da linha do horizonte. Aquilo a sufocava. Tinha surtos emocionais que a obrigavam a sair correndo de casa e postar-se no portão — sabe-se lá por quê —, de frente para a rua. Tudo foi tentado, inclusive o ipê-roxo, uma espécie de galho de árvore considerado como milagroso para uma caralhada de doenças (emocionais ou não). Era vendido às pencas pelas ruas & praças. Em pouco menos de três anos, minha mãe deve ter comprado uma quantidade suficiente para construir um hospital de campanha especializado em curar todo tipo de doenças cutâneas existentes no planeta. Ante os olhares céticos de meu pai e eu, a madeira era fervida numa panela durante uma tarde inteira. O resultado vinha condensado num caldo vermelho, que ela passava nas feridas, em banhos demorados de uma hora ou duas. Não deu em nada, evidentemente. Outras drogas foram tentadas, outros mecanismos, todo tipo de fórmulas e infusões. Tudo inútil. A pele insistia em desmoralizar a medicina e suas técnicas mais modernas; as simpatias e suas crenças mais tradicionais; e a própria fé. Remédios de manipulação foram importados da África do Sul. Da Itália. Da Alemanha. Minha mãe desistiu. E chorou. Ninguém gosta de ver pedaços de si mesmo espalhados pelo tapete da sala ou pelo chão da cozinha. Ou no banheiro. Passou a usar saias compridas para esconder os joelhos e blusas com mangas para esconder os cotovelos. Ainda era nova. Tinha lá os seus 36 anos. Continuava linda. O rosto de porcelana não havia sido modificado um milímetro. Mas engordou. Coincidência ou não, nunca mais ouvi aqueles sussurros noturnos que caracterizavam tão bem a movimentação nos lençóis do amor. Em certo sentido, isso foi positivo para ela, pois, como se sabe, a rejeição fortalece: fez uma faculdade de Letras e ingressou no maravilhoso mercado de trabalho: recebeu encomendas das editoras e começou a fazer revisão de textos e preparação de originais, o que lhe garantiu uma modesta sobrevivência quando meu pai abandonou o barco.

Coincidência ou não, desse dia em diante, minha mãe nunca mais pegou sequer uma gripe. Emagreceu, as feridas secaram, as manchas desapareceram. Não teve mais ânsias emotivas ou nostalgia da linha do horizonte. Ambos entendemos a origem de seus males: a doença era meu pai. Me lembro bem do dia fatídico. A primeira coisa que fez ao se ver sozinha, foi doar todas as roupas do velho para uma instituição de caridade e jogou fora suas fotografias, particularmente as que ele aparecia com o cigarro na boca, imitando a pose enfastiada de Humphrey Bogart. Para incrementar sua nova situação, renovou todo seu guarda-roupa. Voltou a ter pretendentes. Sempre discreta, dava suas saidinhas. Mas houve outra modificação fundamental nas atitudes e na postura de minha mãe: ela nunca mais sorriu na vida.

Numa época em que as mulheres, no máximo, levavam os filhos para a escola e voltavam correndo para se desincumbir das tarefas domésticas, minha mãe já era independente. Trabalhava em casa. Tinha uma conta no banco em seu nome. Uma vez por mês, visitava as editoras para entregar suas tarefas. Apesar de ter contato e conhecer escritores intimamente, não se contaminou com a febre da vaidade. Jamais escreveu nada de sua lavra. Dizia que deixava aquilo para quem fosse realmente competente. Minha mãe gostava dos russos. Púchkin era seu favorito. (*Dostoiévski não teria existido sem Púchkin.*) (E, acrescento eu, segundo uma informação de Edmund White, Púchkin era mestiço. Da mesma forma que Colette e Dumas, tinha sangue negro na parada, fruto de uma miscigenação sabe-se lá de que origem.) Assim como meu pai, que me apresentou à grandiosidade das óperas de Wagner, minha mãe me introduziu na literatura do leste europeu. Gostei dos poloneses. Eram curtos, diretos, concisos. Falsamente curtos, falsamente diretos, falsamente concisos, diga-se. Faziam uma lambança generalizada entre as angústias existenciais de personagens permanentemente estrangeiras no mundo e um jeitinho brasileiro de dar a volta por cima, inclusive prenunciando um viés lúdico que, trinta anos depois, deu no realismo mágico latino-americano. Os russos eram difíceis. Ou as traduções eram ruins ou, numa cena de cinco minutos, havia realmente quatrocentos e sete personagens que falavam todos ao mesmo tempo. O que complica ainda mais os romances russos é que, entre nome, sobrenome, apelidos e diminutivos, cada personagem é designado de quatro a cinco maneiras diferentes: quando a gente pensa ter detectado uma família inteira, cujo núcleo fará parte de uma ação qualquer, nos damos conta que é apenas e somente um único homem: Alexandre, que, mais à frente, será designado também como Sacha ou Stachka ou ainda Sachenka. Lá pelo meio do livro, ele aparece com o espetacular nome de Alexei Aleksândritch Riabóvitch. Um inferno. Não se engane com Maria, por exemplo. Ela ressurgirá como Macha ou Machenka em situações completamente diferentes. (*Meu nome é Maria, mas pode me chamar de Khavrônia Ivânovna.*) Aquele tenente-general do czar que você imaginava ter o sugestivo nome de Kamárinskaia, imagina, é engano. Kamárinskaia é uma dança popular russa. Há pistas falsas o tempo todo. Atalhos e veredas. Os russos são matreiros & sacanas. Quando um romance começa com: "Em um maravilhoso entardecer de julho, extraordinariamente cálido", desconfie, em seguida virá uma catástrofe de dimensões realmente incalculáveis. Além da polinomenclatura, existe também a polifonia, a polipersonalidade, a polissituação. Um sufoco.

Não posso me queixar da minha formação intelectual. Tive um pouco de tudo: humor sofisticado (Leia *Os crimes de Lorde Arthur Saville*, do Oscar Wilde, era um cínico, dizia meu pai); filosofia (*Hoje, vamos falar de Schopenhauer*, dizia minha mãe); loucura (*Michel Foucault desmoralizou todos os estereótipos que Karl Jaspers tinha reintroduzido*); música (*Joe Cocker é bom, mas não serve nem pra engraxar os sapatos do Ray Charles*).

Se isso tudo serviu para alguma coisa, não posso dizer. Só sei que, já nessas alturas do campeonato, eu intuía que tinha algo de errado na minha história de vida. De qualquer forma, é bem provável que a ideia de vender a alma na encruzilhada, entregando ao Demo de mão beijada o amor, para conseguir algo em troca, não chega a ser uma hipótese assim tão absurda. Era só o que me restava. Como Robert Johnson, eu era um renegado, tinha uma maldição pairando sobre minha cabeça. Um dia, fui a um centro espírita: Tem um encosto, disse a mulher. De quem?, perguntei. Da sua avó. Mãe do meu pai ou mãe da minha mãe? Isso não está claro. Não será de um avô?, insisti, fazendo a ligação evidente com o pai de meu pai, o primeiro hippie da História, que morava com artistas mas não era um deles. Imaginei que ele estivesse querendo se realizar no além através da minha pessoa; que tinha deixado este mundo com uma lacuna literária em seu currículo, sei lá, algo assim. Não está bem claro, ela voltou a dizer. Afinal, o que está claro? Que há um encosto. Era pouco. Gosto dos espíritas, são gente boa. Acreditam mesmo naquilo que pregam. E querem ajudar as pessoas a qualquer custo. Fazer o bem é uma compulsão. Meu único problema com o Kardec é que ele acabou com as metáforas. Como gostava de explicitar tudo, destruiu o encanto da arte. Durante mais de dois milênios, a Humanidade inebriou-se com o mistério da criação: falou-se em musas, falou-se na inspiração poética, falou-se na captação de vibrações esparsas pelo ar. De repente, chega o dito-cujo e baixa o decreto de que os homens escrevem, pintam & esculpem de acordo com a vontade dos espíritos. Ou seja, quem faz a arte são os mortos e não os vivos. Mais: ninguém tem problemas metafísicos ou psíquicos, tem um encosto. Novamente, quem determina nossa situação emocional são os espíritos provavelmente perturbados que ficam no limbo. Outra: acabaram com a morte. Ninguém morre, desencarna, fica planando no espaço celeste e volta. Ou seja: não há gente nova no mundo, há uma simples substituição de corpos, que são preenchidos pelas almas de sempre. Nós somos nossos próprios antepassados. É bobo. Tudo vira um dogma existencial bipolar.

Naquele dia, falei para a minha mãe que estava cansado. Mas é um cansaço diferente, acrescentei. Ele não tem origens físicas. É uma coisa entranhada que vem de longe.

Ninguém garantiu que seria fácil, ela disse, desta vez não me encarando, como fazia sempre, mas olhando fixo para um lugar distante por cima de meus ombros. Não era seu estilo. Algo não ia bem.

A gente deveria ter uma sirene, como essas que apitam quando um carro está sendo roubado, eu disse, tentando salpicar a conversa com um pouco de humor.

É uma ideia, ela disse, séria.

Insisti: Pelo menos assim eu saberia quando estou sendo lesado. Isso determinaria os momentos de perda com precisão. Trabalharíamos em cima e ficaria tudo resolvido.

Como vai o livro?, ela perguntou.

Parado, eu disse.

Por quê?

Justamente pela falta da sirene. Minha busca não conseguiu resultados práticos. Não sei onde a merda toda começou.

Minha mãe não disse nada. Pela primeira vez, meu oráculo não estava me dando respostas. Nem esperanças. Provavelmente, ela também estava cansada. Minha idade roçava os 53 anos e meu espelho mostrava um homem careca e barrigudo. Muitas outras mudanças haviam ocorrido: artrite, dores na coluna, problemas no fígado, rins falidos, falta de ar e toda sorte de degradações naturais do corpo. Escrever sobre isso? Não era o caso. Tinha tido muito pouca sorte na vida. Nunca estivera nos locais certos nas horas certas. Nunca o acaso trabalhara a meu favor. Minha trajetória estava caminhando para a resignação. E isso não é tema para livro.

O que estava acontecendo? Afinal, minha mãe tinha sido a principal testemunha a flagrar o episódio que iria subverter todo o meu comportamento futuro. Eis uma história bonita e premonitória: estou com três anos. Brinco no jardim da casa de minha avó, em Monfalcone. O ar está parado. Há um balanço no quintal. O portãozinho dá de frente para a grande muralha branca do estaleiro. De repente, o rádio da cozinha toca uma música. Levanto a cabeça, estico o pescoço, as orelhas ficam de sobreaviso. Subo correndo os quase trinta degraus da escadaria e encosto o ouvido no aparelho. É um canto tribal, uma espécie de ponto de macumba africano ou caribenho. Homens plantando & colhendo & cantando. O cio da terra na sua plenitude.

Day-o, day-o
Daylight come and me wan' go home

Aumento o som. Entro em surto. Aquilo me fascina. Minha mãe chega e olha para a cena sem entender. No meio daquela batelada de canções brancas sebosas e melodias açucaradas que compunha o cancioneiro popular italiano, os pássaros canoros trinando solfejos estridentes haviam aberto uma lacuna para um ritmo gingado por atabaques. A música é cálida como o sol das plantações.

> *Work all night on a drink of rum*
> *Daylight come and me wan' go home*
> *Lift six foot, seven foot, eight foot bunch*
> *Come, Mister tally man, tally me banana*
> *Daylight come and me wan' go home*

Não desgrudo o ouvido até que a música não termina. Saio da cozinha inebriado, planando. Desço a escadaria bem devagar, como um zumbi, ante os olhares estupefatos de minha mãe e minha avó. Depois desse dia, a mesma cena se repetiu várias vezes. Sempre com a mesma canção. Um mantra hipnótico. Era uma espécie de ato reflexo. Bem mais tarde, fiquei sabendo: era o "Banana Boat Song", do Harry Belafonte, um sucesso que pegou desprevenido até o público americano da época. Como interpretar esse episódio à luz da psicologia? O que move um garoto branco, educado e formado numa sociedade de brancos, dentro dos mais rígidos padrões da cultura europeia branca, a empinar as orelhas para uma batucada daquele tipo?

Quando estava achando que eu tinha que resolver aquilo sozinho, minha mãe disse uma coisa que mudou tudo:
Não sei se há de fato uma maldição, como você diz. Também não concordo que as histórias nunca acabam. Mas acredito que a única maneira de você colocar um ponto final nisso tudo é tendo um filho. Um filho é o resultado da rebeldia das entranhas e, ao mesmo tempo, a preservação. É a única revolução que o ser humano pode vencer.
Ficamos assim. A princípio, não entendi direito que tipo de abrangência teria a sugestão de minha mãe nem

muito menos a que se referia. Um filho teria alguma ligação com a dança tribal do Belafonte? A maldição se quebraria com minha descendência, como nos romances de folhetim do século XIX? Teria que colocar um anúncio no jornal, tipo: "Procura-se parideira para um contato rápido e fugaz, com vistas à continuidade da espécie. Sem compromisso formal. Exigem-se referências"? Ou doar meu esperma a um banco de sêmen e esperar que o acaso fizesse sua parte? Telefonar para minhas amigas férteis? Um favor, um simples favor. Uma trepada, apenas uma. Nove meses depois, elas que voltassem aos seus namorados, a suas vidinhas e a suas coerências.

Só sei que minha mãe poderia ter me dito aquilo tudo com um pé nas costas. Era próprio dela. Mas não disse. Ela estava morta fazia bem uns três anos. Não consigo entender como ela pôde trocar o lindo e amplo apartamento de dois quartos por aquele gramado estupidamente verde que se espraiava até a linha do horizonte. Provavelmente, não teve tempo para refletir. Um ataque fulminante do coração a levou para o reino das trevas em questão de minutos. Às vezes, eu ia conversar com sua foto na lápide. A única revolução que o ser humano pode vencer. Aquela frase tinha uma sabedoria exemplar, encerrava toda uma filosofia interna que vinha da experiência acumulada em tantos anos de batalha neste vale de lágrimas. Só não sabia qual era.

Chorei no enterro. Deixei isso bem claro. Tinha lido Camus e sabia muito bem o estrago que pode fazer na vida de um sujeito a falta dessa demonstração cabal de pesar. A literatura sempre me deu dicas confiáveis. Os homens, não. A literatura jamais me traiu. Há recíproca. Temos um caso longo de troca de confidências.

XV

A terceira e última vez em que tomei LSD na minha vida, entrei em pânico. Estava morando sozinho e a viagem foi ruim. Bateu uma paranoia brava. Devo ter pegado pelo menos umas quinze vezes na maçaneta da porta e recuei. Não conseguia ficar na quitinete, não conseguia sair. Fiquei numa terra de ninguém, entre a cruz e caldeirinha. Achava que qualquer um que me visse naquele estado alterado saberia que eu estava chapado, chamaria a polícia, uma coisa besta. Um troço amador que jamais tinha me acontecido. O efeito do LSD é devastador. Ele destrói qualquer convenção social. Impossível conviver com ele numa sociedade que teima em mostrar uma face lógica. A farsa não se sustenta. Entre outras coisas, me passou pela cabeça que a fronteira que separa a lucidez da demência é uma linha muito tênue, quase invisível. Quem determina a situação social de um ser humano (dentro ou fora das grades de um manicômio) são pessoas arbitrárias que levam em conta apenas a parte química do sujeito e não seu histórico de vida. Afinal, eu tinha lido que, com a erradicação da hanseníase no fim da Idade Média, os 19 mil leprosários existentes na Europa tinham que ser aproveitados de outra maneira e abrigar novos tipos de doenças. Fizeram um blend bem condimentado de heréticos, extravagantes, ímpios, luxuriosos, lascivos, furiosos, avaros, enfim, tudo o que o homem pôde garimpar como irregularidades da conduta, e chegaram a um padrão. Inventaram a Loucura. Uma forma bestial de solapar qualquer tipo de relatividade e fazer tabula rasa das características pessoais de cada cidadão. A consciência crítica foi pro beleléu. Começa a grande internação. No século XVII, de cada cem habitantes de Paris, um era encarcerado nessas casas de força. Com o tempo e a evolução da ciência, o grande parâmetro passou da moral para os progressivos estágios químicos registrados em planilhas. Sempre achei que, se o mundo fosse governado pelos verdadeiros loucos, ele seria bem melhor.

Um pouco antes de eu ter tomado aquela atitude drástica de remover o Raul da casa de saúde em que estava, algumas coisas aconteceram. Estávamos conversando animadamente em seu quarto, quando o médico entrou. No ato, meu amigo encolheu-se todo sobre si mesmo.

Como está o nosso intelectual?, ele disse, num cinismo ácido e cortante. Olhou pros gráficos, me cumprimentou discretamente e mediu a temperatura do paciente. Raul parecia um cãozinho.

Ah, muito bem, ele disse, como se ele tivesse seis anos de idade, não tem febre. Está calmo...

Fiquei de lado, pesando a situação. O médico era jovem, perto dos trinta, não passava disso, tinha um cavanhaquinho besta e equilibrava no nariz uns óculos redondos com aro de metal. Outro estereótipo, pensei.

Vamos em frente, ele disse, estamos indo bem.

Indo pra onde, doutor?, perguntei, tentando pegar carona em seu laconismo. Ele me olhou de maneira estranha. Estava claro que não esperava uma pergunta tão abstrata quanto a sua frase.

O senhor é...?

Um amigo.

Bem, meu caro, vamos pra onde der, estamos fazendo o possível.

Para...?, insisti.

Para superar a fase aguda, o surto.

Por favor, doutor, somos amigos há vinte anos, temos tudo em comum, estou preocupado e interessado no estado do Raul. Poderia ser mais específico? Gostaria que não me viesse com a clássica lenga-lenga das limitações da Ciência, que a psiquiatria anda a passo de cágado...

Ele se zangou:

Quem falou em limitação da Ciência?

Ótimo, eu disse, pelo menos, estamos falando a mesma língua. Qual é a situação, afinal? Como ele está e quando vai sair daqui?, continuei, no mesmo tom de voz.

Mas ele acabou de chegar...

Não, me irritei, quem acabou de chegar foi o senhor e, no ato, ele tomou uma atitude de total submissão, você não pode negar...

É natural...

Mas não deveria ser... Ele estava falando pra caralho e de repente só faltou lamber a sua mão. Que tipo de tratamento está recebendo aqui, afinal? Que linha os senhores estão adotando? Pavloviana?

Hum, outro intelectual.

Fiquei puto:

Intelectual é o cacete! Pavlov, a gente aprende no primário.

O que o senhor quer saber exatamente?

Eu já disse.

Quando ele vai ter alta? Não sei. Tudo vai depender...

Saí, bati a porta e fiquei fumando um cigarro por um bom tempo no corredor.

O médico saiu do quarto em seguida, veio até mim, me olhou e esperou. Seus olhos não diziam nada e, loucura minha ou não, pude perceber neles o mesmo tipo de alheamento que captei nos olhos de Raul quando tinha chegado. Devemos ter ficado naquela situação delirante um século e meio. Por fim, ele disse:

Escute aqui, meu chapa, acho suas teorias sobre a loucura belíssimas e instigantes, mas a situação é outra. Meu plantão termina daqui a meia hora e ainda preciso ver quatro pacientes que, a esta altura do campeonato, devem estar babando e se masturbando como macacos no zoológico. Seu amigo tem um problema palpável e podemos medi-lo com extrema facilidade e precisão. Não é o caso de falarmos nesse tom elevado e filosófico. Não é o caso de contrapormos a poesia com a neurologia. Se o estágio fosse apenas psicológico, eu seria o primeiro a perceber. Mas é uma questão de nervos, de adrenalina, de substâncias químicas, depressivos e antidepressivos etc. Vamos encarar os fatos.

Mas tudo se resume a comportamentos sociais, eu disse.

Também, meu caro, mas não só. É evidente que se soltarmos um louco furioso e ele degolar alguém na rua com uma navalha (estou pegando um caso extremo) fica claro que a questão não se resume puramente a um comportamento social, trata-se de homicídio e negligência médica... Sei que tudo isso é muito discutível e subjetivo. De qualquer maneira, nem sempre seu amigo está num estado de calmaria oceânica.

Nesse exato instante, ouvimos um tremendo barulho vindo do quarto. O médico precipitou-se porta adentro e, num átimo, pude entrever o Raul arrebentando tudo, como se quisesse corroborar a teoria médica daquele energúmeno. Uma sirene tocou no corredor. A enfermeira e dois brutamontes surgiram correndo não se sabe de onde e também entraram no quarto. Ouvi gritos. Raul gritava.

Não esperei nem mais um minuto. Já na rua, andei como um zumbi pela calçada que parecia nunca acabar, dava curvas, entrava num retão, inclinava-se mais para a direita, depois à esquerda e era sempre a mesma calçada, suja, pedregosa e meio molhada. Andei até de noite e já não sabia onde estava. Pensei em Raul, todo amarrado na cama e chorei. Será que ele conseguiria burlar mais aquela noite?

Ao meu redor, a cidade prevaricava.

Dormi mal, evidentemente. Raul me apareceu de madrugada, aquele velho sorriso carimbado na mesma cara cínica, e disse:

Terminei, finalmente.

O quê?

O mapa.

Ah, Raul, não me venha com...

Sério, cara, está acabado, falta apenas um ou outro endereço. O básico está aí — e me estendeu uma cartolina na mesa, desenrolando-a meticulosamente.

Lá estava todo o seu trabalho, com nomes, siglas, números, cálculos de latitude, horários de trens, ancoradouros; era uma carta geográfica com os desenhos em perspectiva, ou seja, procurava dar um sentido tridimensional às casas, ruas e pontos de referência. Nesses termos, havia fachadas de cinema, açougues, lavanderias e até postes telegráficos. As ruas apenas rafeadas num verde bem claro sustentavam algumas paredes com retículas, numa arquitetura perfeita.

O que é isso, Raul?

Ele me encarou com olhos demoníacos e brincalhões, arqueou as sobrancelhas, puxou todo o ar que havia à sua frente, abriu a boca — a língua bem vermelha flutuando naquela caverna de mau hálito — e respondeu:

Este é o mapa de onde moram todas as pessoas mais medíocres que eu conheci na minha vida.

Ao terminar de dizer esta frase no mínimo emblemática, revirou os olhos e caiu de costas, duro e seco como um bacalhau. Acordei em seguida, todo suado e em pânico.

A trajetória de Raul era sinuosa. Lembrei de quando ele estava casado com Amália e ri para não chorar. Ele entrava na sala — onde todos nós estávamos bebendo, conversando, discutindo — enrolado apenas numa toalha felpuda, peito nu, alguns cabelinhos negros encaracolados, a cabeça ainda molhada e um perfume forte exalando para o ambiente; muito elétrico, gesticulando, mas principalmente distribuindo o que ele — ao que me parecia — imaginava ser charme e sensualidade.

Fora um casamento bastante curto. Em apenas um ano e meio, Raul tinha largado quatro empregos, traído a mulher semana sim, semana não; tinham ido à delegacia duas vezes denunciados pelos vizinhos; quebraram a mobília uma vez na íntegra e outra pela metade.

A mulher era jovem, vinte e cinco anos, no máximo. Amália tinha um sorriso permanentemente crítico estampado no rosto, bastante irônico e intimidador. E tinha também muita paciência. Raul voejava pela sala, interpelando em especial as mulheres, chegava o rosto cada vez mais perto delas, arfava, suspirava. Segurava a toalha com desdém algo afetado, deixando entrever trechos ainda inéditos de seu corpo nu. Seu metabolismo espocava a silibina.

E Amália lhe dizia, calmamente, delicadamente, meio brincando:

Pare com isso, vamos! Vá se vestir.

E ele:

Ãh? Hem? O quê? — e continuava conversando, transmitindo sua pretensa lascívia numa intensidade cada vez mais gritante. Tinha um corpo viril, mas seus movimentos — faciais, dos membros e cabeça — eram teatralmente impostados, inverossímeis. E ninguém ali conseguia disfarçar a atenção que ele exigia. Raul roubava a cena. Tudo estava à mostra. Todas as intenções, toda a cumplicidade. Tina não desgrudava os olhos dele. Estava atenta a cada nuance — a mais imperceptível —, a cada palavra, cada som — por mais dissimulado que fosse. Tina era mulher do Tonico, o poeta do grupo. Depois, havia ainda Fraga (a que bateu a moto de frente no caminhão), Malu (a que derrapou na mancha de óleo) e Amadeu. Nessas horas, Beto chegava bem perto de mim, encostava sua boca no meu ouvido e me dizia, confidencialmente:

Vamos jogá-lo num caldeirão de óleo fervendo?

Artista gráfico dos bons, Raul pegava de vez em quando uns bicos das editoras: fazia capas deslumbrantes de livros, ilustrava contos e poemas, acrescentando ícones que realçavam o significado e o objetivo que os autores tinham apenas intuído vagamente. Completava a obra, tornava-se uma espécie de coautor. Mas demorava muito para concluir e entregar os trabalhos, o que lhe trouxe problemas. As encomendas foram diminuindo aos poucos até que chegou o dia que ninguém pediu mais nada. Não era nessa área, porém, que Raul mais se ligava. Seu fetiche eram as artes plásticas. Foi um visionário. Anteviu de longe o futuro que se descortinava. Fazia telonas enormes (do tamanho de uma porta), onde salpicava pigmentos orgânicos: minério de ferro, basicamente. Como já esperávamos, ele não se engajou em nenhum movimento, grupo, escola ou tendência e não seguiu linha estética alguma. Ficou na dele. No começo, achamos que aquilo não passava de um tipo de terapia ocupacional, pois se seguiu à sua alta da primeira internação. Depois, quando vimos o resultado, embasbacamos. A turma não era propriamente ignorante em artes plásticas, mas ninguém tinha visto nada parecido na vida. Terapia, o caralho! Aqueles quadros subvertiam tudo que tinha sido feito até então. Com uma demência alucinatória digna de um anjo, Raul esculpia na tela exuberantes blocos de tintas que se completavam, se interpunham, se interpenetravam, formando um mosaico de ideias. Na maior competência, ele misturava o abstrato com o figurativo. Somando tudo aquilo, sua obra era uma espécie de nova visão do mundo. Como todo grande profeta, ele soltava os demônios. Afinal, nada melhor do que um maníaco-depressivo para captar a bipolaridade do cosmos. Dentro de um contexto bizarro, incompreensível, e seguindo uma teoria de fragmentações, queria fazer arte para os pobres, deleitar (e instigar) as massas.

Uma área difícil, porém, as artes plásticas. Com igrejinhas fechadas & voláteis, legislando em causa própria. Havia um ranking sagrado de pintores. De um a cinco. Neguinho só subia (ou entrava) quando um deles morria, como no caso dos papas ou dos quarenta imortais da Academia Brasileira de Letras. As galerias já tinham suas figurinhas carimbadas, a mídia babava, os críticos nada entendiam, mas faziam a maior festa com seus anacolutos e eufemismos de diversos graus & calibres. O público com grana comprava o que era considerado *in* e ignorava o que era considerado *out*. Na semana seguinte, invertia-se o processo e todos ficavam satisfeitos. Como se sabe, as artes plásticas foram historicamente as primeiras a se prostituírem para a elite. Com uma diferença fundamental: além dos artistas darem o rabo, beijavam na boca. Raul não era idiota, sabia disso tudo e mais um pouco. Mas não conseguiu nada. Ninguém se sensibilizou com a magnitude de seus trabalhos. Como Amália fazia o papel de mãezona, a loba que protege o filhote da maldade do mundo e das intempéries da vida, fez de tudo para que Raul desistisse daquela utopia artística. Começou com um expediente simples e canalha: a indiferença. Como se fosse possível passar diante daqueles totens enormes sem ver! Seria mais ou menos como caminhar ao lado das pirâmides do Egito assobiando ou conversando sobre o último lançamento de um tipo de rímel. Raul percebeu e se ressentiu. Não era do tipo que cria e deixa pra lá. Gostava de partilhar suas descobertas, discutir o andamento da obra. Precisava de um interlocutor. Um pouco depois, a doce esposinha engrenou uma ironia ácida. Como aquilo não estava dando os resultados previstos (Raul continuava pintando), passou a criticar abertamente suas obras, argumentando (possivelmente com razão) que o mercado não estava interessado em quadros com temas críticos. Que fosse realista, pragmático, que retomasse seus trabalhos junto às editoras, que recobrasse a lucidez. Ela o amava e não queria vê-lo sofrendo por não conseguir o reconhecimento da crítica ou o interesse do público. Disse que aquilo o estava matando em banho-maria. Não deu saídas, alternativas ou novas propostas, apenas ordenou que parasse. Mas havia um problema: nós também éramos lobas. Agendamos às pressas uma conversa para discutir o assunto, tomando o cuidado para que Raul não estivesse presente. Seria realmente salutar Amália tomar aquela atitude extrema? Não seria o caso (desde que ela achasse que Raul produzia algo importante) de ela ficar ao seu lado (pelo menos durante um certo tempo), dar-lhe uma força e fazer coro com ele quanto às injustiças de um mercado cego e mercantilista? Que mal aquilo poderia causar? Parar de pintar para não sofrer? Não seria a mesma coisa que cortar seu pau fora? Ou enfiar-lhe duas agulhas de crochê nos olhos? O que poderíamos fazer? Fomos falar com ela. A reunião foi discreta, cordial, amável. Depois de algumas estocadas de parte a parte, porém, ela fechou o tempo. Disse que queria o bem de Raul, e nós não. Disse que ela o entendia, e nós não. Disse que era ela que trepava com ele, e nós não. Só concordamos com a última frase. A coisa ficou assim. Não deu outra: Raul sentiu-se inútil. Veio a angústia, o sentimento de impotência e, fechando o círculo, a depressão. Não foi Amália que cunhou a expressão "Santo de casa não faz milagres", mas com certeza foi a pessoa que colocou em prática essa ideia com maior eficiência. E tudo por amor. Não é lindo?

Na verdade, Amália era uma histérica no sentido clínico do termo. Não no popular. O povão acha (mas não tem culpa disso) que histérica é a mulher que grita, se descabela, perde o controle. A palavra foi se corrompendo ao longo do tempo e se difundiu como um adjetivo que nada mais tem a ver com sua etimologia clássica. Na conceituação científica, portanto, é exatamente o oposto. Histérica é a mulher que exibe para cada interlocutor uma personalidade diferente, justamente aquela que ele imagina (e deseja) que ela tenha. A finalidade é clara: ludibriar, manipular e assumir o comando da situação. Ou seja, é uma falsa contumaz. Ela se amolda às circunstâncias. Para o padre, ela se mostra a beata convertida que se arrepende dos pecados. Para o amante, ela se traveste de concubina apaixonada. Para a mãe, a histérica assume uma postura de filha cordata & amável. Pelos amigos, ela é conhecida como a mulher que jamais irá trair a confiança de quem quer que seja em momento algum. E assim por diante. Resumindo a conversa: a última coisa que uma histérica perde é o controle e a razão. Pois é necessário um bocado de frieza e domínio de emoções para que uma pessoa consiga ser coerente e verossímil durante o tempo todo. Na maioria das vezes, contudo, esse processo é inconsciente, involuntário, uma simples manobra para ser aceita (e amada) pela sociedade. Amália era um caso típico. Sua retórica era fatal. Convencia. Transformava-se no que a pessoa queria que ela fosse, o que desarmava as reações. Era dócil para uns, fodona para outros; reticente, determinada, convergente, modesta, discrepante, humilde; por vezes, madura, noutras, uma criança fragilizada pedindo colinho. Em ocasiões especiais (e sem perder a pose), ela podia se mostrar frívola, autêntica, indiferente e lânguida. Tudo ao mesmo tempo. Um camaleão na maior parte das vezes. Todos tinham histórias completamente diferentes para contar a seu respeito. Mas ninguém ousava recriminar suas atitudes ou conceitos, pois eles vinham enfeixados num contexto cósmico e poroso tão bem engendrado que ficava difícil pegá-la numa contradição. Ela escapulia na maior competência. Era etérea, vaporosa. Um sabonete. Desconfiávamos, no entanto, que o caso clínico em questão não era nem inconsciente, nem involuntário. Ela sabia muito bem o que fazia. Naquele dia em que fomos falar com ela a respeito do caso do Raul, Amália começou como sempre: espalhou charme, seduziu a todos, falou exatamente o que cada um queria ouvir, flertou abertamente. Na verdade, quando ela nos disse, num tom solene de arrepiar, que sentia muito se não correspondia à expectativa que tínhamos dela, Amália estava apenas começando a enrolar a linha no molinete. Pressenti que, no seu devido tempo, cada um de nós morderia o anzol e seria içado para fora da linha-d'água. Mostrou-se vulnerável. Mostrou-se compreensiva. Entendia perfeitamente a situação. Disse que Raul não seria nada sem a nossa amizade, sabia do histórico de cumplicidade que havia entre a gente e se enterneceu, vertendo inclusive duas lágrimas que rebolaram por instantes no canto de seus olhos antes que descessem gentilmente pelas faces como dois regatos de dor. Com esse expediente primário, perdemos logo de cara duas importantes forças: Nicola e Amadeu, que não podiam ver mulher chorar. Muito bem. Restamos eu, Beto, Tonico e Tina para dar seguimento à cruzada. Mas eu sabia: aquela conversa estava fadada ao fracasso desde o início. Outro problema que não tínhamos contado surgiu quando entramos. Impossível não reparar em seu belíssimo e bem proporcionado corpo. Amália não tinha negligenciado esse aspecto. Apesar de termos negociado aquele encontro com dias de antecedência e marcado hora, ela apareceu saindo do banho com um roupão curto e uma toalha na cabeça, como se a tivéssemos pego de surpresa. E aninhou-se no sofá, desnudando suas coxas esculturais. Beto ficou sem fala. Entrou mudo e saiu calado. Outra baixa em nossas fileiras. Toda hora que Tonico ia retrucar algum argumento que lhe parecia frouxo, ela abria o roupão na maior naturalidade e mostrava uma parte ainda inédita de sua carne. Tina limitou-se a observar e medir o grau de equilíbrio da situação. Desnecessário dizer que não deu em nada. Foi um show. Amália deitou e rolou. Arquitetou teses e antíteses, citou Roland Barthes & Confúcio, fez um apanhado extremamente técnico e sideral da evolução das artes plásticas no Brasil e no mundo, deu uma geral em sua concepção do universo, falou em fé, falou em símbolos, falou em magia, falou em ideal. Dissertou longamente sobre o sentido da vida. De quebra, deixou a calcinha branca à mostra durante uns bons e grossos minutos. Antes que ela emitisse aquelas três frases finais (que podem ter dado a falsa impressão de truculência e falta de jogo de cintura), ela já tinha ganhado o jogo havia horas. Foi uma goleada histórica, com direito a replay e alguns bônus. Chegamos à seguinte conclusão: Amália tinha um conceito bastante bizarro de felicidade: felicidade é deixar de fazer tudo o que mais gostamos. Desistimos. A sorte do Raul estava selada.

Neste ponto, porém, minha memória falha. Tudo estava realmente muito confuso & embolado. No meio do colóquio, não sei se disse ou se pensei que a mulher do García Márquez, enquanto ele estava escrevendo o *Cem anos de solidão* (e a coisa levou uns dez anos, por baixo), ia ao açougue, à padaria, à quitanda e levava o maior lero com os donos, explicava a situação, pechinchava, pedia mesmo — sem o menor pudor — mercadorias para alimentação, hipotecava o presente numa promessa delirante de que, num futuro bem próximo, todos receberiam aquilo de volta, nem que fosse na forma da própria história deles registrada em livro. Afinal, a família não tinha como se sustentar pois o macho da casa estava criando freneticamente. E isso, vamos deixar bem claro, numa cidadezinha de merda do interior da Colômbia, onde esqueléticos burricos pastavam pelas ruas sem calçamento. Me disseram que deu certo: todo mundo, de uma forma ou outra, entendeu e aceitou a situação. Foi uma espécie de conscientização coletiva. Foi uma espécie de mutirão, não para erguer casas ou escolas ou pontes sobre os rios, mas para ajudarem a construir uma eventual memória de suas vidas. Agora, eu pergunto: quantas mulheres ou companheiras fizeram o mesmo, nesta mesma época, para os maridos escritores que não tiveram a mesma sorte que Márquez? Não sabemos, pois esses livros não chegaram à posteridade, não foram reconhecidos como obras-primas e os escritores continuam no ostracismo. Pior: não tiveram a oportunidade de contar suas histórias de heroísmo e privações. Suas mulheres, muito menos. Meu delírio foi ainda mais longe: conjeturei que qualquer um tem a obrigação de fazer tudo o que estiver a seu alcance (desde que acredite no objetivo & honestidade do artista ou no potencial de transcendência da obra) para viabilizar o que ele tem em mente. Se depois aquilo vai vingar e acontecer de fato no mercado editorial (seja em termos de um retorno financeiro ou um prêmio ou pelo menos um prestígio fugaz), já é uma outra história. Essas pessoas deveriam fazer isso ou caírem fora. O que não podem (em hipótese alguma) é tentar melar a coisa, obrigar o artista a se render diante da realidade material, esqueça a inspiração e vá procurar meios de subsistência para alimentar a prole. Uma obra em construção e a uma criança têm uma certa similaridade. São apenas esboços. Ninguém sabe no que aquilo vai dar. E se vai dar. Não se deve apunhalá-los ainda no ovo. Muito bem, disse meu lado esquerdo do cérebro, e se o artista for um safado, vagabundo, que não quer trabalhar e se encosta na companheira? Respondi a mim mesmo que aquilo seria apenas um acidente de percurso e toquei em frente. Além do mais, acrescentei, ela vai ser a primeira a saber. Todo mundo vai saber. Qualquer um, mais cedo ou mais tarde, consegue desmascarar um picareta. Mas meu lado esquerdo do cérebro derrubou toda aquela teoria brilhante com uma frase simples. Ele me disse: *Cem anos de solidão* foi escrito no México.

Já na rua, percebi que Nicola, Amadeu, Beto e Tonico estavam com os olhos baixos, fitando as tampinhas de cerveja espalhadas pela calçada, completamente derrotados.

O que foi aquilo?, perguntou Tina, do alto de sua beleza negra de núbia tunisina. Poderíamos classificar como uma traição descomunal ao Raul? Ou vocês têm outra palavra para definir o que aconteceu? Ou muito me engano, ou essa vadia conseguiu manipular a todos.

A verdade dói. Isso é um fato.

Na mesma noite em que Raul surtou, arrebentando tudo no quarto do sanatório em seu segundo internamento, tomei a decisão. Dois dias depois, tirei-o de lá. Ficamos morando um tempo juntos. Não me dei mal com a loucura. Fiz o possível para estender meus princípios românticos ao cotidiano. Mas não foi fácil. Os parâmetros eram outros. No começo, dancei miudinho em suas mãos. Como não queria dar o braço a torcer, tentei de tudo: conversas delirantes, conversas amenas, fiz exercícios terapêuticos, insisti para que ele continuasse com seus desenhos exóticos, propus reminiscências caseiras, lembranças sutis de sua família: mãe, pai, irmãos. Nada. A coisa não andava de jeito nenhum. Quase desisti. Me dei conta de que a precariedade do ser humano pode ser algo bem palpável.

Foi por acaso. Foi numa noite de chuva. Levando em conta que tudo emperra quando se quer resultados práticos, simplesmente inverti o processo. Reciclei tudo que tinha aprendido: lógica, simetria, exatidão, conceitos, utilidade, funcionalidade. O mecanismo era simples (como não tinha pensado naquilo antes?): tinha que voltar a ser criança, recuperar a pureza perdida. A velha retórica de causa & efeito agonizou. E passamos a nos divertir. Não sei quanto tempo poderia ter durado aquela brincadeira antes que um dos dois cansasse. Pois, no fundo, ambos sabíamos que era tudo uma grande ilusão. Um dia, quando cheguei em casa do trampo, encontrei um bilhete de Raul. Dizia que guardaria boas lembranças minhas e eterna gratidão, mas ele tinha que continuar sua caminhada. Nunca mais encontrei com ele. Notícias, boatos e informações desencontradas davam conta de que ele poderia estar morando no Nordeste ou numa cidade do interior de São Paulo ou no Chile. Abrira uma barraquinha de sucos de cupuaçu em Belém. Plantava tomates sem agrotóxicos em Olímpia. Fugira com uma trupe de ciganos. Cuidava do leão centenário de um circo. Desenhava mapas para o Instituto de Geografia.

É necessário dizer mais alguma coisa sobre meu pai. Chamava-se Germinal. (E coloco o verbo no passado mais pela falta de informações recentes do que por humilhações & rancores não resolvidos. De qualquer forma, a esta altura do campeonato, ele já deve mesmo ter passado desta para melhor.) Quanto ao nome, nada demais, levando-se em conta que suas irmãs foram batizadas como Sibila e Magenta. Ao que me consta, uma deusa e uma cor. No caso de meu pai, contudo, tudo se revestiu de uma responsabilidade abissal. Como se sabe, o nome tem o poder de ir formando pouco a pouco o caráter e dirige as atitudes das pessoas pelo resto da vida. Sabe-se lá quais as intenções do meu avô na pia batismal, mas suponho que, além de evocar uma das mais importantes personagens da literatura universal do século XIX, o nome Germinal trazia embutido todo um jogo de significados: vem de germinar, fazer nascer, frutificar, gerar, originar, ter começo, difundir-se, deitar rebentos, a semente de uma evolução, o desenvolvimento de um embrião, o germe. Em última análise, ele seria o tronco de uma árvore forte que deveria continuar ou dar início a uma nova prole ou a ideias que poderiam transformar o mundo num lugar melhor e mais justo. Algo assim. Aliás os mesmos parâmetros que nortearam o revolucionário Émile Zola em seu famoso romance. Em 1885, o escritor francês fechava seu livro com o seguinte: Por todos os lados, as sementes cresciam, alongavam-se, furavam a planície, em seu caminho para o calor e a luz. Um transbordamento de seiva escorria sussurrante, o ruído dos germes expandia-se num grande beijo. E, mais ainda, cada vez mais distintamente, como se estivessem mais próximos da superfície, os companheiros cavavam. Aos raios chamejantes do astro rei, naquela manhã de juventude, era daquele rumor que o campo estava cheio. Homens brotavam, um exército negro, vingador, que germinava lentamente nos sulcos da terra, crescendo para as colheitas do século futuro, cuja germinação não tardaria em fazer rebentar a terra.

Convenhamos, não era pouco, uma responsabilidade descomunal, a maior expectativa. Germinal, o genitor que gera. Aquilo já não era mais um nome, era um encosto espírita, um carma de duas toneladas e meia pairando sobre a cabeça de meu pai, prestes a desabar na primeira oportunidade.

O resto é mais do que sabido: meu pai nunca se formou, foi um técnico industrial durante o resto de sua vida, amargou um transplante geográfico forçado, não se adaptou cultural e climaticamente, acovardou-se, barbarizou, escafedeu-se, exatamente como tinha feito meu avô trinta anos antes, deixando a família à deriva e um adolescente de quinze anos às voltas com sua maldição. A deusa e a cor carmim casaram respectivamente com um burocrata da prefeitura e com um vendedor de bicicletas e viraram doninhas de casa. Quanto à prole de meu pai, desnecessário dizer que não deu em nada. O genitor não gerou a semente que iria mudar o mundo.

Tem uma cena memorável no romance *Senilidade*, do meu conterrâneo Italo Svevo, rememorada com uma perfeição cirúrgica por um dos personagens, e que, de uma maneira oblíqua e metafórica, explica (mas não justifica) um pouco da minha vida. Stefano Belli é escultor. Ou, pelo menos, se acha. Cansado de batalhar para conseguir sobreviver do que gosta e sabe fazer, ele resolve se despedir de seu sonho artístico em grande estilo: vai com um amigo a uma exposição de outro escultor já falecido. E critica ferozmente obra por obra. Acha tudo medíocre, uma bobagem sem tamanho. Falta vida. Falta paixão. Falta entrega. Há muito rancor no que diz. Há mordacidade. Seus comentários são sarcásticos, despropositados, virulentos, sem critério ou bom senso. No final da mostra, porém, num canto do salão, meio esquecido, um busto o golpeia de frente. Ele se enternece com um perfil de mulher. Há emoção naquilo. As linhas e ângulos são talhados com uma eficiência amorosa que não tinha captado no resto das obras. Belli se dá conta, então, que a escultura é apenas um esboço que o artista não tinha conseguido finalizar, em virtude de sua morte precoce. Reconhece a verdadeira mão do artesão, sua virtude, sua genialidade. Fica alguns instantes em suspenso, tentando resolver aquele enigma. Por fim, chega à seguinte conclusão: quando a intuição do artista saía de cena, sendo substituída pelo pragmatismo técnico do acadêmico, tudo degringolava. O acabamento se tornava burocrático, protocolar, seguia com submissão as regras do momento, matando a fúria da gênese inicial. Aquela última obra, porém, mantinha a força e revelava a nudez do artista justamente porque ele não tinha conseguido terminá-la.

Senilidade é um romance triste e sombrio, fechado em si mesmo, um compêndio ilustrado e explícito da estupidez humana. Um livro paradidático onde o autor mostra passo a passo como é possível foder com tudo através do ciúme e da obsessão paranoica por uma mulher. Não contente com isso, Svevo vai ainda mais longe: detona o estereótipo do cosmopolitismo, mostra uma cidade alheia, taciturna, até meio provinciana.

Enquanto os personagens se autodevoram nos intestinos de uma trama demencial, lá fora, calada, meio reticente, Trieste esgueira-se por travessas e becos. Svevo a amava do fundo de sua alma, mas delineou seu perfil de forma isenta, como um franco-atirador em posição de descanso. Ela apenas observa. É neutra. Não se mete. Simplesmente espera que seus filhos apodreçam.

Trieste sempre exerceu um forte magnetismo nas mentes mais curiosas por ter um clima de exotismo consentido, digamos assim, é uma espécie de Cairo ou Istambul com padrões de qualidade. É uma cidade intelectual e bárbara ao mesmo tempo. Uma Marrakesh sem camelos, turbantes ou cimitarras. Virou um padrão. O cinema americano da década de 40 deitou & rolou. Bandidos sempre apareciam por lá com o produto do roubo de um banco ou do assalto a um trem pagador. É bem verdade que, depois da Segunda Guerra Mundial, os roteiristas mudaram a geografia: começaram a mandar seus anti-heróis se esconderem em Buenos Aires ou Rio de Janeiro. *After the murder, go to Rio*. A literatura não ficou atrás e também passou a usar esse expediente. Todo escritor sempre dá um jeito que seus personagens passem por Trieste. Dashiell Hammett, por exemplo, se conhecesse a cidade, teria colocado a trama do *Falcão maltês* lá. Mais cedo ou mais tarde, invariavelmente, os personagens se imiscuem & interagem com a marginália que infestava seu porto. Turcos, prostitutas, sacas de café brasileiro, marinheiros noruegueses, contrabandistas argentinos, violinistas húngaros, americanos com passado sombrio, tabernas, botecos e bordéis, romenos com tatuagens nos ombros, alemães fugitivos, uma festa. Não é difícil deduzir que, com o tempo, a rota de passagem se transformou num instigante rito de passagem. Trieste era o trampolim obrigatório para quem desejava conhecer o mundo das águas e outras cidades & portos não menos insinuantes. Com a vantagem de que, por mais que o personagem se aventurasse por becos e vielas obscuras e sórdidas, não havia a menor possibilidade de ele ser esfaqueado em circunstâncias nebulosas. No máximo, tomaria uma surra de um cafetão numa emboscada e sairia com um leve filete de sangue escorrendo do lábio inferior. Ou um civilizado arranhão na testa. Espanaria o paletó e simplesmente continuaria sua trajetória. Ao contrário de Berlim, Paris ou Roma, que esbanjavam história, sensualidade e mistério, e centralizavam a ação, Trieste foi sempre coadjuvante nas tramas. Aparece de forma oblíqua, dissimulada, como que pedindo licença. No entanto, uma simples conversa num enfumaçado café, num apartamento de duas peças ou um encontro fortuito entre duas pessoas numa praça pode ser definitivo para subverter completamente o rumo da história. Trieste está nos detalhes, no acaso, atua em surdina, é plasticamente discreta. Pelo fato de seu miolo ser constituído de blocos retangulares & cinzentos, muito parecidos com os casarões e edifícios de Viena ou (salvo engano) Praga, a cidade carece de uma identidade arquitetônica própria. Mas o porto compensa essa deficiência com vantagens, pois abre uma enorme janela para o mundo. E foi justamente por essa janela que meu pai, minha mãe e eu enfrentamos o mar e partimos para a segunda metade de nossas vidas. Pro que desse e viesse. Com a cara & a coragem. De caniço e samburá.

XVI

Oi.

Era uma voz conhecida. Era um perfume conhecido. Vinha de trás. Vinha das brumas do tempo. Neste exato momento, um petulante raio de sol burlou a névoa daquela manhã, bateu na lápide do túmulo e juro que a foto de minha mãe me piscou um olho. Não devemos acreditar piamente na cosmologia do mundo. O acaso determina seus movimentos. Isso é uma verdade cristalina. É melhor não planejar nada. Interferir nas esferas do universo só traz frustração e discórdia. Os deuses sabem o que fazem. Peitá-los é um erro de dimensões ainda não totalmente avaliadas. Eu estava de cócoras. Fiquei paralisado durante alguns décimos de segundo até que estiquei os joelhos, meu corpo retesou-se e me virei. Helena me olhava. Era um rosto curioso, misto de alegria e impaciência. Havia um tom de carência naquele rosto. A seu lado, uma figura gorducha, um garoto de idade indefinida, de óculos, semblante risonho, olhinhos puxados, também me encarou.

Oi, devolvi.

Tua mãe era linda, ela disse.

Numa atitude que me pareceu despropositada, o garoto literalmente mergulhou por cima do túmulo e começou a beijar a foto da lápide, dizendo: Linda, linda, linda.

Não disse nada. Esperei que os fatos se desenrolassem

naturalmente. O garoto levantou-se num jato, enlaçou o pescoço de Helena num misto de ternura & violência e deu sequência à beijação. Ela continuou calada, como se esperasse a pergunta óbvia. Fiz:

Teu filho?

É, ela disse.

O garoto sorriu. E babou. Olhei melhor para ele: era o rosto de uma criança. Mas havia tufos de cabelo branco nas têmporas. Teria o quê? Sete, oito, vinte anos? Uma situação difícil. Helena pegou um lenço vermelho e enxugou a baba que escorria pelo queixo do menino. Ele sorriu de novo e desprendeu-se de sua mão, afastando-se de nós, aos pinotes.

Não vá longe, ela disse.

O menino grunhiu algo incompreensível.

Então, comecei, tentando dar uma certa ordem nas coisas.

Ele tem síndrome de Down, disparou Helena.

Percebi.

É um garoto muito esperto.

E não tem medo de expressar seus sentimentos, eu disse, ainda tateando o terreno, meio constrangido.

É uma característica.

Silêncio.

Um lugar estranho pra gente se encontrar, eu disse.

Nem tanto. Eu sabia que você estava aqui.

Como assim?

Relutei muito, Helena disse. Fiquei sabendo da morte de tua mãe por amigos. Não tive coragem de vir ao enterro. Me arrependo. Perdão.

Você está se desculpando por quê?, perguntei, já pressentindo algo que não estava no cardápio.

Eu sei que vocês eram muito unidos. Deve ter sido uma grande perda.

E foi.

Eu devia ter aparecido, ela disse, realmente compungida. Mas compungida de uma maneira que dava a entender que ela queria dizer outra coisa. Aquilo era um preâmbulo. Senti que Helena pretendia emendar com outro assunto. Faltava link naquela conversa. A comunicação entre as pessoas é um bicho de sete megacabeças. Na realidade, ela segue caminhos bastante tortuosos. E nem sempre chega ao ponto.

Como foi?

Difícil, eu disse. Ela era meu oráculo.

Eu sei.

Agora, fiquei literalmente sem pai nem mãe.

Coração?

Coração.

É uma morte indolor. Você continua fumando?

Continuo.

Não sabia bem onde Helena estava querendo chegar, mas continuaria dando corda.

Como você está?

Com um olho em mim e outro no garoto, que corria pelas alamedas do cemitério dirigindo um automóvel imaginário, ela disse:

Bem.

Trabalhando?

Muito. Como sempre.

Continuei nas amenidades: Li teu livro.

Ela permaneceu calada e franziu o cenho. Não entendi o que seu rosto queria dizer. Captei, no entanto, alguma coisa.

Por favor, ela disse, deixando claro que aquele assunto tinha ficado no passado. Que queria esquecer. Que eventualmente tinha sido uma intromissão. Que.

Olha, eu disse, não sei como você vai encarar o que eu vou dizer, mas tive o maior prazer em lê-lo.

Disse mais. Elogiei. Disse que tinha estilo e uma pegada forte. Disse que tinha sido oportuno, levantara questões pertinentes à época. Disse que era um livro polêmico na medida correta, mas percebi que, ao contrário do que tinha em mente, estava apenas enfileirando lugares-comuns e esticando um tema sem futuro. Perguntei se ela tinha escrito outros livros. Ela disse que não. Não tinha jeito pra coisa. *Limpeza étnica* tinha sido fruto do momento. Um desabafo inconsciente. Uma espécie de purgação.

Eu estava muito ferida, ela completou.

Entendo perfeitamente, eu disse. Lamento muito o que aconteceu.

Ela não retrucou. Provavelmente, sentia-se uma gatuna. Penitenciava-se. O que era uma grande besteira. De qualquer forma, estava claro que não queria falar sobre o episódio. Entendi. E aceitei. Ela suspirou. Percebi que estava querendo dar as cartas. Antes da rodada seguinte, contudo, me adiantei:

Por que você disse que sabia que eu estava aqui?

Porque me disseram.

Fiz humor: Você tem me seguido?

Ela riu. E disse: Tomei a decisão ontem de manhã.

Que decisão?

De vir te ver. Conversar.

Assim? Do nada? De repente?

Nem assim, nem do nada, nem muito menos de repente.

Silêncio. Eu estava ficando nervoso. Era um jogo de xadrez. E eu não gostava de xadrez. Tinha a maior dificuldade em premeditar os lances e me safar das armadilhas. Não sabia nem mexer os peões. Para mim, o xadrez era um passatempo de ociosos sultões árabes, antes que mergulhassem de língua em suas concubinas do harém. Quebrei:

Quantos anos seu filho tem?

Vinte e dois.

Novo silêncio. Cada silêncio era mais pesado que o anterior. Eles iam se acumulando, um a um, como na construção de uma pirâmide de silêncios. Pedra por pedra. Tijolo por tijolo. Silêncios empilhados aleatoriamente, sem argamassa. Aquilo estava ficando insuportável. Havia tensão no ar.

A vinte ou trinta metros dali, vi que o filho de Helena se esgueirava sobre outro túmulo do cemitério e beijava a foto da lápide: Linda, linda, linda! O menino era uma usina de amor, vamos deixar isso bem claro. Qualquer mãe se orgulharia de tê-lo por perto.

Como é o nome dele?, perguntei.

Helena mexeu nos cabelos e procurou o menino com os olhos. Continuava linda. Porte soberbo, elegante, esguia, um belo vestido. O corpo continuava igual, a mesma cinturinha de vespa de sempre. Percebi que o assédio do tempo não fizera maiores estragos. Algumas poucas incursões em seu rosto haviam provocado discretas & sutis rugas que só realçavam uma beleza madura e sóbria.

Mauro, ela disse.

O alarme soou. Fiquei de sobreaviso. Aquela conversa estava ficando a cada minuto mais sinistra. Helena sabia de toda a minha história de vida. Tim-tim por tim-tim. Cada evento, cada episódio, cada palmo. Conseguia lembrar de detalhes íntimos que nem eu mesmo me dava conta. Em nossas conversas, ela exercia o papel do meu subconsciente. Completava as lacunas na maior competência. Mauro era o nome do menino que havia nascido antes de mim mas não sobrevivera. Meu irmão. Durante a gravidez, minha mãe tinha contraído nefrite, uma doença renal que afetara o bebê, comprometendo sua resistência. Chegou a nascer, mas durou apenas dois dias. Helena e eu havíamos conversado longamente sobre aquele assunto. Ela era boa, uma caseira psicanalista enrustida. Como teria sido a minha vida com um irmão mais velho. Se eu não sentia falta de parâmetros dentro do próprio lar. Quais os efeitos e as consequências emocionais de ser filho único. Etc. Mesmo sabendo que é o acaso que determina o cotidiano, sempre achei que as coincidências só acontecem quando a concavidade do tempo se amolda à convexidade da ânsia das pessoas. Há como que uma certa predisposição, se me entendem. Independente do grau de ceticismo das pessoas, a gente sempre deixa uma porta aberta. As coisas se estreitavam. Intuí que estávamos chegando à reta final. Só faltava cruzar a linha e encostar o peito na faixa. Dei mais um passo.

Você se casou de novo?

Não, disse Helena.

Não?

Não.

Foi uma produção independente, então?

Em termos, ela disse, lançando no ar um enigma de proporções ainda não devidamente quantificadas.

Houve consenso entre as partes, arrisquei, mas o sujeito pulou fora depois do nascimento. É isso?

Não foi assim.

Foi como, então?

Ah.

Não havia mais dúvidas.

E você não me procurou, eu disse.

Não.

Por quê?

Não sabia como você encararia.

Explodi: Porra, Helena, não sou nenhum filho da puta, você sabe disso, me conhece bem, jamais...

Não tinha certeza, estava confusa, era uma situação delicada, você tem que entender, me desculpe.

Não desculpo, eu disse, você é uma besta!

Sei disso. Mas...

Você nunca foi lenta, eu disse, hidrófobo, soltando fogo pelas ventas. Sempre resolveu tudo na hora, qualquer problema, qualquer impasse. Moramos na mesma cidade. Você mesma disse que sabia onde eu estava. Tinha informações. Sou pai há vinte e dois anos e não sei de nada. Que merda!

Juro que tentei, ela disse, choramingando, fiquei esse tempo todo imaginando coisas. Tive medo. Me desculpa.

Jamais iria fugir da raia.

Como assim, fugir da raia? Não há do que fugir. O Mauro é uma criança linda. Não entendo o que você está dizendo.

Estou falando em assumir o filho, caralho! A doença, pouco me importa.

Não há doença alguma, ela disse, peremptória.

Retrucar? Pra quê? Mãe é mãe. Ninguém tira o mérito. Síndrome de Down não é uma doença, é uma característica, como cor do olho, ou tendência para se tornar violonista ou aptidão para virar um exímio gourmet. Eu entendia o ponto de vista de Helena.

A vida sempre foi o maior romance de folhetim, pensei: mulheres engravidam, crianças nascem, pessoas morrem, amores impossíveis são brutalmente interrompidos, irmãos se odeiam ou são separados na infância. Crianças são espancadas na noite, esposas solitárias se contorcem nas camas, homens têm pensamentos impuros. Há traições, há intrigas, há vinganças. Dívidas, pecados, crimes, castigos, culpas. Promessas não cumpridas, confrontos de parentes, picuinhas, há mercenários caseiros que armam sacanagens de todo tipo & calibre. Há guerras e poesia, há confrontos, há náufragos que procuram uma tábua de salvação. A vida não é mais do que isso, não adianta a gente procurar verossimilhança no caos, não há razões no acaso, nas coincidências. A literatura que procura imitar a realidade só consegue construir um enredo ruim. A superficialidade é uma maldição. Só o escritor tem essas preocupações utópicas. Só ele consegue (ou, pelo menos, tenta) dar um trato na realidade para que ela se torne mais crível. Febrilmente, ele retoca a vida, apara arestas, tenta não deixar nenhum fio solto na narrativa. E procura um sentido naquilo tudo ou tenta encontrar uma mensagem subliminar que tenha passado despercebida à maioria dos mortais. Mas é tudo em vão. Eu sabia. O leitor se liga mesmo na historinha. Quem nasceu, quem morreu, quem casou, quem traiu, quem matou. A vida é um folhetim pobre. A literatura quer fazer arte. E se fode de verde e amarelo. Nada pode ser baseado em fatos reais. Isso é uma contradição milenar. Se o for, é vida. Se não o for, é literatura. Não há meio-termo, nem uma saída honrosa nessa questão. O fato concreto é que meu filho estava ali na minha frente, em carne e osso, com todas as emoções e tristezas palpitando em cada célula, em cada átomo. Uma pessoa, com poros, órgãos, feridas, objetivos, lacunas, traumas, solidão, pequenas alegrias e todas as perguntas do mundo pipocando junto com os hormônios em combustão. Eu não tinha saída. Melhor enfrentar a situação de frente.

Estava quase entrando no jogo de Helena quando Mauro voltou e encarapitou-se novamente no pescoço dela, lambuzando suas faces com muita ternura, muito amor.

E agora?, eu falei.

É contigo, ela disse.

Como se age numa hora dessas?
Você vai saber.

Helena estava errada. O menino pegou na mão da mãe e pegou na minha, o que me irritou profundamente. Aquele garoto sabia mais do que eu e ela juntos. Em sua cósmica visão aleatória do mundo, ele engendrava um subterrâneo contexto de cumplicidade. Era só o que me faltava. Nos afastamos do túmulo em passadas lentas. Ainda olhei para trás: a foto de minha mãe sorria. Muita coisa poderia ter acontecido a partir daquele episódio: simular um ataque cardíaco, por exemplo (eu era bom naquilo) ou acenar para alguém ao longe, como se tivesse encontrado um velho conhecido que não via há anos ou simplesmente correr dali sem olhar para trás, deixando mãe e filho plantados. Mas não foi exatamente isso que aconteceu. Os desígnios do destino são insondáveis, como se sabe. Destrambelhadamente, comecei a falar sem parar com meu filho. Sem método. Aos borbotões. Aos solavancos. As palavras brotavam. Saíam meio cuspidas de minha boca. Eu estava tomado. Não fazia concessões, não procurava termos apropriados, conversava como com um adulto. Ele ria. Percebi que eu tinha jeito pra coisa. Ele me olhava, curioso. Não procurei saber se ele estava entendendo o que eu dizia, apenas continuei, contei minha vida inteira, sem intervalos, sem omitir nada, todos os casos, todos os podres, me abri por inteiro, falei dos vacilos, dos grandes dilemas & paradoxos, falei de minhas contradições e pequenas alegrias, falei da minha negligência. Era a situação propícia que eu esperara durante minha vida inteira: colocar tudo na ordem direta, sem rodeios, sem firulas estilísticas. Falei um pouco de minhas opções e tímidos acertos e enumerei um por um todos os equívocos de proporções incalculáveis que tinham dirigido minha história para o nada. Apesar de estar prostrado, rendido & desconsolado, continuava falando sem parar. Afinal, o que me prendia ali? Um sentimento de culpa ou remorso enraizado em minha biografia? Mas culpa ou remorso de quê? A vida me pregara mais uma peça (possivelmente a última) com andamento reticente e final nebuloso. Furioso diante da minha impotência, na dúvida entre lascar umas bifas sem piedade na orelha de Helena ou procurar uma ponte para me atirar de cabeça, contei a Mauro da minha maldição, assegurei-lhe que tinha feito o possível para ser um cara correto, mas tinha tido muito pouca sorte na puta da minha vida. Uma geração massacrada, eu disse a ele. Através de seu sorriso silencioso, pressenti que Mauro também me contava a sua história. Se eu sabia o que significava a sensação de ter nascido de um desenho animado e estar sempre sob as leis de um outro universo, provavelmente regido por dois sóis, três luas e quatro dimensões. Se eu sabia que, no primeiro dia da criação, Deus fez a música e, no segundo, as formigas. E que o filho das abelhas era o mel. Que ele não via quem era alto ou baixo, gordo ou magro, feio ou bonito, mas que conseguia distinguir com rapidez quem era transparente e quem era translúcido. Seu cotidiano era diáfano, uma festa de tessituras & tonalidades. Ficamos assim um tempão. Imaginei se aquilo poderia ser considerado uma espécie de diálogo: ele me transmitia suas emoções; eu procurava me comunicar através das palavras — duas linhas paralelas que jamais se tocam, nunca irão se encontrar, pensei, como dois personagens mumificados dos quadros de Escher, cada qual em seu patamar. Era isso a vida? Ou já estávamos todos mortos? Helena, eu, minha mãe e o garoto. Mortos. Todos mortos e enterrados sete palmos abaixo daquelas lápides reluzentes. O lugar era propício a esse tipo de devaneio. Quando chegamos ao portão do cemitério, provavelmente pressentindo um desenlace qualquer, a quebra de um liame, ele apertou ainda mais minha mão, me retendo, consentindo, me dando carta-branca. Eu estava em meu momento. Era minha vez. Simbolicamente, ele me dizia Sim, Sim, a palavra mais simpática & doce do vocabulário universal. A aceitação. Ele me admitia sem reservas em seu convulso & mágico mundo embrionário. Era a pureza no estado mais bruto e virginal. A única revolução possível. Nada tinha sido em vão. Procurei imaginar se aquelas quatro letras agora faziam algum sentido, mas não cheguei a uma conclusão razoável. Caminhamos mais umas quadras lado a lado, até que chegamos num lugar onde duas estradas se cruzavam. Tudo me veio à mente como num filme. A memória voltou. Aquela era a encruzilhada do encontro. Mas havia um equívoco da minha parte: não tinha aberto mão do amor como um todo. A negociação fora em bases mais sofisticadas. Subestimara estupidamente o príncipe das trevas. Ele me surpreendia. Havia sabedoria naquilo. O que eu tinha botado na roda era o amor das mulheres, e não sua essência propriamente dita. Afinal, nesse tipo de negociação a gente tem que abrir mão de alguma coisa. Como eu já previa, lá de seu mundo ectoplásmico, a voz sempre peremptória de minha mãe sentenciou: Você tem que saber que o amor de um filho é um sentimento muito mais legítimo e espontâneo que qualquer outro tipo de demonstração de afeto. E mais gratificante, acrescentou, não tem por onde. Era um complô. Mãe, eu disse, não se mete, deixa eu resolver isso sozinho. A conversa é entre mim e esse balofo metido a besta. Mas ela não parou. Começamos um improvável bate-boca do além, eu falando de traição e ela reiterando a ideia da continuidade da espécie. Porra, mãe, não sou um coelho ou um hipopótamo, essa era a última pretensão que poderia me passar pela cabeça. Você fez correto, ela disse. E o Demo pagou direitinho. Caralho, pagou mesmo, eu disse, com juros e correção monetária. Me sinto como nesses programas de pegadinhas. Agora, vou ficar o resto da vida enxugando a baba que pende do lábio inferior de meu filho. Nem todas as babas são iguais, ela me disse. Vou me tornar um expert, respondi. Tempo para isso, eu tenho. E inteligência, minha mãe completou. De uma forma ou outra, ela insistiu, só para ter a última palavra, você completou a tua história. As histórias são sempre fruto de uma falha humana, pensei em dizer. Mas não disse. Muito bem, qual estrada seguir? A da direita ou a da esquerda? Fazia diferença? Naquela altura do campeonato, pouco importava. Os parâmetros estavam embolados. Eu tinha toda a eternidade pela frente. Ao longe, vi uma desordenada & linda cidade de fogo na urgência de ser destruída. Era outono e chovia.

EPÍLOGO

Sempre gostei da brisa do mar. Ela traz um cheiro bom e característico: são os crustáceos das profundezas que fermentam suas entranhas num festim improvável e anacrônico. O mar é nossa grande mãe. De onde viemos e para onde vamos. No começo, eu tinha planos. Como sempre, eles eram anárquicos: substituir a população do planeta. Fazer com que Mauro e todos os seus semelhantes se reproduzissem ao infinito, numa limpeza étnica exemplar. Hoje, cago pra tudo isso. Não quero mudar o mundo. Ele é o que é, como sempre foi e será. O garoto é alegre, esperto e possui vontade própria. Tem livre-arbítrio suficiente para detonar qualquer teoria científica ou antropológica. Não pretendo enquadrá-lo. Não o estimulo para que se engaje nos padrões decrépitos de uma sociedade doente. Pelo contrário: sua conduta é que tem de ser imitada. Isso sim seria a maior revolução de todas. *This is the end, my friend, all the children are insane.* Morrison. Pela última vez.

Cinco anos se passaram desde aquele encontro com Helena no cemitério. Muita coisa aconteceu de lá pra cá: os jornais & revistas brasileiros viraram legendas de aluguel e passaram a vender suas páginas (e até capas) para partidos políticos ou empresas privadas. Em Trieste, estão ouvindo música eletrônica, como no resto do mundo. No dia 20 de fevereiro de 2005, Hunter Thompson estourou os miolos, justificando oficialmente que sofria de atrozes dores na coluna, depois de uma cirurgia. Mas o mais provável é que ele tenha mesmo se desiludido com os rumos que o mundo tomou. Outra: a caminho dos sessenta, não tenho mais sequer um fio de cabelo na cabeça e minha barba e bigode estão irremediavelmente brancos. A artrose intensificou-se.

Mauro continua morando com a mãe. Fico com ele nos fins de semana. Está com 27 anos, os cabelos ficaram rapidamente grisalhos e os graus de seus óculos aumentam a cada dia. Mas aqui nesta praia, ele se solta: brinca, corre, persegue pombos, deita na areia, cata conchas, rola na beira da água, dá cambalhotas. Não tem medo de nada. Possui uma energia que dá dez vezes a minha. Nunca me chamou de pai. Me chama pelo nome. Gosto disso. Mauro não é rígido em nada, está sempre aberto a novas experiências. Tudo é novo. Tudo é lúdico. Todos os momentos são únicos. Jamais irão se repetir da mesma maneira. Provavelmente, puxou os ancestrais indígenas da mãe. Trouxe nos genes a sabedoria dos Imbiribas.

Estamos sentados na areia, pertinho da água. Mauro constrói uma casamata, umedecendo bem cada parte externa para que se solidifique, cimentando as bases. Meticulosamente, empilha blocos novos, esculpindo com delicadeza uma amurada. Pede para que o ajude. Tento fazer a minha parte, mas ele me recrimina, dizendo que não é assim. Pergunto como é. Ele me explica. Faço de novo. Ele ri, aprovando. Quando está quase tudo pronto, uma onda mais forte consegue derrubar tudo. Ele sorri de novo. E, de novo, começa a reconstruir sua cidadela. A tarde vai caindo, as pessoas arrumam suas coisas e partem. Mauro continua firme. A maré sobe. Ficamos os dois na torre de vigia. As ondas ficam mais fortes. A violência com que derrubam tudo é cada vez mais inclemente. Ele não se dá por vencido. Sempre sorrindo, retoma o trabalho pela quinta ou sexta vez. Eu o ajudo.

SOBRE O AUTOR

Furio Lonza nasceu em Trieste, Itália, em 1953. Aos cinco anos de idade mudou-se com a família para o Brasil, morando primeiramente em São Paulo e, desde meados dos anos 1990, no Rio de Janeiro. Estudou jornalismo na Faculdade Cásper Líbero, e paralelamente deu seus primeiros passos na literatura. Ainda durante a graduação teve um conto publicado pela revista *Escrita* e foi um dos vencedores do pioneiro concurso de contos eróticos da revista *Status*. Em 1977, um ano antes de se formar, publicou seu livro de estreia, *Contos de esquina*, pela editora Alfa-Ômega. Seguiram-se treze outros: *O que Molly Bloom esqueceu de contar* (Tchê, 1987), *As mil taturanas douradas* (Editora 34, 1994), *40 anos de rock* (3 volumes, Editora 34, 1995), *Guia de autoajuda para quem assiste TV* (Ensaio, 1996), *Como enlouquecer seu filho* (Editora 34, 1996), *O que é isso, maconheiro?* (Relume-Dumará, 1998), *Eric com o pé na estrada* (Cia. das Letras, 2002), *Máquina de fazer doidos* (Matrix, 2003), *História impossível* (Demônio Negro, 2007) e *Sturm und Drang* ([e] Editorial, 2010).

Como jornalista, colaborou em diversas publicações e foi coeditor da lendária revista *Chiclete com Banana*, ao lado do cartunista Angeli e do editor Toninho Mendes. Em 2011, estreia no Rio de Janeiro sua primeira peça teatral, *Patagônia*, com direção de Xando Graça. Também para o teatro, escreveu *Jantando com Isabel*, *O traficante*, *Família*, *E se Deus não tiver um plano B?* e *Felicidade é comer banana amassada com granola e mel*.

Este livro foi composto em Minion
pela Bracher & Malta, com CTP e
impressão da Prol Editora Gráfica
em papel Pólen Soft 80 g/m² da Cia.
Suzano de Papel e Celulose para a
Editora 34, em outubro de 2011.